DIE GEIBEL VON BLACK ISLE

HIGHLAND HEILERINNEN 3

KEIRA MONTCLAIR

KAPITEL EINS

Sommer 1292, Black Isle in den Highlands von Schottland

GISELA MATHESON KEUCHTE und zog dann heftig an den Zügeln ihres galoppierenden Rosses, als sie ein MacKinnie Plaid in der Ferne erspähte. Ihre unbändige Freude bei ihrem Ritt mit Padraig Grant wandelte sich innerhalb eines Augenblicks in eine intensive, lähmende Furcht. Egal wie sie auch versuchte, dieses Gefühl abzuschütteln, vermochte sie nicht dieser Angst, die in ihr tobte, Einhalt zu gebieten.

Eine, das Herz zum Stillstand bringende Furcht war ihre normale Reaktion auf den Mann, der als die Geißel von Black Isle bekannt war.

»Was ist los?«, fragte Padraig, der seinen Rappen neben sie lenkte. Sein braunes Haar fiel ihm über die Schultern und rahmte das attraktive Gesicht ein, in dem die Besorgnis, die in seinen Augen stand, so offensichtlich war, dass es ihr das Herz ein bisschen zusammenzog.

»Nichts«, antwortete sie und drehte sich von ihm weg. »Ich dachte, ich hätte einige Reiter vor uns gesehen und du weißt, dass wir nicht erwischt werden dürfen. Ich werde mit dir um die Wette zurückreiten.« Sie schnippte mit den Zügeln und ihr Pferd sprang mit einem freudigen Wiehern in Aktion, wobei es sich umdrehte und in die Richtung zurückgaloppierte, aus der sie gerade gekommen waren. Sie musste versuchen schneller zu sein als Padraig, um zu verhindern, dass die MacKinnie Patrouille sie zusammen sah.

Padraigs Stimme trug zu ihr mit der Bitte, anzuhalten, doch ihr Drang, die eigene Haut zu retten, überwog ihren Wunsch, sich der Aufmerksamkeit ihres Liebhabers hinzugeben, und trieb sie an, noch schneller zu werden.

»Gisela!«, gellte Padraig und gab sein Bestes, auf ihrer Höhe zu bleiben. »Werde langsamer. Warum so schnell? Was ist los?«

Sie konnte ihm nicht genau sagen, warum sie so eilig floh. Der Mann kannte sie verflucht noch mal so gut, dass er ihre Gefühle allein durch einem flüchtigen Blick zu Pferd erraten konnten. Freilich hatte sie ihn informiert, dass sie formell verlobt war. Es war eine Maßnahme, die ihr Vater lange vor seinem Tod vorgenommen hatte, und ein Zustand, den sie verabscheute. Sie hoffte, dass das Problem mit dem Fluch alles geändert hätte, als der Matheson Clan die Hälfte seiner Mitglieder und seinen Laird wegen eines von einem sitzengelassenen Liebhabers vergifteten Brunnens verloren hatte.

Doch sie würde es nicht darauf ankommen lassen, Donald MacKinnie mitten im Wald zu begegnen, um herauszufinden, wie er über ihre Verlobung dachte. Sie wollte ihn nie wiedersehen. Padraigs Flehen, doch endlich anzuhalten ignorierend, jagte sie ihr Pferd über die Lichtung und hoffte, dass das dichte, grüne Laubwerk des Waldes ihre Spuren verbergen würde, während sie sich für die lebhaften Farben des Mathesons Schottenkaros, violett und grün, verfluchte, das sie trug. Sie konnte sich schlecht in dem Dunkelgrün des Waldes tarnen und ihr Schimmel war keinesfalls hilfreich.

In der Hoffnung, dem Unhold entwischt zu sein, wurde sie langsamer, als sie sich Eddirdale Castle näherten, dem Zuhause des Matheson Clans, und hielt ihr Pferd nicht weit vor den Toren an, wobei sie sich alle Mühe gab, ihre schnelle Atmung zu beruhigen. Ihr lieber Bruder Marcas, mit seinem dunklen, nachdenklichen Blick und der großen Gestalt, die jedem vertraut war, unterhielt sich mit Alvery, einem seiner Wachleute, doch er hielt inne, um sie anzuschauen und er legte den Kopf dabei auf eine Weise schief, die eine wortlose Frage nach ihrem Benehmen war.

»Ich habe etwas gesehen, das mit Angst gemacht hat«, versuchte sie zu erklären. »Das ist alles, Marcas. Weiter nichts. Auf meinen Rückweg habe ich allerdings Padraig getroffen.«

»Und was genau hat dir Angst gemacht, liebe Schwester? Hast du dich zu weit gewagt und meine Warnungen ignoriert?« Er trat näher, um ihr beim Absteigen zu helfen.

»Es war ein wildes Tier im Wald. Du weißt, wie ich sie verabscheue«, meinte sie und reckte ihr Kinn in dem Versuch, ihrem Bruder zu zeigen, wie ruhig sie war und um ihre kleine Lüge zu verstecken. Es war keine vollkommene Lüge. In den letzten paar Monden war Donald zu einem Ungeheuer geworden. Niemand schien zu wissen, warum.

Ihr Versuch schlug fehl. Sie konnte es am Ausdruck in den Augen ihres Bruders sehen, als er Alvery entließ, um sich auf sie zu konzentrieren.

Verflucht. Ihr Bruder war viel zu hellsichtig, und sie hatte gehofft, ihm zu entwischen, ehe seine feine Wahrnehmung alles vor Padraig enthüllen würde.

»Du wirst mich mit deinen Lügen nicht hinters Licht führen. Was ist in Wahrheit passiert?« Marcas setze zu einem kleinen Lächeln an, als ob er sie wissen lassen wollte, dass er sie durchschaut hatte, aber er war nicht zornig wegen ihres Versuchs, ihm eine Lüge unterzujubeln.

Padraig kam hinter ihr heran und saß ab, doch dankenswerterweise sagte er nichts.

»Wie ich sagte, habe ich Padraig auf meinem Rückweg getroffen, und er hat gesehen, dass ich durcheinander war, weshalb er mir gefolgt ist.« Sie sprach laut genug, damit Padraig ihre Erklärung hören konnte, was ihm ein Wink sein sollte, den Mund zu halten. Sie erfand die Geschichte, während sie daherredete. Sie musste vermeiden, dass Padraig ihre Begabung für kreatives Geschichtenerzählen enthüllte.

»Ich habe dir zugerufen, anzuhalten, damit ich sehen konnte, was deine Flucht ausgelöst hatte, aber du hast mich ignoriert, Gisela. Warum?« Padraig schaute sie in Erwartung ihrer Antwort an.

»Ich habe meine Gründe und die muss ich keinem von euch nennen.« Sie machte den Versuch eines hochnäsigen Abgangs, doch der Klang von Pferdegetrappel ließ sie innehalten.

Marcas zog die Worte in die Länge: »Ich gehe davon aus, dass wir dem Untier begegnen werden, das dir so viel Angst gemacht hat.«

Gisela wirbelte herum und das Blut wich ihr aus dem Gesicht. Verflixt, wenn das nicht ihr Verlobter, Donald MacKinnie, war, der direkt auf sie zuritt. Sein langes gelocktes blondes Haar und die blauen Augen zogen viele Mädchen an, aber er hatte sich verändert und der Wandel in seiner Persönlichkeit reichte ihr voll und ganz, um ihrer Verlobung ein Ende machen zu wollen. Gleichwohl ihr noch ein triftiger Grund einfallen musste, um sich von ihm freizusprechen. Sie hatte ihre Brüder gedrängt, ihr die Erlaubnis zu geben, die Sache zu beenden, insbesondere, nachdem eine ihrer Dienstmägde, Thebe, ihnen erzählt hatte, dass sie beobachtet hätte, wie er ein anderes Mädchen geschlagen hatte. Ihre Brüder erinnerten sie allerdings daran, dass ein Verlöbnis nicht wegen einer Bagatelle aufgelöst werden konnte.

Donald gab seinen Männern ein Zeichen, anzuhalten, und dann sprang er vom Pferd und kam direkt vor ihr zum Stehen. Er nickte Marcas zu und ging zwei weitere Schritte auf sie zu, bis seine große Gestalt vor ihr aufragte und seine eisblauen Augen sich in sie bohrten.

Sie würde sich nicht vor ihm verstecken und

sie würde ihm auch nicht erlauben, zu glauben, er hätte sie eingeschüchtert. Die Wahrheit war allerdings, *dass* er sie einschüchterte, aber das würde sie nicht zeigen.

Sobald er nahe genug war, packte er Giselas Unterarm mit diesem schmerzhaften schraubstockartigen Griff, den er bevorzugte. Was hatte ihn in solch einen grausamen Unhold verwandelt? Bis vor kurzem war er nicht so gewesen. Jetzt hasste sie diesen Mann.

Seine Stimme troff von Gift. »Was fällt dir ein, mit einem anderen Mann unterwegs zu sein? Versuchst du, mich zu betrügen, ehe wir uns auch nur das Jawort gegeben haben?«

Er ließ ihren Arm los und ging auf Padraig zu, wobei er die Hände fest in die Hüften gestemmt hatte. Padraig war fast so groß wie der Flegel, aber der Grant Krieger wirkte kraftvoller und muskulöser. Donalds Figur hatte angefangen ein bisschen mehr Fett als Muskeln anzusetzen. Padraig hielt ihm stand.

»Du bist mit diesem Mann verlobt?« Padraig schaute sie rasch an, doch dann blinzelte er seine Überraschung weg. Marcas trat näher und sie wusste, warum. Ihr lieber Bruder war ihr unerschütterlicher Beschützer. Verdammt, aber Padraig fuhr fort. Konnte er nicht mit seinen Fragen aufhören? »Ich hatte davon gehört, aber ich dachte, die Verlobung sei aufgelöst worden. Stimmt das nicht, Gisela? Hast du sie nicht annulliert, Marcas?«

Da ihr die Worte fehlten, schaute sie von einem Mann zum nächsten und war von so viel

Männlichkeit in der kleinen Gruppe ein bisschen durcheinander. Freilich wünschte sie sich von der Verlobung entbunden zu sein, aber sie hatte mit Donald nicht formell darüber gesprochen und ihre Brüder ebenfalls nicht. Es gab eine bestimmte Art und Weise, Verlobungen zu handhaben, und sie hatten kläglich versagt.

Sie hatte so sehr gehofft, dass die Angelegenheit sich durch Ignorieren von selbst erledigt hätte. »Donald, ich treffe mich nicht mit diesem Mann. Er ist der Cousin der neuen Frau meines Bruders. Es würde mich freuen, wenn wir uns zu einem späteren Zeitpunkt über unsere Verlobung unterhalten könnten. Vielleicht kann Marcas ein Treffen mit deinem Vater arrangieren.«

Padraig trat zwei Schritte zurück und ihr Magen krampfte sich zusammen. Er hatte ebenso Angst vor Donald wie sie. Wieder packte Donald sie am Arm und riss sie neben sich, als ob er sie als sein Eigentum deklarieren wollte.

Eigentum, mit dem er nach Belieben verfahren konnte. Das würde ihr Leben als seine Frau sein.

Sie hatte sich in Padraig geirrt. Er war die Schritte zurückgewichen, um Platz zu schaffen, damit er sein Schwert ziehen konnte.

»Nimm deine Hände von der Lady. Du tust ihr weh. Es ist mir vollkommen egal, ob sie deine Verlobte ist oder nicht.« Die Anspannung in seinem Kiefer sagte ihr, dass er nicht zurückweichen würde, ganz gleich, was Donald sagte.

Waren Padraigs Gefühle für sie so stark, dass er so beschützend sein würde?

Ihr jüngster Bruder Shaw kam aus dem Nichts, um sich zu ihnen zu gesellen, und wahrscheinlich war er von dem Klirren beim Herausziehen des Schwerts angelockt worden. Er stellte sich an die Seite seines Bruders und gebot: »MacKinnie, nimm die Hände von meiner Schwester.«

Marcas befahl mit wütendem Blick: »Tu, was er sagt oder ich lasse den Grant Krieger nach Belieben walten.«

»Und wir werden uns ihm anschließen«, fügte Shaw hinzu. »Jeden Tag wirst du ein größerer Mistkerl. Was um alles in der Welt ist mit dir passiert?«

Donald lächelte und ließ langsam seinen Arm sinken, aber nicht, ehe er sich zu ihr gebeugt, und ihr einen nassen Kuss auf die Lippen gegeben hatte. »Sie ist noch immer mir versprochen, Matheson, und wenn du die Heirat absagen willst, wirst du einen Krieg zwischen unseren Clans heraufbeschwören. Ich glaube nicht, dass du es dir angesichts all der Männer, die du an den Fluch verloren hast, leisten kannst, es auf einen Kampf ankommen zu lassen.«

»Wir haben Gerüchte gehört, dass du dich des Schlagens von Frauen schuldig gemacht hast. Stimmt das, MacKinnie?« Ihr Bruder Ethan war immer derjenige, der auf den Kern der Sache zu sprechen kam. Derzeit beugte er sich über den Ringwall, um seine Frage zu stellen, und musste sie laut zu Donald hinunterrufen. Gisela spähte aus dem Augenwinkel, um seine Reaktion zu erhaschen.

Er lächelte nur. »Ich würde meine Verlobte

niemals schlagen und das solltet ihr wissen. Und ich habe auch keine andere Frau geschlagen. Ihr beleidigt meine Ehre als MacKinnie, so etwas zu fragen. Wo habt ihr solche Lügen gehört?«

»Es war nur ein Gerücht. Wir werden die Quelle nicht verraten, aber Ethan hat guten Grund zu dieser Frage. Wir wollen unsere Schwester niemals verprügelt vorfinden.« Marcas stand mit den Händen in die Hüften gestemmt und sein Blick verließ Donalds nicht. Gisela betrachtete ihn als eine Warnung.

Würde Donald das Gleiche denken?

»Wenn sie meine Frau ist, müsst ihr euch keine Sorgen mehr um sie machen. Sie wird zu mir gehören, nicht zu euch. Und die Anzahl der Wachen, die ihr nach dem Fluch noch übrig habt, wird nichts dagegen ausrichten können, dass ich sie mir nehme. Oder wollt ihr und eure mickrige Gruppe mich jetzt herausfordern?« Er legte den Kopf zurück und lachte. »Als ob ihr irgendeine Chance hättet, es mit mir und meinen beiden Freunden aufzunehmen.«

»Du würdest überrascht sein, MacKinnie. Lass sie in Ruhe. Wir werden mit deinem Vater Kontakt aufnehmen und die Vereinbarung später besprechen. Nicht hier, und nicht jetzt, während wir vor unseren Toren stehen und alle zuhören können. Dies ist weder der Ort für eine private Unterredung noch für einen Kampf.« Marcas zog sein eigenes Schwert, um seine Worte zu unterstreichen.

Gisela schaute zu Donald und es rumorte wild in ihrem Bauch beim Gedanken daran, ihn zu heiraten. Sicher war er ein gut aussehender Mann, dessen blondes Haar wie Gold in der Sonne leuchtete, und seine blauen Augen waren wunderschön, aber sie hasste alles andere an ihm.

Als er ihr den Hof gemacht hatte, war jedes Wort aus seinem Mund liebenswert, aber leer gewesen, und sie hatte blind und ohne nachzudenken gewählt. Einmal hatte er ihr sogar gesagt, er würde ihre blauen Augen lieben.

Ihre Augen waren grün.

Sie vermutete, dass der Mann einfach hohl war, und bei seinem Kommentar an seine eigenen, anstatt ihre Augen gedacht hatte.

Und jetzt enthüllte er mit diesem Benehmen seine wahre Natur. Und die war nicht liebevoll. Vielleicht war das der Grund, warum sie jetzt Schwierigkeiten hatte, Padraigs flirtende Komplimente zu akzeptieren.

»Ich werde ein Wort mit meiner Verlobten reden, ehe ich gehe. Allein. Wenn ihr das zulasst, werde ich akzeptieren, dass wir innerhalb einer Woche eine endgültige Entscheidung unter dem Dach des MacKinnie Clans treffen werden.« Als er die Arme verschränkte, betonte er damit die Muskeln, die sich an seinen Oberarmen hervorwölbten. Sie ertappte ihn, wie er sich selbst bewunderte und vielleicht den Umfang seiner Arme maß.

Ein hohler Mann, soviel war sicher.

Als sie das Wort »allein« hörte, warf sie ihren Brüdern einen angstvollen Blick zu, womit sie sie bat, nicht zuzustimmen. Er würde ihr wahrscheinlich einen Bluterguss zufügen, zusätzlich zu dem, den sie bereits von seinem Griff um ihren Arm spüren konnte.

Marcas fing ihren Blick auf und meinte: »Nicht allein. Ich werde dich ohne Schutz nicht in ihre Nähe lassen. Ich werde nicht weit sein. Dort drüben bei der Ringmauer, wo niemand sonst ist.«

Donald brummte etwas, doch dann stimmte er widerwillig mit einem Nicken zu. »Nur du, Chief.« Marcas führte sie hinüber und zwang Gisela vor sich, sodass Donald sie nicht erreichen konnte. Sie kannte die Art und Weise, wie der Verstand ihres Bruders arbeitete und war dankbar dafür.

Sobald sie von den anderen entfernt standen, zeigte Donald mit dem Finger auf sie und stach ihr beinahe ins Auge. »Du wirst mich nicht beschämen, indem du mit anderen Männern herumtändelst.«

Marcas schlug seine Hand herunter. »Ich werde das Benehmen meiner Schwester im Auge behalten. Du kontrollierst dein eigenes oder ich jage dich vom Land der Mathesons. Und wenn du nicht schnell genug verschwindest, werde ich dich auf einen Spieß stecken und dich rösten. Es scheint, als hättest du genügend Speck angesetzt, um meinen ganzen Clan satt zu bekommen.«

»Noch eine Beleidigung und du bekommst die Kraft meines Schwertarms zu spüren.« Donalds Stimme schwoll zu einem Brüllen an und sein Zorn wuchs immer mehr, je länger er auf dem Land der Mathesons weilte. »Was deine Schwester anbelangt, werde ich mich deinem Wunsch fügen und warten, bis du zu den MacKinnies kommst, aber du wirst dafür bezahlen, mich und meinen Clan beleidigt zu haben.« Die Wut in seinem Blick reichte ihr als Versprechen. Die Erinnerung, dass sie ihn in jüngeren Jahren als guten Fang angesehen hatte, war ihr unverständlich. Sobald sie verlobt gewesen waren, hatte sie erfahren müssen, was für ein gemeiner Mistkerl er war.

Mehrere Jahre zuvor hatte sie sich schuldig gemacht, mit ihm zu flirten, da sie sich von seiner Kraft und seinem guten Aussehen angezogen gefühlt hatte. Wahrscheinlich war er anschließend heimgekehrt und hatte seinem Vater erklärt, sie für sich beanspruchen zu wollen. Ihr eigener Vater hatte aus irgendeinem unbekannten Grund zwei Jahre später eingewilligt. Sie hatte Donald für gut aussehend und anständig gehalten, also hatte sie nicht widersprochen, doch damals war sie jung und töricht gewesen. Sie hatte nicht viel von ihm gewusst, gleichwohl ihr sein Temperament damals gemäßigt vorgekommen war.

Entweder hatte sie sich geirrt, oder Donald hatte sich geändert, und nicht zum Besseren.

Über die ganze Situation aufgebracht, wirbelte Donald auf dem Absatz herum und marschierte auf sein Pferd zu. Seine beiden Gefährten waren gar nicht erst abgestiegen und zusammen ritten sie davon.

Sie wartete, bis er auf dem Weg weit außer Hörweite war, ehe sie sprach. »Marcas, wie müssen diese Verlobung beenden. Wegen der Krankheiten und der vielen geliebten Menschen, die wir verloren hatten, war sie für mich eine ganze Weile vollkommen in Vergessenheit geraten. Als ich das Gerücht über seine Neigung hörte, Frauen zu schlagen, war alles wieder lebendig geworden. Ich kann mein Leben nicht mit so einem Mann verbringen. Ich möchte seinen Zorn nicht zu spüren bekommen.«

Marcas schüttelte den Kopf. »Du solltest es besser wissen. Die Gerüchte stammen von jemandem, der einen Hang zu Klatsch hat, also können wir sie nicht beim Wort nehmen. Frauen einen Klaps zu verpassen und sie zu schlagen, sind zwei ganz unterschiedliche Dinge, gleichwohl ich das nicht mit ihm diskutieren werde. Du weißt aber, wie sehr Thebe übertreibt.«

»Ich will keinen Klaps bekommen oder geschlagen werden.« Sie verschränkte die Arme und starrte ihren Bruder an.

»Du hast recht und es ist müßig, darüber zu diskutieren.« Ihr Bruder hielt die Hände kapitulierend hoch, denn er wusste, dass er niemals alle Einzelheiten hätte zur Sprache bringen sollen. »Aye, die Verlobung war in Vergessenheit geraten und verschoben worden, aber sie ist nie offiziell abgesagt worden. Ich wünschte, ich würde verstehen, warum Vater sie arrangiert hat. Es ist falsch, das erkenne ich jetzt auch und Papa würde es ebenfalls so ergehen. Aber weil wir keinen Beweis für seine Grausamkeit haben, müssen wir die Wahrheit herausfinden, irgendeinen Beweis, dem wir seinem Vater präsentieren können, um die Verlobung abzusagen. Ohne Beweise würde Laird MacKinnie nicht glauben, dass sein Sohn Frauen wehtut.«

»Du denkst, Thebe lügt?« Thebe war eine ihrer zuverlässigen Hausmägde, aber sie war für ihr Klatschmaul bekannt. »Eine Tratschtante zu sein, heißt nicht, dass dies eine Lüge ist, sondern vielleicht etwas, das sie ohne große Kenntnis darüber herausposaunt.«

»Ich glaube, es ist etwas Wahres an dem, was sie sagt, aber wir werden die Sache gründlicher untersuchen müssen, ehe wir uns zu den MacKinnies begeben. Ich würde dich nicht so einem groben und grausamen Ehemann überantworten. Ich werde eine Möglichkeit finden, dieser Vereinbarung ein Ende zu machen, die alle Seiten befriedigt. Denke bis dahin nicht mehr daran.«

Er geleitete sie zu Shaw und Padraig zurück.

»Vielen Dank, Marcas«, flüsterte sie. Du weißt, ich verehre dich.«

Er verdrehte die Augen, als er zur Seite trat, doch dann blieb er stehen und sah über seine Schulter. »Bis wir dies geregelt haben, hältst du deine Lippen von meiner Schwester fern, Grant.« Dann grinste er. Er führte die Gruppe durch die Tore in den Hof.

Gisela atmete erleichtert auf, sobald sie innerhalb der Sicherheit der Burgmauern war. Das Gemäuer aus grauem Stein erhob sich fast fünf Meter und zahlreiche kleine Hütten waren zusammen mit Werkstätten an die Mauer geschmiegt, die den Burghof umgab. Padraig und sie führten ihre Pferde auf die Stallungen zur Rechten zu, während Shaw Marcas direkt in den Hauptturm folgte, ohne sich um die Schar von Federvieh zu kümmern, die vor ihren Füßen davonstoben.

Gisela war überhaupt nicht überrascht, Thebe von einer verborgenen Stelle bei den Toren auf sie zueilen zu sehen.

»Was ist passiert?«, fragte die Magd eifrig, die voller Neugier steckte.

Thebe war für ihr Klatschmaul bekannt, aber sie wusste alles, was zwischen den Clans passierte, also beschloss Gisela, still zu bleiben. »Nichts Wichtiges. Donald war zu grob, das war alles.«

Thebe machte ein finsteres Gesicht und blickte zu Padraig und dann wieder zu ihr, aber Gisela äußerte sich nicht weiter. Sie wollte nicht, dass sich die Spekulationen über ihre Verlobung über die ganze Insel verbreiteten.

Nonie kam herbei, als wüsste sie um Thebes Versuch, ihnen Informationen zu entlocken. »Wirst du mit hineinkommen, Gisela? Ich will Tiernay und Kara gerade füttern und sie haben nach dir gefragt.«

Mehr als froh, der Haushälterin zu gehorchen, die half, für ihre kleine Nichte und Neffen zu sorgen, antwortete sie: »Natürlich. Ich werde gleich drinnen sein.«

Kara und Tiernay waren Marcas Kinder von seiner ersten, durch den Fluch gestorbenen Frau – eine Folge des, von ihrem sitzengelassenen Liebhabers, vergifteten Brunnens. Der Fluch hatte die Hälfte ihres Clans dahingerafft, ehe Brigid und ihre Cousinen die Ursache aufgedeckt und der Krankheit ein Ende gemacht hatten. Gisela hatte alles getan, was sie konnte, um den Kleinen über ihren Verlust hinwegzuhelfen, doch Brigid Ramsay als Stiefmutter zu bekommen, hatte ihren Schmerz sehr gelindert.

Thebe machte sich geschäftig davon, um entweder eine andere Adresse für ihren Klatsch zu finden oder eine Aufgabe zu erledigen, und Nonie strebte in den Hauptturm zurück, wobei sie Gisela gerade genug Zeit gab, um Padraig zuzuflüstern: »Jetzt verstehst du, warum ich vorsichtig sein muss.«

Padraig lächelte und meinte: »Aye, Mädchen. Aber ich liebe Herausforderungen.«

»Bitte fordere ihn nicht heraus. Ich möchte den nächsten Morgen erleben.«

»Ich sagte nicht, dass es heute sein muss. Ich werde ihn im Augenblick in Ruhe lassen, aber ich werde ihm nicht erlauben, damit durchzukommen, dich so zu behandeln. Das ist ein Versprechen.« Dann zwinkerte er.

Sie war dem Untergang geweiht.

KAPITEL ZWEI

PADRAIG GRANT, DER Sohn von Robbie
und Caralyn Grant, ließ den Blick über
die große Halle schweifen, wo er neben der
Feuerstelle stand. Die Menge hatte sich nach
dem Nachtmahl und ein paar Ale ausgedünnt,
und er konnte Giselas Augen auf spüren. Die
Matheson Brüder und ihre Wachleute hatten sich
mit Essen gelabt und ausreichend gebechert, um
die Hälfte von ihnen in das Land der Träume
zu schicken, doch Padraig hatte sich nicht so
übernommen wie die anderen. Die Gruppe
fing an, auseinanderzubrechen, und die Wachen
entfernten sich aus der Halle, um die Familie
ihrem abendlichen Ritual zu überlassen, ehe sie
ihre eigenen Schlafstätten aufsuchten.

Die Kinder würden in ihre Nachtgewänder
gekleidet werden, während Marcas und Shaw
Geschichten vergangener Schlachten erzählen
würden, die ihr Vater geschlagen hatte, oder
irgendwelche anderen Geschichten, welche die
Kinder unterhalten würden. Sein Lächeln wurde
breiter, als sein süßes Mädchen durch die Halle
auf ihn zu geschlendert kam und ihre Hüften auf

eine Weise schwang, so dass seine Erregung unter
seinem Plaid ihn in Verlegenheit zu bringen
drohte.

Er beugte sich in der Taille, schwang einen Arm
vor sich und rief ihr zu. »Mylady, Ihr seid wirklich
die Lieblichste von allen.« Das war sie in der Tat
und ihr langes braunes Haar fiel ihr entflochten in
Kaskaden über den Rücken, während ihre grünen
Augen mit der gleichen Freude funkelten, die er
auf ihrem Ritt durch den Wald gesehen hatte,
bis sie unterbrochen worden waren. Sie trug ein
dunkelgrünes Kleid, das ihre Augen betonte und
auch ihre großzügigen Rundungen an genau den
richtigen Stellen. Sein Lieblingsmerkmal waren
allerdings die Sommersprossen, die auf ihrer Nase
und den hohen Wangenknochen tanzten, und die
ein Beweis dafür waren, wie gern sie sich in der
Sonne aufhielt.

Er ließ den Blick zu beiden Seiten schweifen,
um sich zu vergewissern, dass seine Cousinen
nicht so nahe waren, um zu hören, was er zu ihr
sagen musste, doch das war nicht der Fall. Mit
einem Lächeln rückte er näher zu ihr und klickte
mit seinen Stiefeln auf dem Steinfußboden, als
er darauf wartete, dass sie auf ihn zukam. Er war
nicht weit von der Tür und fragte sich, ob er sie
überzeugen konnte, heute Abend einen kleinen
Spaziergang zu unternehmen, wobei er den Kopf
schräg hielt, als Hinweis darauf, was zu tun er sich
von ihr erhoffte. Gisela kam bei ihm an und dann
ging sie zu seiner Überraschung an ihm vorbei,
während sie ihn gleichzeitig mit ihrem besten,
einladenden Blick über die Schulter ansah. Er

folgte ihr, neugierig, was sie vorhatte. Sie führte
ihn zur Tür hinaus in den Hof und die kühle Brise
war nach der schalen Luft im Inneren angenehm,
während sie noch immer noch vom Aroma des
gerösteten Schweins geschwängert war.

Als er ihr in die Nacht folgte, sang sein Herz
beinahe vor Freude darüber, was ihn seiner
Ansicht nach erwartete. Plötzlich war Padraig
von einer Erleuchtung wie vor den Kopf
geschlagen. Diese wunderschöne, geistreiche
und kluge Frau, die dort mit ihrer schwingenden
Kehrseite provozierend vor ihm ging, würde sein
Leben verändern – für immer. Sie kamen an
einer Gruppe von Wachen vorbei, die betrunken
genug waren, um das Paar zu ignorieren und
sich auf ihre Unterhaltung über eine kürzlich
ausgetragene Schlacht konzentrierten, was er
sehr schätzte. Er musste zugeben, dass er über die
Stärke seiner Gefühle von Eifersucht überrascht
gewesen war, als er sich damit konfrontiert sah,
dass Donald MacKinnie das Mädchen vor ihm
angefasst hatte.

Er hatte den Mann schlagen wollen, bis er
nicht mehr in der Lage gewesen wäre, sein
eigenes Pferd zu besteigen, was lächerlich war,
denn Padraig dachte nur selten an Gewalt, ehe
er andere Alternativen durchdacht hatte, um eine
Situation zu klären. Welche Anziehung auch
immer dieses Mädchen auf ihn ausübte – er
würde sie so schnell nicht wieder abschütteln.

Er vermochte allerdings nicht zu sagen,
warum er das wusste. Er wusste nur, dass er ein
Bauchgefühl über ihre Beziehung hatte, und

er wusste, dass jeder im Grant Clan ihm raten würde, diesem Gefühl zu folgen.

»Padraig«, flüsterte sie über ihre Schulter, ohne ihr Tempo zu drosseln. »Dein Lächeln ist scheinbar gedacht, zu verzaubern, denke ich. Schaust du jedes Mädchen so an, das du triffst?«, fragte Gisela und ihre langen braunen Locken fielen ihr über den Rücken, während in ihren grünen Augen das Versprechen im Licht der der Fackeln tanzte, die den Hof erhellten.

»Nein, niemals.« Er hielt seine Hand übers Herz und täuschte einen Sturz auf den Boden vor, und ihr Gelächter war Musik in seinen Ohren. Er sprang gleich wieder auf und sein bestürzter Ausdruck zeigte, wie ihre Frage ihn verletzt hatte. »Wie kannst du denken, dass dem so ist? Du bist wahrhaftig die schönste Frau, die ich je gesehen habe.«

Sie musterte ihn argwöhnisch, als sie abwartend stehenblieb. »Ist das alles, was du in mir siehst, du dummer, süß-daherredender Mann?«

»Nein«, entgegnete er leise und wurde für einen Augenblick ernst. Er zog sie mit sich zu einem abgeschirmten Bereich am Rande des Burghofs. Er beugte sich nahe zu ihr und küsste flüchtig ihre Lippen, um zu sehen ob sie ihn abweisen würde.

Das tat sie nicht.

»Ich sehe eine intelligente, loyale Frau, die ihrem Clan liebevoll ergeben ist. Dein Streben, deinen Clan nach diesem fürchterlichen Fluch wieder aufzubauen, ist absolut bewundernswert. Aber selbst hart arbeitende Frauen müssen ein wenig Spaß haben.«

Er beugte sich herab und nahm ihre Lippen wieder mit seinen in Besitz. Sie teilte die Lippen schnell und ließ ihn ein, wobei sie ihm einen Vorgeschmack auf ihren süßen Mund gab, den er nicht so schnell vergessen würde. Ihre Reaktion erfreute und überraschte ihn. Ihre Zungen trafen sich und er konnte das Grollen nicht zurückhalten, das tief aus seiner Brust aufstieg, als er seine Arme um sie schlang und sie nahe genug an sich zog, dass ihre Körper miteinander verschmelzen konnten. Er kümmerte sich noch nicht einmal darum, ob sie seine offensichtliche Erektion durch ihre Kleidung fühlen konnte.

Er begehrte Gisela Matheson mehr als irgendjemand sonst, den er je kennengelernt hatte. Machtlos gegen ihre honigsüßen Lippen, legte er seinen Mund schräg, um tiefer in sie zu dringen, doch sie beendete den Kuss zu rasch.

Sie legte den Kopf zurück und schaute zu ihm auf. »So sehr ich deine Aufmerksamkeit auch genieße, Mylord, sollte ich nicht damit fortfahren. Wie du weißt, gibt es einige Leute, die ich nicht Zeuge meiner Handlungen werden lassen will. Ich fürchte, dass es vielleicht Klatschmäuler gibt, die jeden unserer Schritte beobachten.«

Er wusste genau, wen und was sie meinte. Sie fürchtete, dass Thebes Geschwätz Donald MacKinnie erreichen und seinen Zorn wieder anfachten könnte.

»Warum glaubst du, dass Thebe dich hintergehen würde? Sie scheint deine Freundin zu sein«, stellte er fest, als er sie hinaus und zum rückwärtigen Teil der Mauer und in das Dorf führte – in der Hoffnung, ihre Befürchtungen zu zerstreuen. Fern vom Lichtschein der Burgfackeln war die Gefahr geringer, dass sie gesehen werden konnten. »Ist sie deinem Clan gegenüber nicht loyal?«

Gisela seufzte und warf einige lose Haarsträhnen über ihre Schulter zurück. »Thebe war eine Angehörige des Milton Clans. Damals behauptete sie, Donald zu lieben, aber sobald der Fluch vorüber war, bat sie, dem Matheson Clan beizutreten, und behauptete, dass sie von dem Mann wegkommen musste. Sie hat Nonie erzählt, dass Donald der Einzige für sie sei, er aber kein Interesse an ihr habe, also wollte sie so weit von ihm fort, wie es nur ging. Das hat Nonie mir erzählt, weil sie wusste, dass wir verlobt waren, obwohl ich versucht hatte, das zu vergessen. Abgesehen davon ist sie noch nicht lange genug hier, um unserem Clan ihre Treue zu beweisen.«

»Hat er dir je den Hof gemacht, oder besteht die Verlobung nur aufgrund einer mündlichen Abmachung?«

Sie nahm Padraig an der Hand und zog ihn zu einem Baum hinüber. »Aye, vor einem Jahr oder mehr, habe ich Donald gemocht. Er schien ein umgänglicher Mann. Offensichtlich ist er gut aussehend …«

»Still jetzt«, meinte Padraig mit großen Augen. »Sag mir, dass du ihn nicht für besser aussehend hältst als den Mann, der vor dir steht.« Padraig ließ ihre Hand sinken und trat von ihr weg, worauf er verschiedene Posen einnahm, um zu zeigen, wie stark und gutaussehend er war. »Ich bin sicher, dass ich viel besser aussehe. Stärker. Schönere Lippen zum Küssen.« Er zwinkerte ihr zu, und sie erwiderte die Geste mit einem Kichern.

»Natürlich bist du viel stattlicher. Aber anfangs hatte ich eine Möglichkeit mit ihm gesehen. Nachdem der Fluch gebannt war, kam er zu einem Besuch vorbei, um sich zu überzeugen, dass ich überlebt hatte, aber er hatte sich verändert. Er war gemein zu mir und das hat mir nicht gefallen.« Ihr Blick schweifte in die Ferne, als ob sie sich an den Besuch erinnerte. »Er schien wütend und er verunglimpfte unseren Clan wegen des Fluchs, gleichwohl es eindeutig nicht unser Verschulden war und er schlug sein Pferd mit irgendeinem Objekt, das er in der Hand hielt, sodass ich nicht anders konnte als darauf zu reagieren und meine Stimme fast ein Schrei war. Aber am schlimmsten war, dass ich fürchtete, er würde mich schlagen. Er hörte auf, als er erkannte, dass meine Brüder sich um mich versammelt hatten.« Sie starrte für einen Moment auf den Boden, ehe sie den Kopf hob, um ihre Gedanken zu erklären. »Er hat die Verlobung nie erwähnt, was merkwürdig war. Und die Art und Weise, wie er mich anschaute, machte mich schaudern. Ich verstehe das nicht. Zuerst hat es mir Probleme bereitet, doch jetzt fürchte ich mich davor, wozu er vielleicht imstande ist. Er ist kein Mann, der auf die leichte Schulter zu nehmen ist.«

»Er wird dir kein Leid zufügen, solange ich in deiner Nähe bin. Hör auf, an ihn zu denken. Akzeptiere es als Meilenstein auf dem Weg zu dem Mann, der für dich bestimmt ist. Setze deinen Sorgen ein Ende. Ich bin vom Grant Clan und als Grant Krieger geboren und aufgezogen, und ich bin mehr als froh, diesen Bastard herauszufordern, der dich so aus dem Konzept bringt.« Padraig erwähnte nicht, dass er nicht der kräftigste der Grant Krieger war, gleichwohl er tatsächlich besser mit dem Schwert kämpfte als die meisten. Doch zwischen den Kriegern der Grant Familie stach er nicht heraus, egal wie viel Zeit er mit Üben verbrachte.

»Ich werde ihn für dich aus meinen Gedanken verbannen, Padraig.« Sie stieß ihn gegen die Brust und meinte: »Du wirst keine Kämpfe für mich austragen, Padraig. Vergiss nicht, dass ich die Mistress des Clans bin, also muss ich stark und überlegen sein.« Sie setzten ihren Spaziergang um die Außenseite des Dorfes fort, das hinter den Burgmauern lag. Die Burg war so nah an der Küste von Beauly Firth gebaut, dass nicht viel Raum für die Anzahl der Hütten war, die sie gebraucht hatten, ehe der Fluch die Hälfte des Clans dahingerafft hatte.

»Ich dachte Brigid sei die Mistress des Clans.« Brigid hatte Marcas gerade erst im Frühjahr geheiratet und weil Marcas Laird war, machte das sie, gemäß der Praktiken der ihm bekannten Clans, zur Mistress.

Gisela warf ihm rasch einen schuldbewussten Blick zu, aber sie erholte sich schnell. »Natürlich ist sie das. Aber ich möchte ihr in ihrer neuen Rolle zur Seite stehen. Sie hat mich um Hilfe gebeten, und ich unterstütze Marcas´ Kinder auch, Brigid kennenzulernen. Gleichwohl Tiernay und Kara recht glücklich wirken.«

Sie kehrten zum Burghof zurück und schlichen sich durch den Hintereingang, um der Gruppe von Wachen auszuweichen, die inzwischen recht lärmend war, und über die Ringmauer hinweg zu hören waren. Padraig lehnte sich vor und küsste sie auf die Wange. »Ich werde hinnehmen, dass du dich in der Öffentlichkeit benehmen musst, aber Mädchen, ich will mehr von dir. Mehr Unterhaltung, mehr Gelächter, mehr Küsse. Soll ich auf die Knie fallen und dich anflehen?«

Ihr Gelächter hallte über den Hof. »Nein, mach keine Szene, Padraig Grant.«

»Na schön. Ich werde dich nach drinnen begleiten, Mistress.«

Padraig hielt die Tür für sie offen, und sie betrat die große Halle, in der die verbliebenen Mitglieder des Haushalts ein wenig ruhiger als die Gruppe im Hof war.

Sie gingen zur Feuerstelle hinüber, wo die Verbliebenen sich zu einer leisen, Unterhaltung versammelt hatten, und Padraig musste sich zwingen, seine Hand fallen zu lassen, die er beschützend auf Giselas Rücken gelegt hatte.

Die Gruppe gab ein hübsches Bild ab, wie Brigid, Jennet und Tara zusammensaßen und die Männer um sie herum. Ethan saß hinter Jennet und Marcas stand an den Kaminsims gelehnt und Shaw war an Taras Seite.

Die Unterhaltung erstarb, sobald sie eintraten. Gisela schaute sich in der Halle um, die außer der Gruppe beim Kamin verwaist war. »Wie ich sehe, habt ihr über mich geredet.«

Padraig erfasste die ernsten Mienen auf Marcas und Shaws Gesichtern, und kam zu dem Schluss, dass sie recht hatte. Ethans Gesichtsausdruck wechselte nur selten, also war es schwer, irgendeinen Hinweis von ihm zu bekommen.

Dies war eine Unterhaltung der Matheson Familie, also hütete er seine Zunge. Es war besser, die Brüder ausreden zu lassen, ehe er das Wort ergriff.

Marcas zeigte mit der Hand auf den verbliebenen Platz dicht bei der Feuerstelle. »Nimm Platz, Gisela. Wir würden uns freuen, dies mit dir zu besprechen.«

Padraig folgte ihr zum Stuhl und konnte nicht anders, als sich hinter sie zu stellen, um seine Unterstützung zu demonstrieren. Er hatte keine Ahnung, wie ihre familiären Diskussionen normalerweise abliefen.

»Wir sind zu einer Entscheidung gekommen und planen, sie diese Woche durchzuführen. Eine Entscheidung, von der du wissen musst, Schwester, da sie dich betrifft.«

Beinahe wäre Gisela von ihrem Platz aufgesprungen, doch Padraig legte ihr die Hände auf die Schultern und ermunterte sie, zuzuhören. »Du hast ihnen noch nicht zugehört, nicht wahr, Mädchen?«

Sie blickte über ihre Schulter zu ihm zurück und ihr Gesicht war gleichzeitig voller Wut und Angst, wenn das überhaupt möglich war. »Nur zu, Marcas.«

Marcas zwinkerte Padraig zu. »Er ist ein kluger

Mann. Danke, dass du auf ihn hörst.«

Sie räusperte sich, doch sie hielt den Mund, also trat Padraig einen Schritt zurück.

»Nach sorgfältiger Überlegung haben Ethan, Shaw und ich beschlossen, dem MacKinnie Clan morgen einen Besuch abzustatten, mit der Absicht, die Verlobung aufzulösen.«

Gisela entspannte sich und stieß hörbar die Luft aus, ehe sie ihren Brüdern ein kleines Lächeln schenkte. »Danke. Ich werde gern mitkommen, damit ich Donalds Reaktion sehen kann.«

»Ach, aber du kommst nicht mit, Mädchen«, blaffte Shaw.

Dieses Mal ließ Padraig sie los, als sie von ihrem Platz aufschoss. »Es ist mein Leben, von dem du da redest. Wenn du entscheidest, einen Handel einzugehen, werde ich dabei sein.«

Marcas hielt seine Hand hoch. »Wir werden keinen Handel abschließen, bei dem Donald dich heiraten wird. Er hat sich in den Jahren, seit Papa dieser Verlobung zugestimmt hatte, sehr verändert und jetzt ist Donald nicht der geeignete Mann für irgendeine Frau. Wenngleich ich versuchen werde, die Gerüchte nicht zu erwähnen, die wir über Donalds Grausamkeit gegenüber Frauen gehört haben, komme ich darauf zu sprechen, wenn es sein muss. Aber lass mich bitte eines fragen, liebe Schwester. Du scheinst etwas für den Mann hinter dir übrig zu haben, aber ich glaube nicht, dass du dir schon Gedanken darüber machst, dich mit ihm zu verloben, nicht wahr?«

Sie drehte sich zu Padraig um und schaute ihn kopfschüttelnd aus großen Augen an. »Nein, wir haben uns gerade erst kennengelernt, Marcas. Bitte übe keinen Druck auf ihn aus. Das ist überaus ungerecht.«

»Da stimme ich zu. Entschuldigung, Grant, dass wir dich in Verlegenheit bringen. Solltest du deine Meinung ändern, wäre es überaus entgegenkommend von dir, wenn du mich informieren würdest, sobald du dir deiner Gefühle sicher bist.«

»Padraig wird dir ein guter Ehemann sein«, bemerkte Tara.

Padraig wünschte sich, dass Tara nicht so reden würde, als ob die Heirat bereits arrangiert wäre, aber er hielt den Mund. Mit all ihren Brüdern hier, wollte er ihre Worte weder leugnen, noch wollte er überhaupt darüber reden, was für eine Art von Ehemann er abgeben würde. Er war noch nicht für die Ehe bereit, doch wenn er das wäre, würde er Gisela und keine andere wählen.

»Gisela, wenn du nicht gewillt bist, eine Verlobung mit Padraig anzukündigen, ist mein Rat, dass du ihm eine Weile fernbleibst«, schlug Marcas vor. Wieder schaute er Padraig an. »Obwohl ich deine Hilfe wirklich zu schätzen weiß, ist es vielleicht Zeit für dich, zu gehen, Grant.«

»Noch nicht«, entgegnete Shaw. »Nicht bis wir herausfinden, ob die MacKinnies einen direkten Angriff vorhaben.«

Brigids Schock zeigte sich auf ihrem Gesicht. »Würden sie so etwas tun?«

Marcas trat dicht zu ihr und legte ihr eine Hand in den Rücken, als ob er sie beruhigen wollte.

»Das könnten sie, aber ich denke nicht, dass sie das tun werden. Einen Clan anzugreifen, nach dem, was wir durchgemacht haben, wäre unehrenhaft, doch einige unter ihnen waren bereit dazu. Mit so vielen Kranken und Toten hatten sie unser Land reif für eine Übernahme erachtet. Es war nur die Angst vor dem Fluch, der sie lange genug im Zaum hielt, bis wir uns wieder aufgerichtet hatten – und die Hilfe von Logan Ramsay mit seiner Bande von Bogenschützinnen. Wir dürfen nicht vergessen, wie die anderen Clans uns gesehen hatten, ehe der Ramsay Clan uns zur Hilfe gekommen war. Die MacKinnies könnten einer der Clans gewesen sein, die gewillt gewesen waren, zusammen mit den Miltons anzugreifen.«

»MacKinnie wird uns nicht angreifen«, setzte Ethan hinzu, »es sei denn, er will unseren Clan wirklich übernehmen. Das werden sie noch nicht tun. Donald wird die geplatzte Verlobung nicht gut aufnehmen, aber ich erwarte, dass er sich auf andere Weise dafür revanchiert.«

Marcas nickte. »Ich denke, du hast recht, Ethan. Gisela, du solltest keinen Schritt vor die Ringmauer tun, bis Donald dies akzeptiert hat. Das ist ein weiterer Grund, warum du nicht mit uns gehen wirst. Wir werden ihm nicht die Gelegenheit zu einem Versuch bieten, dich zu entführen. Er steht nicht über so einem niederträchtigen Benehmen. Wir werden die Dinge für eine Weile anders handhaben.«

»Anders?«, frage Gisela.

»Vorsichtig«, antwortete Shaw.

»Und wenn wir keine Wahl haben, wird Brigid

eine Nachricht an ihren Vater schicken, damit er eine Streitmacht der Ramsays schickt, die uns hilft, die Burg zu schützen«, fügte Jennet hinzu.

»Würde er das tun?«, fragte Gisela und schaute dabei Brigid an. »Er ist nach der beinahe Tragödie mit Jennet ja gerade erst aufgebrochen.«

Brigid schnaubte, als sie die lachende Jennet anschaute.

»Mein Vater liebt zu kämpfen«, meinte ihre Schwägerin. »Er braucht nicht einmal eine Einladung.«

»Da stimme ich zu«, meldete Padraig sich zu Wort. »Ich kann Grant Krieger herbringen, wenn ihr wollt, aber Onkel Logan kann viel schneller hier sein als die Grant Krieger.«

»Logan ist dein Onkel, Padraig? Wie?«, fragte Ethan. Er sah aus, als würde er die Familienverhältnisse im Kopf überschlagen.

Die vier Cousinen brachen alle gleichzeitig in Gelächter aus. Jennet beugte sich herüber und küsste ihn auf die Wange. »Du hast recht, mein Liebster, dass sie keine Blutsverwandten sind, aber in diesem Fall gilt diese Regel nicht. Alle Grants nennen ihn Onkel. Wir stehen uns alle so nahe und das schon seit Jahren, dass es immer so gewesen ist.«

Shaw betrachtete die Gruppe der Cousinen und kratzte sich am Kinn. »Warum kann dein Vater schneller hier sein, Brigid? Das Gebiet der Grants liegt näher.«

Padraig schmunzelte. »Logan Ramsay lässt Kyle Maule die Männer auch im Laufen ausbilden. Sie sind besonders geübt darin, sich schnell fortzubewegen, und die Bogenschützen sind die schnellste, effektivste Truppe, die du je gesehen hast. Es sind weit *mehr* Grant Krieger, über eintausend, aber wir praktizieren Stärke mit dem Ziel kraftvolle Schwertkämpfer auszubilden. Unsere Pferde sind Schlachtrösser, speziell für den Kampf gezüchtet und ausgebildet. Weder unsere Pferde noch unsere Männer können sich schneller als die Ramsay Bogenschützen bewegen. Und sie bewegen sich wirklich sehr schnell und machen damit den Unterschied in der Entfernung wett.«

»Das ist eine ziemlich brillante Strategie.« Ethan verschränkte die Arme und klopfte mit einem Fuß, als er nachdachte. Alle drehten sich um und schauten ihn an, denn sie wussten, dass er noch etwas zu sagen hatte. »Ihr seid enge Verbündete. Zusammen seid ihr die kraftvollste Macht von England und dem Land der Schotten, würde ich tippen.«

Jennet schaute Brigid an, dann Tara und endlich Padraig, ehe sie verkündete: »Du hast absolut recht, Ethan.«

»Aber wir werden uns damit nicht abspannen. Nachdem wir die MacKinnies verlassen haben, werden wir besonders vorsichtig sein müssen.«

»Aber warum?«, fragte Gisela. »Wir werden Hilfe haben, wenn wir welche wollen.« Sie schwang den Arm zur Gruppe.

»Ich werde euch sagen, warum«, antwortete Shaw. »Gleichwohl die Grants stärker und die Ramsays schneller sein mögen, ist Donald aber verschlagener.«

Da konnte Padraig nicht widersprechen. Und das tat auch sonst niemand.

KAPITEL DREI

GISELA SASS IN der großen Halle neben der Feuerstelle und half der dreijährigen Kara beim Ankleiden, während Brigid Tiernay fütterte, der gerade erst über ein Jahr alt war und seinen Porridge noch nicht richtig löffeln konnte. Die Halle erwies sich als der wärmste Ort um die Kleinen anzukleiden, womit Gisela während des Fluchs angefangen hatte, und Brigid hatte die Gewohnheit nicht geändert.

In Wahrheit machte Brigid mit den Kindern fast alles genau so, wie Gisela es getan hatte. Vielleicht war das zum Teil der Grund, warum sie Marcas' neue Frau so ins Herz geschlossen hatte.

Die Wachen hatten gegessen und waren gegangen, womit die Halle nun fast leer war. Ihre Gedanken waren bei den Ereignissen des Vortages und das Bild von Donalds Finger in ihrem Gesicht hielt sich besonders hartnäckig.

»Hast du Angst davor, was heute passieren wird?«, fragte Brigid.

»Aye.« Gisela machte sich an Karas langem braunen Haar zu schaffen, das sie in Strähnen teilte, um es zu flechten. Die Männer waren bereits zu den MacKinnies aufgebrochen und würden zumindest für einige Zeit nicht wiederkehren. Das würde ihre Geduld mehr als alles andere auf die Probe stellen. »Ich wäre gern gegangen, aber ich denke, Marcas hat recht. Donald ist ein verschlagener Mann. Ich bin froh, dass er ein paar Wachen hiergelassen hat.«

»Ethan wird uns beschützen. Ich mach mir keine Sorgen«, fügte Jennet hinzu, die gerade die Treppe herunterkam. »Gisela, möchtest du, dass ich Kara nehme, damit du dich entspannen kannst? Du wirst sicherlich gespannt auf ihre Rückkehr sein.«

Sie sollte Kara nicht ankleiden? »Nein, ich mache meine süße Nichte gern fertig«, sagte sie und gab Kara einen Kuss auf den Scheitel. »Du hast Tante Gisela gern, nicht wahr, Süße?«

»Aye, Tante Ela, aber du ziehst mein Haar zu fest. Au.« Die Kleine hob die Hand zu ihrem Kopf, um ihn zu schützen.

Gisela flocht Karas Haar lockerer. »Entschuldigung Liebling. Ich werde es in Ordnung bringen.«

»Nein, Bwigid soll es tun, bitte.«

Gisela ließ die Hände von Kara sinken, als ob das kleine Mädchen sie darauf geschlagen hätte und starrte Brigid entsetzt an. Sie hatte ihrer geliebten Nichte wehgetan.

Tara übernahm Tiernays Fütterung, während Brigid zu Kara hinüberging, die prompt verkündete: »Meine neue Mama zieht nicht an meinem Haar. Ich hab Bwigid so lieb wie dich Tante Ela.«

Der Verlust von Freda, Marcas erster Frau,
an den Fluch, war ein schwerer Schlag für den
gesamten Haushalt gewesen. Und dann hatte der
Mann, der die Quelle vergiftet hatte, Kara direkt
aus Giselas Armen genommen, während sie im
Fieberschlaf war. Er hatte etwas von Freda für sich
behalten wollen – von seiner früheren Geliebten,
weil er die Frau nicht haben konnte, die er bis
zum Wahnsinn geliebt hatte. Das schlimmste
daran war jedoch, dass sich der Mistkerl mitten
während des Fluchs in die Festung geschlichen
hatte, als alle so krank gewesen waren. Er hatte sie
aus Giselas Armen gestohlen, als sie beide krank
vor Fieber auf einer Pritsche bei der Feuerstelle
geschlafen hatten.

Das hatte Gisela sich nie verziehen, obwohl
sie wusste, dass den Mistkerl die alleinige Schuld
traf. Kara war in ihrer Obhut gewesen, als sie
gestohlen worden war, und wegen ihrer eigenen
Krankheit war sie nicht aufgewacht. Wie konnte
das sein?

Ihre Brüder und sie hatten auch ihre Eltern an
den Fluch verloren und Gisela hatte geschworen,
die Rolle ihrer Mutter einzunehmen und als
Mistress des Clans ihrem Bruder Marcas zu helfen,
den Clan wiederaufzubauen. Dann war Brigid
gekommen. Die beiden hatten sich ineinander
verliebt und rasch geheiratet.

Sie wusste, dass es das Beste für den Clan war.
Sie brauchten einen starken Anführer und eine
neue Mistress. Brigid war eine Heilerin und hatte
wenig darüber gewusst, wie eine Burg zu führen
war, also hatte Gisela ihr beigebracht, was sie

wissen musste.

Doch nun, da Brigid etabliert war, ihre begnadete Köchin Jinny in der Küche waltete und Nonie im Haushalt, hatte Gisela nicht viel zu tun. Vor dem Fluch war sie wenig mehr als ein Mädchen gewesen. Nicht mehr. Die Zeit war mehr als reif, sich in ihre Rolle als Frau zu finden.

Also hatte Gisela sich damit befasst, sich um ihre Nichte und ihren Neffen zu kümmern. Sie hatte an der kleinen Kara viel gutzumachen, die an einen Baum gebunden worden war, bis ihre Haut aufgerissen und blutig war, und so hatte sie viel Zeit darauf verwendet, sich um die Bedürfnisse der Kleinen zu kümmern.

Natürlich war Brigid als Mutter auch großartig. Nein. Sie musste das anders sagen. Brigid war eine wundervolle Mutter zu beiden Kindern. Der kleine Tiernay würde sich nicht an seine echte Mutter erinnern, und Kara würde einen Großteil ihrer Erinnerung an Freda verlieren. Die beiden hatten Brigid schnell akzeptiert und liebten sie.

Wie es auch sein sollte. Von ihrer Aufgabe mit Kara entlassen, ließ Gisela sich in einen Sessel bei der Feuerstelle sacken und starrte in die Flammen.

Tara kam zu ihr und setzte sich neben sie. »Es ist gut, dass du Donald nicht heiraten wirst. Obwohl sie sich beschwert, wie du ihr Haar flechtest, liebt Kara dich und sie vertraut dir. Und Tiernay ebenso auf die Art und Weise, wie kleine Kinder das tun.«

»Aye, ich weiß, dass sie das tun. Und ich werde sie nicht im Stich lassen, solange sie mich brauchen.« Ihre Augen verschleierten sich mit

Tränen bei der Erinnerung an all das, was die beiden durchgemacht hatten. Gisela hatte sich oft gefragt, ob dieses kleine, besondere Mädchen fürs Leben gezeichnet sein würde, doch sie hatte sich als zäher erwiesen, als Gisela vermutet hätte. Kara war süß und so glücklich wie sie nur sein konnte.

»Was ist mit Padraig? Wo passt er dort hinein?«

Sie riss den Kopf hoch, um Tara anzuschauen. Was für eine gewagte Frage. »Ich bin nicht sicher. Es macht Spaß, mit ihm zusammen zu sein. Er lenkt mich von Donald ab.« Sie zwirbelte eine Strähne ihres langen Haars um ihre Finger und wand sie, wobei sie willentlich ihre Gedanken zurückhielt. Er war ein meisterhafter Küsser, immer rücksichtsvoll und lieb, und er war jemand von dem sie wusste, dass sie sich auf ihn verlassen konnte. »Seine Persönlichkeit ist einfach deshalb wundervoll, weil er mich immer zum Lachen bringen kann, insbesondere wenn ich es am meisten brauche.«

»Was, wenn Padraig mehr will?«

Sie verzog das Gesicht und wand noch immer ihr Haar, dieses Mal vielleicht ein bisschen schneller. »Padraig wird auf diese Weise nicht an mir interessiert sein. Es könnte niemals sein.«

Tara zog fragend eine Augenbraue hoch.

»Padraig würde niemals hierbleiben und ich kann meine Ne– ich meine Brüder nie verlassen. Wir müssen zusammenhalten. Padraig ist ein Wanderer, das hat er mir erzählt. Er sagt, er würde sich niemals an einem Ort niederlassen.«

»Aber Shaw hat mir erzählt, dass du gern reist.«

Sie ließ von ihrem Haar ab und ihre Hände

sanken in ihren Schoß, während sie in die Flammen starrte. »Bevor der Fluch alles verändert hatte, aye. Ich wollte nach Edinburgh reisen. Um mehr vom Land zu sehen.«

»Aber das hat sich geändert?«

»Aye, jetzt müssen wir zusammenhalten. Unseren Clan wiederaufbauen. Dafür sorgen, dass Mama und Papa stolz auf uns sind.« Ihr Blick schweifte zu Kara zurück. »Zu viel ist zu schnell passiert, wenn du die Wahrheit wissen willst. Ich weiß nicht, was von einem Tag zum nächsten passieren wird.«

»Das weiß keiner von uns, aber du hattest eine riesige Veränderung in deinem Leben. Warum konzentrierst du dich nicht einfach auf den Augenblick? Es wird dir nicht guttun, Angst vor der Zukunft zu haben. Zuerst solltest du abwarten, was deine Brüder über ihr Treffen mit Donald berichten. Ich bin sicher, dass sie mit guten Neuigkeiten zurückkehren, und du wirst in der Lage sein dein Leben weiterzuführen, ohne dir irgendwelche Sorgen zu machen.«

»Ich hoffe, du hast recht, Tara. Danke für deinen Ratschlag.«

Sie starrte in die Flammen, nachdem Tara gegangen war. Es fühlte sich überhaupt nicht so an, als würden gute Neuigkeiten bevorstehen.

Eher fühlte es sich an, als würde die Welt, die sie kannte, zu Ende gehen.

Padraig hielt sein Pferd zurück und blieb hinter den Matheson Brüdern, als sie sich MacKinnie

Castle näherten. Von der Außenseite sah es nicht nach viel aus, nicht annähernd so groß, wie die meisten anderen Castles der Clans und es wies nicht die Schnitzerei in der Brüstung auf, wie das Grant Castle. Das Bauwerk war ähnlich groß wie das Castle, in dem sein Bruder Roddy mit seiner Frau Rose lebte, wirkte jedoch nicht besonders gepflegt, und hatte auch keine landschaftliche Gestaltung oder schöne Blumenarrangements wie die meisten anderen, weshalb eine einladende Atmosphäre fehlte.

Der Ritt hinüber hatte ihm viel Zeit zum Denken gegeben, denn die Brüder hatten sich untereinander unterhalten und die Wachen hatten größtenteils den Mund gehalten.

Er vermisste seinen Bruder. Wenn er von hier weiterzog, würde er vielleicht Roddy in den westlichen Highlands besuchen. Er war schon lange Zeit hier und musste zugeben, dass er seine Zeit genossen hatte, aber hauptsächlich, weil er es genoss, mit Gisela zusammen zu sein. Sollte sich all dies ändern?

Sein nächster Halt, wenn er daran dachte, diesen Ort zu verlassen, war niemals zuhause, sondern immer irgendwo ein bisschen weiter, ein bisschen anders. Nicht vielen gegenüber gab er zu, dass er nicht bei den Grants lebte, weil er nicht dazugehörte. Er war kein überragender Krieger, wie es von den Grant Männern erwartet wurde, und er war es ehrlich gesagt leid, auf den Übungsplätzen zu arbeiten, um den Männern und Jungen die Kampfmethode der Grants beizubringen. Das ewige Drillen, das Stoßen und

Abwehren, bis seine Arme schmerzten, und dann das auf die Probe stellen der Wachen, um zu sehen, wer die Tapferkeit und Stärke hatte, in einem Kampf standzuhalten, hatten ihn ausgelaugt.

Das war einfach nichts für ihn. Anstatt seinem Vater seine Weigerung ins Gesicht zu sagen, ging er lieber auf Wanderschaft und wünschte, er könnte jemand werden, wie Logan Ramsay, der als Spion reiste. Immer unterwegs. Er liebte es, neue Menschen kennenzulernen und neue Gesichter zu sehen.

Seine andere Alternative? Vermutlich konnte er bei Roddy und seiner Frau Rose bleiben, die eine ganze Bande Waisenkinder aufgenommen hatten, und ihr Leben in ihrem familiären Castle an einem wunderschönen Meeresarm zusammen mit Roddys bestem Freund und rechter Hand, und dessen Frau, Constance, eingerichtet hatten. Wer wusste schon, wen sie noch alles aufgenommen hatten?

Die Idee hatte ihre Vorzüge – viele Kinder, die Stabilität eines Castles mit einigen Grant Wachen zum Schutz. Aber wahrscheinlich würde es dort keine Mädchen geben, die sein Interesse weckten. Natürlich war er nicht besonders interessiert an irgendeinem Mädchen gewesen, bis er Gisela kennengelernt hatte. Sich auf den Weg zu machen, um seinen Bruder zu besuchen, würde wohl das Beste für ihn sein. Mit ein bisschen Abstand könnte er seine wahren Gefühle für Gisela ergründen. War ihre Beziehung ein vorübergehendes Strohfeuer oder etwas, das von Dauer sein sollte?

Leider mochte Padraig die Mädchen. Groß, klein, rundlich, albern, still, es war ihm egal. Sie faszinierten ihn. Er genoss es gleichermaßen, sich mit ihnen zu unterhalten, wie mit ihnen zu schlafen. Aber andere Mädchen hatten ihn nie so interessiert, wie Gisela. Keine andere konnte seine Aufmerksamkeit erregen und seinen Blick auf sich ziehen oder sein Inneres wärmen wie Gisela.

In den vergangenen Jahren war Padraig als großer Flirt unter den Mädchen bekannt gewesen, doch er hatte sich verändert.

Er schnitt das Schnauben ab, das aus ihm herausbrechen wollte. Er konnte sich nicht einmal selbst damit täuschen, dass er an diesen rechten Unsinn glaubte. Sicher, wenn Gisela Interesse an ihm hätte, könnte er die anderen vergessen, weil er wirklich kein tieferes Interesse an ihnen hatte, aber er mochte Mädchen und die Aussicht in einem Castle zu leben, in dem keine waren, mutete ihm nicht das geringste bisschen verlockend an.

Egal, wie sein Weg aussah, war Gisela im Begriff, ihre Freiheit zu erlangen, und er war nicht mehr für eine Heirat bereit, als sie zu sein schien. Ein bisschen Zeit weg voneinander würde vielleicht das Beste für sie beide sein.

Als er seine Gedanken abschüttelte, erkannte er, dass sie beinahe vor den verschlossenen Toren des MacKinnie Castles standen, und die Festung wirkte sogar noch verfallener, als er zuerst angenommen hatte. Schnell zählte er die sichtbaren Wachen und machte sich dann keine Sorgen mehr darüber, dass sie angegriffen werden könnten. Sie hatten einfach nicht die erforderliche Anzahl, um bereit zu sein, es mit dem Trupp der Mathesons aufzunehmen. Eine Wache brüllte zu ihnen heraus, als sie sich dem Castle näherten. »Nennt Euer Begehr!«

»Wir sind Marcas und Shaw Matheson und wir sind hier, um mit deinem Laird und seinem Sohn Donald zu sprechen«, rief Marcas zurück.

Der Wachmann verschwand, um mit seinem Anführer zu sprechen. Marcas drehte sich um und schaute zu Padraig. »Willst du mit zu dem Treffen mit Shaw und mir kommen, oder würdest du lieber hier draußen bei den Wachen bleiben?«

»Ich werde mit euch gehen. Drei Schwerter sind besser als zwei.«

Marcas Lippen formten sich zu einem kaum unterdrückten Lächeln, doch Shaws allerdings nicht, der stattdessen flüsterte: »Sicher sind sie das.«

Der Wachmann kehrte zurück und verkündete: »Wir werden die Tore für nicht mehr als drei Männer öffnen. Eure Wachen bleiben draußen.«

»Einverstanden«, antwortete Marcas, der absaß. Er nickte Padraig kurz zu, als Zeichen, dass er eingeladen war, sie zu begleiten.

Er folgte den beiden Brüdern in den Hof. Alles wurde still, als sie an den Bewohnern vorbeigingen, die in ihrem Tun innegehalten hatten, um die Eindringlinge anzugaffen, und anders als die anderen, starrte der Weber sie mit einem unerbittlichen Blick an. Was hatte er gehört? Der kurze Gang verschaffte ihnen einen

Überblick über MacKinnies Wohlstand. Das Castle war ähnlich wie das der Mathesons, doch das Dach des Lagerschuppens brauchte eine neue Abdeckung und er erhaschte einen Blick auf eine Ratte, die aus dem Kornschuppen huschte und auf die Grundmauern des Hauptturms zu rannte, was seinen Reflex auslöste, mit der Hand nach seinem Schwertgriff zu fassen.

Die Ratte sollte sich verdammt noch mal von ihm fernhalten, dachte er, während er die Zehen in seinen Stiefeln wackelte, um sicher zu sein, dass sie seine Füße weiterhin gut schützten.

Sie kamen an zwei Männern vorbei, die in einer Schmiede arbeiteten - ein Wachmann probierte ein neues Schwert, durch das Schwingen der Waffe, um das Gefühl und Gewicht zu testen, während der Schmied die Übung beobachtete. Padraig musste angesichts der geringen Größe des Schwerts und den Schwierigkeiten, die der Krieger scheinbar beim Schwingen hatte, den Drang zu lachen unterdrücken.

Das war eine Szene, die er auf Grant Land nie erleben würde.

Sie traten durch die Tür des Hauptturms und wurden die Treppe hinauf in die Kabinettstube des Lairds geführt.

Der Laird, Fearchar MacKinnie, war ein alter Mann, dem seine Söhne erst spät im Leben geboren worden waren. Soweit Padraig wusste, war er immer einfach MacKinnie genannt worden, und das sogar schon, ehe er die Anführerschaft von seinem Vater übernommen hatte. Er saß am Ende eines Tisches und Donald stand zu seiner

Linken, während ein anderer Mann sich hinter ihm befand. Die Wachen an der Tür blieben draußen und schlossen sie hinter Padraig.

»Matheson, mein Beileid für Euren Verlust Eurer Eltern und Eurer Frau. Ich habe Nachricht von Eurer kürzlichen Heirat erhalten. Eine junge Frau von den Ramsays spricht von einem großen Gewinn für Euren Clan. Und wenn sie so eine gute Heilerin ist, wie ich gehört habe, seid Ihr in der Tat ein von Glück gesegneter Mann.«

»Aye, ich habe Logan Ramsays jüngste Tochter Brigid geheiratet.« Marcas stand mit gestrafften Schultern vor ihm. Groß und breitschultrig vermittelte er den Eindruck eines Lairds, der vor nichts und niemandem kuschen würde. Padraig konnte nicht anders, als den Mann dafür zu bewundern, in so jungen Jahren in die Fußstapfen seines Vaters getreten zu sein. Beide Eltern und seine Frau verloren zu haben, musste verheerend gewesen sein. Padraig konnte Brigid für ihre Hingezogenheit zu diesem großen, dunklen und machtvollen Mann keinen Vorwurf machen. Er wusste in diesem Moment, dass der Laird vom MacKinnie Clan Marcas nicht von seiner Absicht abbringen würde.

MacKinnie sah Marcas aus schmalen Augen mit einem abschätzenden Blick an. Der Mann hatte graues Haar und einen langen Graubart und seinen Augen entging nichts. »Ihr habt nicht lange gewartet, Euch neu zu verheiraten. Glaubt Ihr nicht daran, das Andenken an die Mutter Eurer Kinder in Ehren zu halten?«

Marcas' Anspannung strahlte von seinen

Schultern aus, doch seine Stimme blieb gleichmütig. »Ihr wisst, dass unsere Verbindung keine Liebesheirat war. Und mein Ehestand geht Euch nichts an. Wir sind aus anderem Anlass hier, wie Ihr Euch bestimmt denken könnt, da bin ich mir sicher.«

Wenn der alte Mann gedacht hatte, er könnte Marcas' Selbstbewusstsein erschüttern, indem er ihn in Verlegenheit brachte oder versuchte, den jungen Laird mit einer Beschuldigung zu konfrontieren, hatte er sich geirrt.

Donald grunzte. Vielleicht hatte er gehofft, Marcas würde dem offenen Schachzug seines Vaters nachgeben, was ihn wahrscheinlich auch eher im Gespräch über die Verlobung nachgiebig machen würde. Padraig lachte in sich hinein. Die Mathesons würden ihre Meinung nicht ändern, egal, was die MacKinnies sagten.

Der Laird zeigte zu den Stühlen um den Tisch. »Bitte setzt euch. Ich werde Euch von Dougal eine Erfrischung bringen lassen.«

»Nicht nötig. Wir werden unser Geschäft schnell hinter uns bringen. Ihr kennt meinen Bruder Shaw und dies ist« – er zeigte auf Padraig – »ein Cousin meiner Frau, Padraig Grant.« Marcas setzte sich MacKinnie gegenüber und machte den anderen beiden ein Zeichen, sich jeweils auf eine Seite von ihm zu setzen. Damit blieb Donald als Einziger stehen.

Wieder war Padraig beeindruckt. Er erkannte diese Taktik von seinem Onkel Alex, den er beobachtet hatte – bring deine Sache vor, aber tu so, als sei sie unwichtig, und dann lass deine wahre

Bedeutung auf dein Gegenüber einwirken, wobei du ihnen Zeit gibst, über deine markantesten Worte nachzudenken. Oder in diesem Fall ein Wort – *Grant*.

Marcas hatte MacKinnie wissen lassen, dass er neben den Ramsays einen weiteren mächtigen Verbündeten hatte – den Grant Clan.

»Also habt ihr zwei beachtliche Verbündete mit dieser Heirat gewonnen und beide Clans übersteigen mit der Anzahl ihrer Angehörigen, bei weitem unsere eigenen Zahlen.«

»Es ist richtig, dass ich sie beide als Verbündete erachte.«

»Also warum seid Ihr dann hier?« Padraig schätzte ihn als schlauen Strategen ein, als er erkannte, wie geschwind er die Konsequenzen von Marcas´ Heirat mit Brigid erfasst hatte.

»Wie Ihr wisst, ist unsere Schwester Gisela vor – wie ich glaube – vier oder fünf Jahren von unserem Vater mit Eurem Sohn Donald verlobt worden. Stimmt das, Chief?«

»Aye, ihr habt recht. Es ist Zeit, dass diese Verlobung ein Ende hat und eine Heirat stattfindet. Nennt Ihr ein Datum.«

Marcas' Blick wanderte keinen Augenblick zu Donald, sondern blieb auf dem Laird haften. »Als Oberhaupt des Matheson Clans breche ich diese Verlobung. Nach den Turbulenzen der letzten Monate ist diese Verbindung nicht länger für meine Schwester geeignet. Diese Ereignisse, wie wir sie durchlebt haben, verändern eine Frau. Was Euren Sohn anbelangt, ist er ein Grobian und ich würde ihn nicht mehr in die Nähe meiner

Schwester lassen, ganz zu schweigen davon, sie zu heiraten. Ich bin sicher, dass Euch Gerüchte darüber zu Ohren gekommen sind, wie Euer Sohn Frauen behandelt. Ich werde diese Art von Behandlung für meine Schwester nicht erlauben.«

Dann schaute er Donald an. »Ich entschuldige mich für diese Unannehmlichkeit, aber ich bin sicher, dass Ihr leicht eine andere finden werdet, Donald. Wahrscheinlich habt ihr zahlreiche Angebote von anderen Lairds.«

Donalds Gesicht wurde so dunkelrot, dass Padraig dachte, er könnte vor ihnen einen Anfall bekommen, doch er brachte es fertig, durch zusammengebissene Zähne zu sprechen. »Ich will Gisela. Sie ist mein.«

»Nein, das ist sie nicht. Sie wird Euch nicht heiraten, insbesondere nicht, nachdem ich die Blutergüsse gesehen habe, die Ihr verursacht habt. Das ist mein letztes Wort.« Marcas stand auf und war im Gehen begriffen, doch der Laird hielt ihn auf.

»Worum geht es hier wirklich, Marcas? Jede Frau braucht ein einen kleinen Klaps, um sie dazu zu bringen, deine Wünsche zu achten. Das trifft insbesondere auf die mit einem starken Willen zu. Dies ist kein Grund, eine Verlobung zu beenden. Euer Vater dreht sich in seinem Grabe um, wenn Ihr seine Anweisung missachtet.«

Marcas schüttelte den Kopf. »Nein, das tut er nicht. Ich weiß, dass mein Vater gesehen hätte, wie kümmerlich diese Verbindung nun ist. Er hat vom Himmel aus zuschauen können und jedes Mal, wenn die beiden zusammentrafen, konnte er diese Blutergüsse als Ergebnis dieses Austauschs sehen. Ich habe sie mit eigenen Augen ansehen müssen, und ich muss meine Schwester vor einem Leben schützen, das sie nicht mehr will. Die Entscheidung ist gefallen.«

»Dies bedeutet Krieg«, verkündete Donald. »Und das ist EuerVerschulden.« Abrupt hob er den Finger und zielte direkt auf Padraig. »Er verkehrt mit Gisela und erzählt ihr Lügen.« Speichel flog beim Sprechen von seinen wütenden Lippen und er stand kurz davor, die Kontrolle zu verlieren.

Marcas schüttelte den Kopf. »Das hat nichts mit Grant zu tun. Sie kann diese Art von Leben nicht leben, das Ihr ihr zu bieten habt, und das ist der einzige Grund für meine Entscheidung.«

»Sie gehört zu mir. Ich werde mit ihr machen, was ich will.« Er schlug sich mit der Faust auf die Brust, doch er hob seine andere Faust seitlich an seinen Kopf und rieb mit den Fingerknöcheln über die Schläfe.

»Den Teufel wirst du tun«, meinte Shaw, der dastand und sich zu Donald lehnte. Padraig stand ebenfalls auf und unterstrich ihre vereinte Front.

»Genug!«, brüllte das Oberhaupt der MacKinnies. »Setzt euch bitte. Lasst uns dies vernünftig besprechen.« Die Gruppe beruhigte sich und alle nahmen wieder ihre Plätze ein. »Nun, Marcas, jedes Mädchen muss zurechtgewiesen werden. Er ist nicht der Erste, der die Hand gegen seine Verlobte oder seine Frau erhebt. Wenn es nötig ist, wird sie diszipliniert werden. Die Blutergüsse werden heilen. Und was die Gerüchte anbelangt, sind sie einfach nur das. Ich bin sicher, dass Donald niemanden sonst verletzt hat.«

Wieder stand Marcas auf und legte die Hände auf den Tisch, um sich vorzubeugen und seine Stimme sank zu einem leisen, bedrohlichen Tonfall. »Nein. Schläge und Blutergüsse sind nicht der rechte Weg, sich den Respekt eines Mädchens zu verdienen. Meine Schwester wird nicht misshandelt werden. Die Verlobung ist aufgelöst.« Dann drehte er sich weg, um – von Shaw und Padraig gefolgt – zu gehen.

Die drei hatten beinahe die Tür erreicht, als Donald auf Padraig zugerannt kam. Er wollte ihn mit seiner fleischigen Pranke packen, doch Padraig war schneller und duckte sich, um dann einen kräftigen Boxhieb auf seinem Kiefer zu landen, der ein hörbares Knacken verursachte.

Donald brüllte auf, aber sein Vater brüllte noch lauter. »Donald, du wirst jetzt aufhören, oder ich werde dich höchstpersönlich mit der Rute züchtigen.«

Padraig stand locker und wachsam da, jederzeit zu einem zweiten Schlag bereit, aber das musste er nicht. Offenbar würde sein Vater seine Drohung wahr machen, denn Donald hörte sofort auf und trat sogar einen Schritt zurück. Aber die Wut loderte weiterhin in seinem Blick.

»Matheson«, rief der Chief hinter ihnen her. »Wir werden euch ein paar Tage gewähren, um eure Entscheidung noch einmal zu überdenken. Ich verstehe, dass der Fluch euch mit vielen offenen Wunden zurückgelassen hat. Das auf den Hexenprozess folgend, in den Euer Bruder verwickelt war, und ich kann verstehen, dass Ihr bereit für ein gewisse Ruhe und Vernunft in Eurem Leben seid. Das will ich Euch zugestehen. Eine Woche. Ihr werdet Donald innerhalb einer Woche akzeptieren.«

Donald starrte zu Padraig und zeigte dann mit dem Finger auf ihn, wobei er meinte: »Ihr werdet bezahlen. Ihr werdet sehen.«

Padraig nickte nur. »Geh nur auf mich los, wann immer du willst. Wir werden sehen, wer der stärkere Schwertkämpfer ist.«

»Keine Schwerter. Ich werde dich erst quälen und dich dann mit meinen bloßen Händen umbringen.« Der Mistkerl legte seinen Kopf zurück und grinste.

Was um alles in der Welt sollte das bedeuten?

KAPITEL VIER

GISELA WARTETE IN der großen Halle und saß in ihrem Lieblingssessel neben der Feuerstelle. Sie hielt eine Flickarbeit im Schoß, doch ihre Hände waren müßig. Sie war zu abgelenkt, um auch nur einen einzigen Stich zu tun. Brigid schnitt Bandagen für ihre Heilkammer zurecht, während Tara und Jennet am Tisch arbeiteten und eine Heilsalbe mischten.

Thebe kam in den Raum gerannt und wäre beinahe gestolpert, als sie über die Schwelle trat. »Sie sind zurück und sie sehen nicht erfreut aus.«

»Thebe, du wirst deine Meinung nicht über etwas herausposaunen, wovon du nichts weißt. Das geht dich nichts an. Komm mit in die Küche«, blaffte die Haushälterin, wirbelte auf dem Absatz herum und ging zur Hintertür hinaus. Thebe fluchte leise, doch sie folgte ihr.

»Achte nicht auf sie«, meinte Brigid. »Sie ist eine Klatschbase, einfältig und beschränkt. Je mehr sie die Leute anstacheln kann, umso glücklicher ist sie. Ich habe Vertrauen in deine Brüder.«

»Gott sei Dank für Nonie. Sie ist die beste Haushälterin überhaupt«, stellte Tara fest.

Gisela lächelte bei der Erinnerung daran, wie lieb die Frau zu ihr gewesen war, als sie noch ein kleines Mädchen gewesen war. »Das ist sie und sie ist es immer gewesen.«

Es verging nicht mehr als ein kurzer Moment, ehe sich die Tür öffnete und Shaw und Padraig mit Marcas im Schlepptau eintraten. Marcas ging direkt auf Brigid zu, schlang die Arme um sie und lehnte sich an sie, wobei er tief seufzte.

»Keine angenehme Reise, Ehemann?«, fragte sie, wobei sie ihn nach Herzenslust gewähren ließ, sie zu berühren.

»Nein, ich hatte bessere.« Er lehnte sich zurück und küsste sie rasch. »Ich muss mich immer noch an meine Rolle gewöhnen, Oberhaupt des Clans zu sein. Ich hätte eine bestimmte Person am liebsten mit einem tödlichen Schlag auf der Stelle niedergestreckt, aber ich musste mich zurückhalten, weil ich jetzt für unseren Clan spreche.«

»Wen?«, fragte Gisela, die sich mit der Hand an den Hals fuhr. Sie betete, dass nicht Padraig der Unruhestifter war.

»Donald natürlich.« Er drehte sich um, aber er hielt Brigids Hand fest.

Jinny, die Hauptköchin, steckte den Kopf zur Tür herein und Brigid meinte: »Ein paar Erfrischungen für die Männer, bitte Jinny.« Die Köchin nickte und verschwand.

»Berichte bitte. Was ist passiert?« Gisela packte die Armlehne ihres Sessels.

»Ich habe die MacKinnies informiert, dass die Verlobung mit dir aufgelöst ist«, antwortete Marcas.

»Die Sache sollte für dich nun Vergangenheit sein und du musst dir keine Gedanken mehr über eine Heirat machen, die du nicht willst. Die MacKinnies haben es nicht ganz akzeptiert, Gisela, aber nachdem ich mich mit ihnen getroffen und dabei den Beweis für Donalds Temperament gesehen habe, bin ich mehr als je zuvor überzeugt, dass du diesen Mann nicht heiraten wirst. Er hat sich verändert. Ich habe ihn in der Vergangenheit nicht so aufbrausend erlebt und ich bin froh, dass wir seinen wahren Charakter jetzt erlebt haben, anstatt nach der Hochzeit.«

»Da muss noch mehr sein, Marcas. Ihm nur zu sagen, dass du die Verlobung auflöst, hätte dich nicht so erschüttert. Bitte berichte mir alles, was passiert ist und lasse nichts aus.« Sie faltete die Hände im Schoß und schwor sich, nicht jeden einzelnen Faden aus ihrem Kleid zu ziehen, während sie auf die vollständige Erklärung wartete.

»Der Chief hat uns eine Woche gewährt, unsere Meinung zu ändern. Er hat Donalds Brutalität nicht als Grund akzeptiert, die Verlobung aufzulösen, aber ich habe darauf bestanden, dass sie aufgelöst ist.«

Shaw und Marcas schauten beide zu Padraig und dann erklärte Shaw: »Donald sagte, du wärst die Seine und dann hat er Padraig Rache dafür geschworen, ihm deine Zuneigung gestohlen zu haben.«

Gisela spürte, wie das Blut aus ihren Wangen wich, und sie fuhr mit ihrem Finger zu ihrem Haar, um eine Strähne zu finden, die sie zwirbeln konnte. »Und was, wenn wir unsere Meinung nicht ändern? Was für eine Art von Rache plant Donald?«

Sie zwirbelte und zwirbelte. Dieses Ultimatum konnte alles bedeuten. Einen Krieg zwischen den Clans. Eine Brautentführung. Das Stehlen von Pferden, Kühen oder Schafen oder …

»Das hat er nicht gesagt, aber Donald glaubt, dass Padraig die Ursache des Problems ist.« Shaw trat an die Feuerstelle, stützte sich mit einer Hand an den Sims und starrte in die Flammen. »Ich bin mir nicht sicher, was ich von der ganzen Sache halten soll. Marcas, ich wünschte, Pa wäre hier.«

Padraig zuckte mit den Schultern. »Ich mache mir keine Sorgen, Gisela. Ich kann jederzeit gegen ihn kämpfen. Er ist nicht größer als ich, und an manchen Stellen ist er wabbelig. Ich bezweifle, dass er sehr gut mit dem Schwert umgehen kann.«

»Ich wäre auf der Hut«, riet Shaw, der jetzt vor dem Feuer auf und ab ging.

»Warum?« Padraig riss den Kopf herum und sah Giselas Bruder an. »Er redet gern vom Kämpfen, aber er lässt seinen Worten wohl kaum Taten folgen, oder? Auf mich macht er nicht den Eindruck eines versierten Schwertkämpfers. Sein Körper besitzt nicht die entsprechende Muskulatur und er hat keine Kraft in seinen Armen.«

»Nein«, sagte Marcas. »Donald ist nicht nur Gerede. Vielleicht kann er nicht mit den gleichen Schwertkünsten eines Grant aufwarten, aber es gibt andere Wege, jemanden ums Leben zu bringen.

Wenn wir der Hochzeit nicht innerhalb einer Woche zustimmen, wird er sich auf irgendeine Weise rächen, ganz gleich, was sein Vater vorhat. Er ist nicht mehr ganz richtig im Kopf. Hast du gesehen, wie er sich die Schläfe gerieben hat?« Er schaute von Shaw zu Gisela und dann wieder zu Padraig. »Er ist nicht mehr derselbe Mann wie vor einem Jahr. Und die MacKinnies waren nicht mit einem Fluch belegt worden. Es stellt sich die Frage, was die Veränderung verursacht hat?«

»Du bildest dir etwas ein, das nicht existiert. Er beschäftigt sich damit, sich einen bösen Weg auszudenken, um uns zu quälen«, entgegnete Shaw.

»Oder dich, Padraig. Du darfst seine Drohung nicht abtun. Ich glaube zwar nicht, dass er unsere Schwester angreifen würde, aber er wird nicht zögern, dich ins Visier zu nehmen. Betrachte ihn als gerissen. Er wird dich nicht direkt mit einem Schwert angreifen. Was auch immer er tut, er wird verschlagen und hinterhältig sein.«

Gisela keuchte und starrte Padraig an, der vollkommen entspannt wirkte, als würde keine Bedrohung über seinem Kopf schweben. »Oh, du lieber Herr im Himmel.« Sie stand auf und eilte zu ihm hinüber. »Du musst gehen.«

Shaw hielt seiner Schwester die erhobene Hand entgegen. »Donalds Vater und sein Bruder werden ihn im Zaum halten. Dougal ist der Anwärter auf den Posten des Lairds, nicht Donald. Er wird sein Erbe nicht aufs Spiel setzen, indem er Donald etwas Dummes tun lässt.«

Padraigs Hände legten sich auf ihre Schultern, und er traf ihren Blick. »Ich werde nicht vor ihm davonlaufen. Das wäre wohl kaum eine ehrenhafte Antwort auf seine Herausforderung. Ich werde bleiben und mich ihm stellen, sobald er bereit ist. Der Mann ist als Schwertkämpfer keine ernsthafte Bedrohung. Heute habe ich gesehen, wie langsam und unsicher er auf seinen Beinen ist. Mach dir bitte keine Sorgen um mich. Am wichtigsten ist, dass Marcas deine Verlobung gelöst hat. Wenn du der Heirat nicht zustimmst, glaube ich nicht, dass sie zur Tat schreiten. Er wird dich mit der Zeit vergessen, obwohl mir das nächste Mädchen weiß Gott leidtut, auf das er ein Auge wirft. Er lässt sich nicht so leicht von seinem Ziel abbringen.«

Gisela konnte das Zittern in ihren Händen nicht unterdrücken. »Du kennst Donald nicht. Er wird tun, was er sagt.«

Marcas warf einen resignierten Blick in Padraigs Richtung. »Sie hat recht. Unterschätze Donald MacKinnie nicht. Du musst immer auf der Hut sein, Grant. Ich schlage dir noch einmal vor, in Erwägung zu ziehen, uns eine Zeit lang zu verlassen. Kehre zurück, wenn die Sache geklärt ist.«

»Bitte, Padraig? Geh, ehe er dich tötet. Ich verspreche, hier auf Matheson Land zu bleiben und nicht auf Wanderschaft zu gehen.«

Padraig warf ihr einen grimmigen Blick zu. »Grant Männer laufen nicht davon, und wir geben nicht klein bei.«

Später in der Nacht saß Padraig auf der Pritsche

in der kleinen Hütte, die gerade noch innerhalb der Burgmauern lag und in der er nächtigte. Er hatte eine Zeit lang im Hauptturm gewohnt, doch die Nähe zu Gisela war zu verlockend, weshalb er in eine der Hütten gezogen war, die durch den Fluch leer standen. Er dachte an seinen Clan und die Krieger seiner Familie – Vater, Onkel, Bruder, Cousins. Was würde jeder Einzelne von ihnen tun, wenn sie von einem Mann wie Donald bedroht wurden?

Sie würden standhaft bleiben und auf den Angriff warten, mit Grant Kriegern im Rücken. Wäre er unter anderen Umständen von zu Hause fortgegangen, hätte er eine Nachricht geschickt und ein paar Angehörige seines Clans um ihr Kommen und Unterstützung mit ihren Schwerter gebeten – um Donalds Bedrohung nicht nur für ihn, sondern auch für Gisela abzuwehren. Was auch immer zu Donalds Abwehr erforderlich war, wie auch immer er angreifen mochte, und um Gisela in Sicherheit zu wissen.

Sein Vater würde die Männer unverzüglich auf den Weg schicken, wenn er wüsste, worum es ging, aber da er unter schlechten Umständen aufgebrochen war, fühlte er sich nicht wohl dabei, um Hilfe zu bitten.

Sein Vater hatte von ihm gewollt, die Übungsplätze zu leiten. Nachdem Roddy und Braden gegangen waren, hatten sie jemanden gebraucht, der die Ausbildung der jüngsten Krieger übernahm. »Ich werde zu alt, Padraig. Dein Clan braucht dich.« Es gab viele Männer auszubilden, also brauchten sie mehr als einen oder zwei erfahrene Krieger, die in der Lage waren, die Männer zu unterrichten und sie auf den Kampf vorzubereiten. Die Jungen und Männer der Grants wurden ausgebildet und nach ihren Fähigkeiten eingestuft. Einige wurden als Wachleute für die Familie ausgebildet, andere zum Schutz der Burg. Andere wurden ausgebildet, um die Ersten auf dem Schlachtfeld zu sein. Padraig hatte die Jüngsten auf den Übungsplätzen ausgebildet, ihre Fähigkeiten auf die Probe gestellt und sie zu Kriegern herangezogen, damit sie mit den anderen ins Feld ziehen konnten.

Wie oft hatte er seinem Vater gesagt, dass das Leben als Krieger, die Ausbildung anderer Krieger, nichts für ihn sei? Dennoch vergaß oder ignorierte sein Vater seine Wünsche und trieb ihn immer wieder auf das Übungsgelände. Sein Vater hatte darauf bestanden, dass die Grant Truppen von ihm geschult würden und jeden Tag kämpften. Er hielt es für Padraigs Pflicht als ein Grant.

»Bitte denke noch einmal darüber nach, Padraig.«

Bei diesen Worten war er gegangen. Immer wieder hatte er versucht, seinem Vater zu erklären, warum er das Bedürfnis hatte, fortzugehen, und er dem Kämpfen nicht so viel abgewinnen konnte, wie so viele seiner Cousins. Der Hauptteil der Cousins unter den Ramsays und Grants waren Bogenschützen oder Schwertkämpfer, sogar die Frauen. Und zweifellos konnte er geschickt mit beiden Waffen umgehen. Aber er wollte das Leben eines Kämpfers nicht führen, und er wusste nicht, wie er seinem Vater das begreiflich machen sollte.

Diese Entfremdung zwischen ihnen war ihm ein Gräuel.

»Papa, das ist einfach nicht die Art, wie ich mein Leben verbringen möchte.« Er war gegangen, und die Tränen seiner Mutter schmerzten ihn mit jedem Schritt mehr, aber er musste seinen eigenen Weg finden.

Er wünschte sich so sehr, zu wissen, wie genau dieser Weg aussehen würde.

Er wollte reisen, um das ganze Land zu besichtigen, und alle seine Vettern und Freunde zu besuchen. Er erinnerte sich lebhaft daran, wie er vor einigen Jahren zum ersten Mal auf Black Isle gewesen war, und er die wunderschöne Landschaft entdeckt hatte, die so reich an Wäldern war, während der leise Ruf der Vögel seine Seele ermunterte, und der blaue Himmel über den Bergen das Blut frisch durch seine Adern pulsieren ließ.

Nun, er hatte Vettern in Edinburgh, in den westlichen Highlands, in der Nähe von East Lothian, in Crieff, in Perth und an zahlreichen Orten, die er besuchen konnte und wo er willkommen sein würde, aber er brauchte ein Ziel. Er war nach Black Isle gekommen, weil er von den Schwierigkeiten seiner Cousins gehört hatte, und er war eine Hilfe gewesen.

Aber was zum Teufel sollte er jetzt tun? Einfach wieder gehen?

Ein Klopfen ertönte an seiner Tür. Wer um alles in der Welt würde ihn mitten in der Nacht aufsuchen? Er durchquerte den Raum und öffnete die Tür einen Spalt, dann trat er überrascht zurück.

»Gisela, ist etwas passiert?«

»Aye, ich brauche dich.« Sie trat in die Dunkelheit, schloss die Tür hinter sich und stellte die kleine Kerze, die sie bei sich trug, auf einen Tisch in der Nähe. Sie umfasste sein Gesicht mit beiden Händen, und ihre Lippen trafen seine in einem Angriff, der gleichermaßen unbarmherzig und wunderbar war. Ihre Zungen duellierten sich in einer wilden Paarung, und er knurrte, hob sie in seine Arme und umfasste ihre runde Kehrseite, weil er sich tief in ihr versenken wollte. Nur der Gedanke an ihre Brüder und seinen Onkel hielt ihn davon ab, diesem Wunsch nachzukommen.

Sie streichelte mit ihren Händen an seinen Armen entlang und drückte seine harten Muskeln, während er ihren Hals küsste und ihr Ohrläppchen liebkoste.

»Mädchen, du machst mich verrückt vor Verlangen. Ich will dich wie keine andere, aber wir können das nicht tun. Ich werde dich nicht besudeln.« Die Worte kamen ihm über die Lippen, doch nun musste er sie seinem verräterischen Glied verständlich machen.

Keuchend wich sie nur einen Schritt von ihm zurück. »Padraig, ich bin keine Jungfrau. Ich wollte meine Jungfräulichkeit nicht für dieses Untier aufsparen, also habe ich sie vor nicht allzu langer Zeit an einen Mann meiner Wahl verschenkt.«

»Wem?« Unvermittelt loderte die Eifersucht in ihm auf. Er zwang sich, sie niederzuringen,

wenn seine Hände dabei auch weiter über ihre
üppigen Rundungen wanderten. Dann hielt er
inne und gab seinen Irrtum zu. »Das geht mich
nichts an, Mädchen, es sei denn, du hast dich ihm
versprochen. Verzeih, aber das war eine spontane
Reaktion.« Er hatte ebenso wenig das Recht,
sich nach ihren Liebhabern zu erkundigen wie
sie nach seinen.

»Das spielt keine Rolle. Er ist an dem Fluch
gestorben. Es war sowieso nicht aus Liebe. Ich
war entschlossen, sie jemandem zu schenken, zu
dem ich Vertrauen hatte. Aber ich wollte dich
wissen lassen, dass du mich nicht besudeln wirst.«
Wieder traf ihr Mund auf den seinen, und sie
presste ihre geteilten Lippen schräg auf seine.

Er ließ sie gewähren und labte sich mit einem
Feuer an ihrem Geschmack und jedem Gefühl,
das sie in ihm auslöste, das nicht schwächer
werden wollte. Gisela ließ ihr dünnes Nachthemd
und das Unterhemd darunter zu Boden fallen
und entblößte ihre Schönheit vor ihm. Er musste
aufhören, sie zu küssen, um ihren herrlichen
Körper zu bewundern, ehe er mit dem Mund
erst eine und dann die andere Brustwarze fand.
Sie stöhnte auf, fasste sein Plaid und ließ es zu
Boden fallen, sodass er nur noch in seiner Tunika
dastand.

Mit einem Lächeln zog er sich die Tunika aus
und setzte dann Gisela auf sein Bett, von dem
er die Decke zurückzog, um ihr ein Gefühl des
Anstands zu vermitteln, obwohl er nicht sicher
war, ob das Mädchen sich überhaupt darum
kümmerte. In Leidenschaft versunken, raunte sie:

»In mir. Bitte, Padraig, ich brauche dich in mir.«

Er legte sich neben sie, trank sich mit den Augen an ihrer Schönheit satt und fuhr dann mit dem Finger über die Wölbung ihrer Schulter hinunter bis zu dem Puls, der an ihrem Handgelenk schneller schlug. Er beugte sich hinunter, um diese süße Stelle zu küssen, und sie stöhnte: »Padraig, bitte.«

»Ach, Mädchen, wir haben keinen Grund zur Eile. Erlaube mir, deine Schönheit und deine Leidenschaft zu genießen. Du reagierst auf mich wie keine andere.« Er führte eine Hand zu ihrem Bauch, woraufhin sie keuchte und bei seiner Berührung zusammenzuckte. »Das ist nur dein Bauch«, meinte er mit einem verschmitzten Grinsen.

Ihre Hände wanderten zu seinen Schultern, während er eine Spur über ihren Bauch zog, dann hinauf über ihre Rippen wanderte, bis er den Hügel einer Brust umfasste und sie langsam in seiner Hand knetete. Mit dem Daumen strich er über die Spitze der Brustwarze, und sie wimmerte, ihren Blick auf den seinen gerichtet.

Wie hatte er nur das Glück, ein Mädchen zu finden, das derart empfänglich war, so voller Gefühle und Leidenschaft für seine Berührung? »Ich könnte deine Leidenschaft die ganze Nacht betrachten, Gisela.«

»Bitte, Padraig, du quälst mich.«

»Hab Geduld.« Er schob die Hand zur anderen Brust hinüber und neckte sie ein wenig, ehe er die Mittellinie ihres Körpers hinunterfuhr und weiter über ihre Hüften, bis er auf die Verbindung ihrer

Schenkel traf. Zur Antwort zuckten ihre Beine und er beschloss, seine Neckerei zu beenden und ihr zu geben, was sie brauchte. Mit seinen Fingern ertastete er ihre Schamlippen und er stieß mit einem Ruck in ihr schlüpfriges Inneres. Ach, sie war so bereit für ihn! Er musste sich nur erheben, sich zwischen ihre Beine legen und in sie stoßen.

Aber er konnte nicht. »Mädchen, ob du deine Jungfräulichkeit noch hast oder nicht, werden wir heiraten, wenn wir das tun. Bist du bereit, das zu akzeptieren?«

»Nein, bring es einfach zu Ende. Ich bitte dich.« Sie packte seine Unterarme und ihr Becken rieb sich an ihm, während sie den Rücken vor Verlangen wölbte.

Sie war bereit. Er war bereit. Aber er konnte es nicht tun.

»Padraig!«

Mit seinem Daumen fand er ihre empfindsame Knospe, während seine Finger in sie stießen und sie zum Höhepunkt kam. Sie explodierte mit solch einem herrlichen Ausdruck auf ihrem Gesicht, dass er fasziniert war. Zu seiner Überraschung legte sich dann ihre Hand um seinen Schaft und drückte und rieb ihn, mit magischen Bewegungen, bis er sich auf köstliche Weise erlöste. Wie hätte es besser zwischen ihnen sein können?

Aber er wusste, dass dem eines Tages so sein würde.

»Warum hast du mich nicht ausgefüllt, Padraig? Ich habe dich gebraucht.«

»Weil du dich mir nicht versprechen wolltest.

Ich verehre dich zu sehr, um dich auf eine Weise zu
nehmen, ohne dass eine Verständigung zwischen
uns stattgefunden hat. Du bist ein Edelfräulein.
Ich werde nicht richtig mit dir schlafen, bist du
nicht versprochen hast, die Meine zu werden.«
Er hielt inne und fügte dann hinzu: »Für immer.«

»Ich habe jetzt zu viel in meinem Leben zu
regeln. Ich kann nicht daran denken. Lass mir
Zeit. Bitte.«

»Das werde ich tun.« Es war am besten, sie
nicht zu drängen. In letzter Zeit waren wirklich
zu viele Dinge in ihrem Leben passiert.

Sie lagen sich für geraume Zeit einfach in den
Armen und redeten wenig, bis sie endlich das
Thema ansprach, das sie beide im Kopf hatten.
»Padraig, du musst gehen. Tu es bitte für mich.
Ich fürchte um dein Leben.«

Er küsste sie auf die Stirn. »Gisela, Grant Männer
lassen sich nicht mit Rüpeln ein. Er macht mir
keine Angst. Aber wenn meine Anwesenheit dich
in Gefahr bringt, werde ich gehen.« Bei seinem
Blick in ihre Augen war er überrascht, Tränen
schimmern zu sehen. »Weine nicht. Du bist frei
von ihm.«

»Aber ich möchte frei sein, zu tun, was wir
wollen.«

»Würdest du mich gern heiraten? Ich bin sicher,
dass wir sehr glücklich würden.«

»Nein, ich will das nicht. Das habe ich dir
bereits gesagt«, antwortete sie mit einem Stoß
gegen seinen Oberkörper, um ihn dann an seinem
Brusthaar zu ziehen. »Ich werde nicht jemanden
heiraten, um mich von diesem Mistkerl zu

befreien. Flucht ist nicht der richtige Grund für eine Heirat.« Sie zog fest und riss ein Haar aus, wobei sie den Blick auf ihn richtete, um seine Reaktion abzuschätzen.

»Au, lass meine Brusthaar intakt, wenn ich bitten darf.«

Sie grinste und dann leckte sie über seine Brustwarze, ehe sie mit den Zähnen über die feste Spitze streifte.

»Nein, nicht noch einmal. Ehe wir erwischt werden. Ich bin ein Mann gegen drei Brüder und an dieser Art von Konfrontation bin ich nicht interessiert. Ich befinde mich auf dem Land deiner Brüder.«

»Aber ich bin zu dir gekommen.« Sie zog an einem weiteren Brusthaar, ehe ihre Hand hinüberglitt, um seine Brustwarze auf ein Neues zu kneten.

Er zog sich ein klein wenig zurück, denn er brauchte ein bisschen Abstand, um ihr besser zu widerstehen. Er setzte sich auf und zog sie neben sich, ehe er aus dem Bett stieg und ihre Kleidung zusammensuchte. Dann half er ihr beim Ankleiden, ehe er sein Plaid anzog.

»Padraig, ich wünschte, du und ich hätten mehr Zeit, einander kennenzulernen. Um Bootsfahrten und Spaziergänge zu unternehmen und mit den Kindern zu spielen. In die Highlands und die Lowlands zu reisen. Ich würde es lieben, deinen Vater und deine Mutter und deine Geschwister kennenzulernen. So sollte es sein, wenn zwei Menschen überlegen, einander zu heiraten. Genau das möchte ich zwischen uns.«

Sie waren mit dem Ankleiden fertig und sie lehnte sich an ihn, wobei sie den Kopf an seine Brust legte. »Ich wünsche mir die Zeit, dem Schlag deines Herzens zu lauschen, damit ich nur durch die Veränderung des Rhythmus weiß, wann du aufgeregt bist und wann verärgert. Ich will nicht einen Mann heiraten, den ich nicht kenne. Ich möchte das wahre Herz eines Mannes kennen, ehe wir heiraten.«

»Ich verstehe. Einen Schritt nach dem anderen. Zuerst müssen wir Donald dazu bringen, dich zu vergessen.« Er begleitete sie zur Tür und griff nach der Kerze, die er ihr reichte. »Soll ich dich zum Hauptturm zurückbegleiten?«

»Nein, ich will nicht, dass Torcall uns zusammen sieht. Er ist zur Nachtwache eingeteilt. Ich kann mich zur Seitenpforte hineinschleichen, die nur ein paar Meter entfernt ist.«

»Ich freue mich, dass du gekommen bist, Mädchen«, flüsterte er an ihrem Ohrläppchen.

Sie seufzte, ehe sie ihn zum Abschied küsste. »Ich habe so große Hoffnungen für uns.«

»Das habe ich ebenfalls.« Er sah ihr nach, bis sie sicher im Hauptturm verschwunden war. Dann lehnte er sich an den Türrahmen und ein merkwürdiges Gefühl der Vorahnung überkam ihn.

Er hatte das Gefühl, als würden sie viel mehr als Hoffnung brauchen, um diese Beziehung wahr zu machen.

Ein Wolf heulte nicht weit entfernt und er konnte das Schaudern nicht abstellen, das ihn schüttelte.

Was würde Donald MacKinnie als Nächstes
tun?

KAPITEL FÜNF

GISELA SEUFZTE, ALS sie am nächsten Morgen aus dem Bett stieg. Aufgrund ihres mitternächtlichen Intermezzos mit Padraig hatte sie lange geschlafen. Jeder Kuss, jede Berührung war ihr noch frisch in Erinnerung.

Wenn das Eheleben mit Padraig Grant bedeuten würde, jede Nacht in seinen Armen zu liegen, würde sie sein Angebot vielleicht noch einmal überdenken. So schnell sich diese Idee in ihren Gedanken formte, so schnell verwarf sie sie auch wieder. Sie wusste, dass ihr derzeitiger Plan klüger war. Sie mussten abwarten, bis Donald über die Absage der Verlobung hinweg war, und wer wusste schon, wie lange das dauern würde.

Sie beendete ihre Waschungen und kleidete sich sorgsam an, denn sie wusste, dass sie Padraig sehen würde. Sie wollte sich ihm im besten Licht präsentieren. Als sie den Korridor entlangging, empfand sie plötzlich Wertschätzung für Brigid und die Selbstverständlichkeit, mit der sie es akzeptierte, die Mutterrolle für Tiernay und Kara zu übernehmen. Brigid würde die beiden Kinder heute Morgen in ihrer Abwesenheit

gefüttert und angezogen haben. Früher wäre
Nonie eingesprungen, aber Gisela hatte nicht den
geringsten Zweifel, dass Brigid sich vollkommen
allein um die beiden Kleinen gekümmert hatte,
vielleicht mit Taras Hilfe.

Als sie die Treppe herunterkam, bemerkte sie,
dass die Dinge nicht so waren, wie sie sein sollten.
Die Stimmung in der großen Halle war ernst und
sorgenerfüllt. Die Kinder waren die Einzigen, die
sich benahmen, als sei nichts Ungewöhnliches
vorgefallen, aber die anderen zeigten ihre
Besorgnis in ihren Handlungen. Brigids Gesicht
war ohne Lächeln und Nonie wischte immer
wieder über den gleichen Tisch, während Thebe
gelegentlich zur Heilkammer hinüberging und
ihr Ohr an die geschlossene Tür hielt.

Es war etwas passiert. Und sie vermutete, dass
dieses Etwas mit Donald MacKinnie zu tun hatte.

Verdammt, aber Donald hatte noch nie
geduldig abgewartet. Warum sollte es dieses Mal
anders sein?

Brigid saß mit den beiden Kleinen bei der
Feuerstelle in der großen Halle und Kara
galoppierte mit einem kleinen strohgefüllten
Stoffpferdchen über den Boden, während
Tiernay mit seinen Holzklötzen spielte und
über den Krach, den sie machten, wenn sie
zusammenfielen, ebenso begeistert war, wie das
Aufstapeln der Klötze. Trotz des fröhlichen Spiels
der Kleinen, ignorierte Brigid sie und blickte oft
in die Flammen des Feuers, was ein deutliches
Zeichen dafür war, dass etwas nicht stimmte.

»Was ist los?«, fragte Gisela, deren Blick auf der

Suche nach etwas durch die Halle schweifte, was nicht in Ordnung war. Rasch eilte Thebe zu den Tischen zurück, um sie abzuwischen, doch ihr Blick kehrte wieder und wieder zur Heilkammer am Ende der Halle zurück.

Nonie flitzte hin und her. »Du wirst hier alles fertig machen und dann zu den Schlafkammern hinaufgehen, Thebe. Du wirst nicht in der Halle herumtrödeln.«

Thebe wirbelte herum. »Aber ich will wissen, wie es ihr geht. Bitte Nonie?«

»Nein, du wirst bis zum Mittag ohnehin nichts hören, in dem Zustand, in dem das arme Mädchen war. Werde mit dem Tisch fertig und dann ab nach oben mit dir. Ich werde in der Kammer des Lairds sein und auf dich warten.« Nonie nahm einen Korb mit frischer Wäsche und ging nach oben.

Gisela war wie gelähmt von dem Satz, den sie gehört hatte – *dem Zustand, in dem das arme Mädchen war.* Welches Mädchen? Was war passiert? Sie starrte nun selbst auf die Heilkammer und wünschte, die Tür würde sich öffnen, damit sie mehr erfahren würde, aber sie musste ihre Information von Brigid bekommen. Sie ging zur Feuerstelle hinüber, aber sie sagte nicht gleich etwas. Sie würde warten, bis Thebe nach oben verschwunden wäre.

Die Dienstmagd blieb am oberen Ende der Treppe stehen und schaute die beiden an, bevor sie ihren Weg mit einem lauten Seufzen fortsetzte.

Brigid neigte den Kopf und brachte damit ihren Wunsch zum Ausdruck, Gisela möge näher kommen, ehe sie zu sprechen anfing. Thebe lauerte wahrscheinlich um die Ecke, um zu lauschen, aber Gisela hielt es nicht länger aus und musste erfahren, was los war.

Sie zog einen Stuhl neben Brigid und ergriff ihren Arm. »Was ist? Bitte sag es mir, Brigid. Das macht mir Angst.«

Brigid schaute ihr nicht in die Augen, sondern konzentrierte sich auf die Kinder. »Heute früh war eine Frau im Wald gefunden worden. Sie war übel zugerichtet. Torcall und Alvery haben sie hergebracht, um zu sehen, ob ihr Leben noch zu retten ist.«

»Ist sie von hier? Bitte sag, dass sie nicht von unserem Clan ist.« Ihre Hand wanderte unbewusst an ihren Hals, während ihre Gedanken wie im Fluge alle möglichen Schuldigen für eine solch grausame Tat durchgingen, aber es kam ihr nur ein Name in den Sinn.

Donald MacKinnie.

Allein der Gedanke an ihn ließ sie mit der anderen Hand in ihr Haar fahren und nach einer langen Strähne suchen, die sie um den Finger wickeln konnte. Dieser Schurke.

»Sie ist nicht von hier. Thebe behauptet, sie könnte vom Milton Clan stammen. Es ist schwer zu sagen, weil sie so schlimm geschlagen worden ist. Oder sie könnte in einem der kleineren Dörfer vor der Insel gelebt haben. Das weiß noch niemand. Jennet und Tara sind jetzt bei ihr. Sie wissen nicht, ob sie sie retten können.«

Gisela schluckte dreimal, ehe sie sich aufrichtete und sich zur Tür der Heilkammer aufmachte. Der

Schurke hatte sich seinen Spitznamen »Geißel von Black Isle« redlich verdient, und machte ihm alle Ehre.

Der Name war zum ersten Mal gefallen, als Donald sie besucht hatte, nachdem das Rätsel des Fluchs enthüllt worden war. Er war gekommen, um ihr seinen Respekt für den Verlust ihrer Eltern zu erweisen. Die Erinnerung daran hatte sich in ihr Gedächtnis eingebrannt.

Er hatte die Halle mit einer Wache hinter sich betreten und dem Mann befohlen, an der Tür zu bleiben, während er sich zu ihr an die Feuerstelle begab. Höflich hatte er ihr zugenickt und freundliche Worte gesagt. »Mein aufrichtiges Beileid zum Verlust deiner Eltern, Gisela. Ich verstehe, dass dies eine schwere Zeit für dich ist, aber ich frage mich, ob du mich mit einem Spaziergang durch das Dorf beehren würdest.«

»Nein, Donald. Mir ist nicht nach Ausgehen zumute. Ich habe mich gerade erst wieder erholt und mir fehlt die Kraft dazu.«

Mit geschürzten Lippen hatte er erwidert: »Ich bitte dich nicht darum. Ich sage dir, dass wir zusammen spazieren gehen.«

Fassungslos hatte sie ihn angestarrt. »Nein.« Sie sah auf der Suche nach ihren Brüdern in der Halle um, aber es war keiner von ihnen da.

Er packte sie am Oberarm und riss sie hoch. »Wir werden nicht weit gehen, aber du wirst mich begleiten. Ich habe es dir befohlen.«

Sie beschloss, dass es vielleicht das Beste war, ihn zu begleiten, da sie niemanden hatte, der ihr helfen konnte, und folgte ihm zur Tür hinaus, durch das Eingangstor und ins Dorf, ohne ein weiteres Wort zu sagen. Im Hof waren sie an Ethan vorbeigegangen, und sie hatte ihm einen flehenden Blick zugeworfen, in der Hoffnung, dass er ihren Hilferuf erkennen würde. Doch nicht immer nahm Ethan subtile Hinweise wahr, und das schien an diesem Tag der Fall zu sein. Er folgte ihr nicht.

Als sie hinter der Burg am Rande des Dorfes waren, sagte sie: »Donald, wenn du unhöflich und schroff bist und mir wehtust, wirst du mich nicht davon überzeugen, dass ich unsere Verlobung noch will. Was sagst du, wenn ich meine Meinung ändere?« Giselas Herz pochte, weil er sie so grob behandelt hatte.

Er packte sie an beiden Armen und zog sie näher an sich heran, die Augen weit aufgerissen und das Gesicht zornesrot. »Du wirst mich heiraten, Frau.«

Verblüfft, dass er sie so anredete, wusste sie nicht, wie sie ihm antworten sollte. Dies war nicht der Mann, den sie vor dem Fluch gekannt hatte. Zum Glück war Ethan offenbar doch zu Shaw gegangen, der ihnen hinterhergerannt war. Er schrie, als er sie erblickte.

»Lass sie los, du Geißel!« Shaw hatte sein Schwert gezogen, und Donald hatte sie sofort abgesetzt.

»Ich werde mit ihr machen, was ich will. Sie ist meine Verlobte«, hatte er gesagt und sie hinter seinen Rücken geschoben.

»Nein, das wirst du nicht. Sie ist meine Schwester, und du wirst ihr nicht wehtun. Geh jetzt. Sie ist kaum gesund genug, um auf den Beinen zu sein.«

Dann war Marcas eingetroffen. »Meine Wachen werden dich vom Land der Mathesons eskortieren, MacKinnie.«

»Ich habe ein Anrecht auf sie. Sie ist meine Verlobte.«

»Du hast dieses Recht durch deine Misshandlung verwirkt«, entgegnete Shaw. »Verschwinde.«

Das war der Tag, an dem sie mitangesehen hatte, wie er einen Hund getreten und sein eigenes Pferd geschlagen hatte, bevor er gegangen war.

Es war Shaw gewesen, der ihm das Wort *Geißel* angehängt hatte, und es war hängengeblieben. Er war in der Tat die Geißel von Black Isle, und es schien jeden Tag schlimmer mit ihm zu werden.

Brigids Stimme holte sie in die Gegenwart zurück. Gisela stellte fest, dass sie mit der Hand an der Türklinke zur Heilkammer stand. »Gisela, geh nicht hinein. Das ist ein höchst unangenehmer Anblick.«

Obwohl sie Brigids fürsorglichen Rat zu schätzen wusste, war ihr aber auch klar, dass sie nicht ignorieren konnte, was geschehen war. Sie musste es mit eigenen Augen sehen. Leise klopfte sie an und öffnete die Tür, um dann einzutreten. Jennet und Tara versorgten eine junge Frau, die schlaff wie eine Stoffpuppe auf dem Bett lag. Ihre Schnitte und Blutergüsse verbargen ihre Gesichtszüge – ein Auge war zugeschwollen, und eine Wunde klaffte auf ihrer Wange. Ihr Atem ging röchelnd und schmerzhaft, was Gisela viel über den Zustand des armen Mädchens verriet.

Bei jeder Berührung des Leinentuchs auf ihrem zerschlagenen Gesicht entrang sich dem armen Mädchen ein Wimmern, gleichwohl Gisela dies wahrscheinlich als gutes Zeichen wertete, da sie wach war und sich ausdrücken konnte. Sie sah nicht so aus, als würde sie den nächsten Morgen noch erleben.

»Hat sie etwas gesagt? Einen Namen? Irgendetwas?«, flüsterte Gisela und lehnte sich mit dem Rücken an die Tür, weil sie sich nicht traute, näher zu treten.

Tara blickte auf. »Ja. Vielleicht wäre es besser, wenn du es nicht wüsstest.«

»Hat sie gesagt, dass es Donald war?«

»Nein.« Jennet drehte sich zu einer Antwort um. »Nur, dass es ein MacKinnie war. Vielleicht kennt sie Donald nicht. Er hat ihr eine Botschaft mitgegeben. Wenn er nicht einen Grund gehabt hätte, sie am Leben zu lassen, wäre sie wahrscheinlich tot.«

»Eine Botschaft?« Sie ballte die Hände zu Fäusten, und die Angst vor dem, was sie gleich erfahren würde, kroch ihr das Rückgrat hinauf.

Langsam bewegte die Frau die Lippen, während sich ihr Bein bewegte, vielleicht in dem Bemühen, ihre Schmerzen zu lindern. »Du bist die Nächste.«

Giselas gesamter Körper erstarrte. Es war, als hätte Donald von dem Mädchen Besitz ergriffen und durch ihre Lippen gesprochen. Sie stolperte zu einem Schemel und sank darauf nieder, weil sie Angst hatte, zu fallen. Sie war noch immer bemüht, die Bedrohung zu verdauen, als sich die

Tür öffnete und Marcas eintrat.

»Wie schlimm steht es, Jennet?«, fragte er. »Wird sie überleben?« Er trat näher an das Mädchen heran, um sich selbst ein Bild von ihrem Zustand zu machen.

»Ich denke schon, aber es wird Tage dauern, bis wir sie nach Hause schicken können.«

»Wo ist ihr Zuhause?«

Die Frau stöhnte, schüttelte aber den Kopf. »Ich habe in einem kleinen Dorf in der Nähe der Insel gelebt.« Ihre blutverschmierten, geschwollenen Lippen bewegten sich mühsam, aber sie funktionierten. »Wasser, bitte?«

Tara half ihr, sich aufzusetzen, und flößte ihr einen Schluck Wasser ein, obwohl ihr viel davon aus dem Mundwinkel sickerte. »Bitte sagt meinem Vater nichts. Er ist noch bei den Miltons. Noch nicht.«

»Wie ist dein Name?«, fragte Jennet.

»Dagga.«

Marcas trat einen Schritt vor, damit das Mädchen ihn besser sehen konnte. »Dagga, ich bin Laird des Matheson Clans. Du bist bei zwei der besten Heilerinnen der Highlands. Wer hat dir das angetan?«

Daggas Augen weiteten sich, und sie versuchte, den Kopf zu schütteln, aber sie erstarrte, zog eine schmerzhafte Grimasse und wimmerte. »Nein, nein ... tötet mich.«

Tara schüttelte den Kopf und deutete Marcas an, dass er nicht weiter fragen sollte.

Dagga sagte: »Nachricht. Du bist als Nächstes dran.«

»Ich?«, fragte Marcas, und dieses einzige Wort verriet seine Gefühle. »Warum ich?«

Stöhnend wisperte Dagga: »Nein, nicht Ihr. Die Nachricht ist für ein Mädchen. Sie ist die Nächste.«

Gisela wollte nicht, dass ihr Bruder fragte, weil sie die Antwort fürchtete. Er tat es dennoch. »Welches Mädchen?«

»Weiß ich nicht. Ich erinnere mich nicht.« Sie tat ihr Bestes, um Marcas fortzuschieben.

»Du solltest sie erst einmal in Ruhe lassen«, riet Jennet. »Es ist offensichtlich zu beängstigend für sie. Wenn sie sich etwas erholt hat, wird sie sich vielleicht an mehr erinnern.«

»Hat sie noch etwas zu einer von euch gesagt? Torcall sagte, sie hätte nicht mit ihnen gesprochen.« Er trat vom Bett weg, um das arme Mädchen nicht noch mehr zu beunruhigen. »Das wurde von einem grausamen Schurken verbrochen. Ich will seinen Namen.«

»Den wirst du heute nicht mehr erfahren«, gab Tara zurück. »Vielleicht am nächsten Tag. Sie hat in einem Dorf außerhalb der Insel gelebt.«

Gisela konnte sich nicht rühren und war froh, als Marcas sie bemerkte und aus der Kammer zurück in die Halle geleitete. Padraig und Ethan standen dort und warteten auf sie. Ethan sprach als Erster.

»Wer hat das getan?«

Marcas hatte einen Arm um ihre Schultern gelegt, und seine starke Fürsorge besänftigte ihr Zittern. Sie vermochte nicht einmal, die notwendigen Worte zu sagen. Brigid trat hinter ihren Mann.

»Sie will es nicht sagen. Sie fürchtet sich offenbar vor Vergeltung. Wenn sie überlebt, erfahren wir vielleicht mehr. Also ist eine Nachricht alles, was wir haben: ,Du bist die Nächste.' Sie erinnert sich nicht, für wen die Nachricht bestimmt ist, und ich bin mir nicht sicher, ob ihr ein Name genannt worden ist.«

Padraig strich sich mit der Hand über seine Bartstoppeln, ging eine Weile hinter der Gruppe hin und her, um dann innezuhalten und das Wort zu ergreifen. »Dieser Schurke MacKinnie hat es getan und versucht, Gisela Angst einzujagen. Und das nur, weil sie die Verlobung abgebrochen hat.«

Marcas ließ Gisela los und trat einen Schritt vor. »Sprich leiser, Grant. Ich möchte diese Information nicht an alle weiterreichen. Du könntest recht haben, oder sie könnte sich an die falschen Worte erinnert haben. Wir müssen bis morgen warten. Geben wir ihr Zeit, sich zu erholen, und hoffen wir, dass wir mehr erfahren.«

Gisela blickte zu ihren Brüdern und Padraig. »Es war Donald. Ich weiß, dass er es war.«

»Aye, das ist gut möglich«, antwortete Marcas. »Aber wir können keine Schlüsse ziehen, bevor wir dies nicht mit Sicherheit wissen. Es gibt noch andere Männer, die einer Frau etwas antun könnten. Wir müssen uns einfach in Geduld fassen. In der Zwischenzeit wünsche ich, dass alle Frauen innerhalb der Tore bleiben. Keine verlässt den Burghof ohne Begleitung, nicht einmal bis ins Dorf. Verstanden, Brigid? Bitte informiere deine Cousinen, wie ich darüber denke. Ich kann mir um keine von euch Sorgen machen.« Er zog sie zu sich heran und legte ihr einen Arm um die Schultern.

Brigid schlang ihre Arme um seine Taille und schmiegte sich an ihn. »Wir werden drinnen bleiben. Ich habe keine Lust, vor die Tore zu gehen, und ich werde Sorge dafür tragen, es Jennet und Tara auszurichten.«

Marcas schritt davon, nachdem er Brigid einen flüchtigen Kuss auf die Lippen und Gisela einen Kuss auf die Stirn gegeben hatte. »Ethan, komm. Wir gehen auf Patrouille. Es könnten noch mehr sein.«

Sie ließen Padraig bei ihr zurück, und sie sank in seine Arme, dankbar für seinen Trost. »Padraig, er muss es sein. Was können wir nur tun? Ich kann ihn nicht heiraten oder ich werde für den Rest meines Lebens jeden Tag genauso aussehen.«

Padraig führte sie zur Feuerstelle, wo Brigid zu den Kindern zurückgekehrt war. »Setz dich hin, ich hole dir eine heiße Brühe. Du zitterst ja, Gisela.«

Padraig machte sich auf den Weg in die Küche, und Gisela saß schweigend da, während sie sich von dem fröhlichen Geschnatter der Kinder trösten ließ.

Nur einen Moment später kehrte Padraig zurück, aber sie erschrak dennoch. Als sie einen Becher Brühe von dem Tablett nahm, das Padraig trug, fragte Brigid: »Hast du irgendetwas über ihren Angriff erfahren?«

Gisela erzählte, was Dagga, das Mädchen, Jennet und Tara gesagt hatten. Es war wenig genug.

»Ist das alles, was du erfahren hast? Warum ist es passiert?« Padraig blieb hartnäckig.

»Vielleicht, um eine Botschaft zu übermitteln. Und nicht nur die Worte, die ihr mit auf den Weg gegeben worden sind.«

»Die Botschaft, die Marcas erwähnt hat?«, fragte Padraig, der nun die zu Fäusten geballten Hände sinken ließ.

Gisela trank einen großen Schluck der warmen Flüssigkeit, die er ihr gebracht hatte, ehe sie zu einer Antwort ansetzte, denn erst musste sie das feine Zittern in ihrem Körper unterdrücken. »Aye. ›Du bist die Nächste.‹« Sie trank noch einen Schluck, bevor sie den Blick zu Padraig und Brigid hob. Sie wollte sehen, ob die beiden zu demselben Schluss kommen würden wie sie.

»Wer ist die Nächste?«, fragte Brigid.

»Das hat sie nicht gesagt, nur dass es ein Mädchen ist. Das war die Nachricht. Sie sagte, sie könne sich nicht an den Namen erinnern, falls es einen gab.« Sie starrte in die Flammen des prasselnden Feuers im Kamin. »Das arme Mädchen hat so große Schmerzen.«

»Wer, glaubst du, hat sie verletzt?«, fragte Brigid und schaute Padraig an.

»Ich werde dir sagen, wer es war«, sagte er. »Donald, und die Nachricht ist für Gisela. Jemand muss mit diesem grausamen Schurken reden. Das hat er mit seiner Drohung gemeint, mich zu ›quälen‹.«

»Du darfst ihn nicht konfrontieren, Padraig. Wir wissen nicht genau, ob er es war. Wie ich Donald kenne, wird er das gerne behaupten, auch wenn er es nicht war, weil er der Ansicht ist, dass meine Angst mich wieder an seine Seite zwingt. Er liebt es, Menschen in Angst und Schrecken zu versetzen. Er würde dich ohne Zögern töten, nur weil du ein Grant bist. Er hat keine Angst, nicht einmal vor Grant Kriegern.«

»Würde er fünfhundert Grant Krieger fürchten, die ihn zur Strecke bringen wollen?«

»Wahrscheinlich nicht. Er ist der Typ, der an einen Heldentod glaubt. Die einzige Art zu sterben ist in der Schlacht, weshalb er wahrscheinlich während des Fluchs von hier fernblieb. Es wäre eine Sünde, an einer Krankheit zu sterben.«

»Trotzdem muss jemand ein ernsthaftes Gespräch mit diesem Mann und seinem Vater führen.«

»Das haben Marcas und Shaw bereits versucht«, wandte Brigid ein. »Warst du nicht dabei?«

»Doch, aber es gab keine Drohungen vom Matheson Clan. Die beiden haben das Verlöbnis aufgelöst und sind gegangen.«

»Dann wird Marcas vielleicht einen Boten schicken, der bestätigt, dass die Verlobung annulliert ist.«

»Oder etwas Besseres«, murmelte Padraig.

»Zum Beispiel?«, fragte Gisela ängstlich auf seine Antwort gespannt.

»Vielleicht führe ich selbst ein Gespräch mit dem Schurken. Um ihm zu zeigen, dass sein Handeln Konsequenzen nach sich zieht.«

Brigid sah Padraig ernst an. »Sei vorsichtig, wenn du Matheson Krieger in die Pflicht nimmst. Wir müssen uns nicht prügeln, Padraig.«

»Ich spreche nicht von euren Kriegern. Ich würde ihn warnen, dass ich eine ganze Streitmacht von Grant Kriegern auf ihn hetzen werde, wenn die Angriffe weitergehen. Vielleicht wird er sich das zu Herzen nehmen.« Padraigs normalerweise lächelndes Gesicht hatte sich in ein Antlitz des Hasses und der Wut verwandelt, das Gisela noch nie gesehen hatte. Aber selbst mit diesem harten Blick wusste sie, dass er ihr niemals wehtun, sie niemals schlagen oder begrapschen würde, wie Donald es tat. Padraig war ein ehrenwerter Mann, der sein Temperament zu zügeln wusste.

Allmählich dämmerte Gisela die Bedeutung dessen, was er gesagt hatte, nämlich dass es ein Auslöser für einen Krieg unter den Clans sein könnte. Wäre er imstande, so schnell so viele Krieger zu mobilisieren? Und ihr war der Gedanke ein Gräuel, dass Padraig in Gefahr geraten könnte. »Sei bitte vorsichtig.«

»Ich habe genug von seiner aufgeblasenen Meinung über seine Fähigkeiten. Dem werde ich ein Ende setzen.«

»Padraig, nein.«

»Aye, Gisela. Ich habe es satt, nur zuzusehen. Es ist Zeit zum Handeln.«

KAPITEL SECHS

AM NÄCHSTEN MORGEN brachen Padraig und Shaw zu den MacKinnies auf, und Padraig war entschlossen, der Farce ein Ende zu setzen, die Gisela in Gestalt von Donald MacKinnie weiterhin plagte.

»Ich hatte gehofft, dass Dagga ihren Angreifer vielleicht genauer identifizieren könnte, wenn wir noch ein bisschen warteten«, meinte er. »Es wäre gut, ihre Bestätigung zu haben, dass die Gerüchte über ihn der Wahrheit entsprechen.«

»Ich möchte ebenso wie du, dass sie Donald bezichtigt, aber ich weiß nicht, ob sie das je tun wird. Das arme Mädchen ist zu verängstigt«, entgegnete Shaw.

»In Wahrheit kennt sie seinen Namen vielleicht nicht einmal. Vielleicht hat er ihn ihr nicht gesagt. Nicht, dass er seinem Opfer seinen Namen verraten würde. Er könnte seine Identität vor ihr verheimlicht haben.«

Shaws Blick wurde schmal. »Die meisten hier kennen Donald MacKinnie vom Sehen. Aber vielleicht hatte er sich verkleidet. Oder sie ist aus einem Dorf und kennt ihn wirklich nicht.

Falls dem so ist, wird sie ihn nie beim Namen nennen.«

»Er ist eitel genug, um mit seiner Identität nicht hinter den Berg zu halten, weshalb ich gehofft hatte, sie würde uns seinen Namen verraten.«

»Er ist eitel genug, aber nicht dumm genug. Wie du neulich bemerkt hast, fürchtet Donald seinen Vater noch immer.«

»Das war eine merkwürdige Furcht, nicht wahr? Meinte der alte Mann wirklich, er würde seinen eigenen Sohn mit der Peitsche schlagen?«

Shaw starrte geradeaus, seine Stimme klang in einem unheimlichen Tonfall, dessen Ernsthaftigkeit man nie in Frage stellen würde. »Das würde er. Dougal und ich waren früher einmal Freunde. Der alte Mann kann ein grausamer Mistkerl sein.«

»Früher?« Shaws Gesichtsausdruck veränderte sich vollständig, als er Dougals Namen erwähnte, und wurde zu einer starren, vorsätzlichen Maske der Gleichgültigkeit. Dennoch blieb Padraig hartnäckig – vielleicht würde die Verbindung ihnen einen Weg weisen, dieses Desaster ohne weiteren Einsatz von Gewalt zu beenden. »Wann?«

»Vor vielen Jahren, aber das ist ohne Bedeutung. *Er* bedeutet mir jetzt nichts. Wir sprechen nicht miteinander.« Padraig machte den Mund auf, um wieder zu sprechen, doch Shaw drehte den Kopf und starrte ihn an. »Lass gut sein. Ich werde nicht über Dougal reden. Nichts von dem, was ich über ihn weiß, kann uns jetzt helfen.«

Ihm blieb keine andere Wahl als Shaws Wunsch

zu respektieren, also unterdrückte er seine vielen Fragen.

Padraig und Shaw brachten ihre Pferde vor den Toren des MacKinnie Clans zum Stehen und wurden von demselben Wachmann begrüßt.

»Nennt Euer Anliegen.«

»Ich möchte mit Donald MacKinnie sprechen. Mein Name ist Grant. Padraig Grant.«

Der Wächter musste den Namen erkannt haben, denn er stieg rasch herunter und lief geradewegs auf den Hauptturm zu. Padraig saß ab und wandte sich an Shaw. »Du musst einfach nur neben mir stehen, damit ich keine Dummheiten mache. Ich habe ein aufbrausendes Temperament, und wenn er Gisela verunglimpft, könnte ich die Beherrschung verlieren und ihn angreifen. Es wäre töricht, Donald mitten in der Halle der MacKinnies anzugreifen.«

»Aye. Ich könnte dich in Einzelteilen zu den Grants zurückbringen. Hüte deine Zunge und biete ihm keinen Vorwand, dich herauszufordern. Donalds Charakter kennt kein Ehrgefühl. Sein Vater besitzt, trotz seiner Grausamkeit, ein solches, aber Donald nicht.«

Padraig konnte nicht ertragen, Gisela noch länger leiden zu sehen. Sie war gut darin, ihre wahren Gefühle zu verbergen, aber er hatte gelernt, das Kneten ihrer Hände zu beobachten, das Zwirbeln ihres Haars, die Zeit, die sie damit verbrachte, die Tür zur großen Halle im Auge zu behalten. All das verriet die Anspannung, die sie gefangen hielt.

Dem würde er ein Ende machen, wenn es

irgendwie möglich wäre. Seiner Meinung nach war dies die beste Lösung. Shaw saß ab und ging umher, während sie warteten. Die Anspannung, die ein einzelner Mann verursachen konnte, war kaum zu glauben.

Es dauerte nicht lange, bis sie hineingeführt wurden und die Stalljungen ihre Pferde nahmen. Keiner sagte etwas, als sie durch die große Halle zur Kabinettstube des Lairds schritten, derselben Stätte, an der sie sich zuvor zusammengefunden hatten.

Donald war nirgends zu sehen. Der Laird ergriff das Wort, ohne eine Einladung an sie zu richten, sich zu setzen. »Ach, seid Ihr endlich zur Vernunft gekommen und werdet Ihr jetzt die Hochzeit genehmigen, Shaw? Sprecht Ihr für Euren Laird und Eure Schwester?«

Padraig unterbrach ihn, indem er einen Schritt nach vorne machte. »Nein, ich bin derjenige, der um dieses Treffen ersucht hat. Ich habe darum gebeten, mit Donald zu sprechen. Er muss wiedergutmachen, was er verbrochen hat, und er darf nicht damit weitermachen.«

»Und was genau hat Donald Eurer Meinung nach getan?«

Shaw trat neben Padraig und antwortete: »Eine Frau wurde heute früh an der Grenze unseres Gebiets aufgefunden. Sie war entsetzlich verprügelt worden und sagte, ein MacKinnie habe sie geschlagen, obwohl sie nicht wusste, welcher es war. Sie war klar in ihrer Aussage, dass sie eine Nachricht empfangen hatte und diese Nachricht der Grund dafür war, dass sie geschlagen und für unsere Männer zurückgelassen worden war. Die Botschaft, die sie uns überbringen sollte, bestand in einer Drohung, die sich gegen eine Frau des Matheson Clans richtete.«

Ohne die geringste Regung zu zeigen, fuhr sich der Laird mit der Hand über das Gesicht und starrte dann auf seine Hände im Schoß. Das Gesicht des alten Mannes war vom Alter gezeichnet und drückte Gleichgültigkeit aus. Gleichwohl sein Haar noch dicht war, schimmerten seine Augen, die in den verknöcherten Augenhöhlen kaum zu sehen waren, traurig – ein dramatischer Wandel seit ihrem vergangenen Besuch. Als er das Gesicht hob, zeigte sich ein anderer Ausdruck, den Padraig noch nicht gesehen hatte – Resignation.

Padraig drängte auf weitere Informationen. »Wo ist Donald? Ich muss mit ihm reden. Er hat eine Drohung gegen den Matheson Clan ausgesprochen, und ich bin der Ansicht, das hat er meinetwegen getan. Dafür muss er sich verantworten.«

Mit einer Hand rieb sich der Laird über seinen rauen Bart. Seine Stimme war kaum mehr als ein Flüstern. Das Geräusch hallte noch lange nach, nachdem er gesprochen hatte. »Wir haben Donald seit unserer letzten Begegnung hier nicht mehr gesehen, als Marcas die Verlobung aufgelöst hat. Er ist verschwunden und nicht zurückgekehrt. Hätte ich das gewusst, dann hätte ich ihn am Gehen gehindert. Ich weiß nicht, was ich sonst sagen soll, außer dass er sich verändert hat. Er ist nicht mehr derselbe wie der Sohn, den ich jahrelang kannte.«

Über den Tisch hinweg beugte sich Shaw zu dem Laird. »Dann könnte er auf einen Amoklauf zusteuern, MacKinnie. Ihr müsst ihn aufhalten.«

Er hielt den Blick auf Shaw geheftet und missachtete Padraig. »Ich habe keine Ahnung, wo er ist. Ich habe noch nie erlebt, dass er so lange weggeblieben ist, und Ihr könnt darauf vertrauen, dass er durchziehen wird, was auch immer er vorhat. Wir haben uns gestritten, und ich muss Euch nicht sagen, worüber. Er war nicht erbaut von dem, was ich zu sagen hatte — dass ich Euren Clan nicht angreifen würde, um Gisela zu zwingen, ihn zu heiraten —, also war er gegangen und dabei war er so wütend, wie ich ihn noch nie erlebt habe. Donald kann ziemlich kampflustig sein. In den letzten Jahren ist es immer schlimmer geworden.«

Shaw schritt in der Stube umher. »Beinahe hätte er ein armes Mädchen aus einem Dorf vor der Insel totgeschlagen, davon werdet Ihr also noch hören, MacKinnie.«

»Woher wisst Ihr, dass er es war? Hat sie Donald genau identifiziert?« Der alte Mann lehnte sich in seinem Stuhl zurück, die Kampfeslust war in seine Augen zurückgekehrt.

»Nein«, entgegnete Shaw. »Aber sie hat den Mann, der sie angegriffen hat, als einen MacKinnie identifiziert. Sie war zu verängstigt, um mehr zu sagen, und ich kann ihr keinen Vorwurf daraus machen. Als wir sie gefunden haben, war sie dem Tode nahe. Ein Mann muss schon sehr grausam sein, um einem unschuldigen Mädchen solche Blutergüsse beizubringen.«

»Ich glaube nicht, dass es Donald war. Er ist hinter Grant her und nicht irgendeinem armen Mädchen, dem er begegnet war.«

»Wir haben keinen Beweis, dass es Donald war, aber so oder so müsst Ihr Euren Sohn finden, und wenn er es nicht war, muss es eines Eurer Clanmitglieder gewesen sein, das dieses Verbrechen begangen hat«, meinte Padraig. »Der Angreifer der Frau hat eine Nachricht für eine Frau unseres Clans hinterlassen, dass sie die Nächste sein würde. Das muss eine Drohung gegen Gisela sein.«

Der alte Mann sprang so schnell auf, dass er beinahe hingefallen wäre. »Mein Sohn würde Gisela nicht wehtun. Er ist in sie verliebt und das ist er seit langem. Das sagt mir, dass es nicht Donald war. Geht jetzt und nehmt Eure schrecklichen Lügen und Anschuldigungen mit Euch.«

»Ihr wisst, dass ein Sheriff Donald als verdächtig einstufen würde. Ich gehe davon aus, dass Ihr unter den Männern Eures Clans herausfinden werdet, was passiert ist. Vielleicht müsst Ihr Eure eigene Patrouille auf die Suche nach Donald schicken, wenn er so starrsinnig ist, wie Ihr sagt. Wie vielen Mädchen wird er wehtun? Wie viele wird er umbringen?« Shaw nagelte Fearchar MacKinnie mit einem Blick fest. »Wenn er meine Schwester anfasst, werde ich ihn mit bloßen Händen umbringen.«

»Und ich werde seinen Körper zerlegen und ihn über dem Feuer rösten. Sagt uns, wo wir ihn finden können. Ich weiß, dass Ihr ein paar Ideen habt.« Padraig stemmte die Hände in die Hüften und wartete auf eine Antwort.

»Mein Sohn hat keine Frau geschlagen, wer immer sie war. Ich will ihren Namen.«

»Diese Information werden wir nicht herausrücken, Chief.« Padraig trat einen Schritt näher auf ihn zu und legte die Hände an das Heft seines Schwerts.

»Nehmt Eure Hände von der Waffe, Grant. Ich habe jede Menge Krieger, die Euch die Kehle durchschneiden, wenn Ihr mich angreift.« Wieder fuhr er sich mit den Händen durchs Haar und schloss die Augen. »Ich stimme dem nicht zu, was Ihr sagt. Selbst wenn ich glaube, dass Donald sich verändert hat, wird er Gisela nicht wehtun. In seinem eigenen verqueren Verstand betet er sie an.«

»Hinter wem ist er dann her?«, verlangte Shaw zu erfahren.

Der alte Laird zeigte mit dem Finger auf Padraig Grant. »Er denkt, es ist alles Euer Fehler, Grant. Er wird Euch bezahlen lassen, auf die eine oder andere Weise. Ich kenne meinen Sohn. Durch einen hinterhältigen Angriff wird er Euch quälen und wahrscheinlich töten. Er glaubt, wenn Ihr verschwunden seid, wird alles wieder gut sein. Er hat keinen Grund, einem unschuldigen Mädchen wehzutun.«

»Also wird von uns erwartet, die Verletzungen einfach zu ignorieren, die diesem Mädchen beigebracht worden waren, das Zuflucht in unserem Heim gefunden hat, und auf Euer Wort hin sollen wir Donald nicht verfolgen? Wie wird die nächste Nachricht uns erreichen, frage ich mich – über die Zunge eines verprügelten Kindes? Das ist eine überaus lächerliche Haltung, MacKinnie.«

»Es gibt nur eine Lösung«, antwortete MacKinnie. »Obwohl sie Euch nicht gefallen wird.«

»Ich kenne eine Lösung und ich wäre froh, Euch den Gefallen zu erweisen – findet Euren Sohn und bringt ihn um. Das wird Giselas Angst ein Ende machen und dem Schutz aller Mädchen dienen.«

»Dieser Schritt ist nicht nötig«, gab MacKinnie zurück. »Er ist mein Sohn und ich werde sein Leben bis zum letzten Atemzug verteidigen.«

»Ich erkenne keinen anderen Weg«, entgegnete Padraig, dessen Lippen einen dünnen Strich bildeten. Er gab sich die größte Mühe, seinen Ärger unter Kontrolle zu halten, aber ihn zurückzuhalten, erwies sich als eine größere Herausforderung als die meisten, die sich ihm je gestellt hatten.

»Was ist dann Eure Lösung, MacKinnie?«, fragte Shaw.

»Geht heim, Grant. Wenn Ihr nicht mehr auf Black Isle seid, wird er Euch nicht mehr als Rivalen betrachten.«

»Außer, dass es ihn nicht zufriedenstellen wird, weil Gisela sich immer noch weigern wird, ihn zu heiraten«, entgegnete Shaw. »Und selbst wenn sie in die Heirat einwilligte, um andere vor Schaden zu bewahren, würde dies niemand in ihrer Familie erlauben, insbesondere nicht nach den Verletzungen, die er dem im Wald

gefundenen Mädchen zugefügt hat. Ihr haltet
ihn vielleicht nicht dafür fähig, aber ich tue es.
Er muss aufgehalten werden und er wird nicht
ruhen, bis Gisela sich ihm ausliefert.«

»Dann macht, was Ihr wollt. Ich bin müde. Ihr
könnt gehen. Wenn Ihr klug seid, Grant, kehrt
Ihr in Eure Heimat zurück und lasst Black Isle
in Frieden. Seit die Ramsays und Grants in unser
geliebtes Land gekommen sind, hatten wir nichts
als Ärger. Glaubt Ihr, es liegt an uns? Ich denke
nicht. Ich weiß, wer die Schuldigen sind.« Er hob
den Finger und zeigte auf Padraig.

Padraig starrte den Laird lange und eindringlich
an. Sein Weggang schien eine einfache Lösung
zu sein, doch was würde aus Gisela werden? Ihm
gefiel die Situation ganz und gar nicht, und er
traute diesem Laird nicht.

Als hätte er seine Gedanken gelesen, brach die
Stimme des Lairds in einem heiseren Keuchen
aus ihm hervor. »Ich glaube, Donald könnte
damit zurechtkommen, dass Gisela ihn nicht
heiratet, allerdings nicht, wenn er denkt, sie
würde einen anderen heiraten. Er hat seinen
Stolz, Shaw. Vielleicht könnte Euer Clan die
Blamage bedenken, die Ihr ihm zugefügt
habt, und eine Lösung finden, um die Sache
wiedergutzumachen.«

»Warum sollten wir?«, erwiderte Shaw, sichtlich
aufgebracht. »Ich sehe keine andere Lösung, als
den Sheriff einzuschalten, und ich habe nicht das
Geringste dagegen, das zu tun.«

»Denn wenn Ihr nicht versucht, die Situation
zu bereinigen, die Ihr verursacht habt, wird

Donald das tun. Er ist der Ansicht, man hätte ihm Unrecht getan, und es wird Euch nicht gefallen, wie er die Situation wieder ins Lot bringen will.«

Padraig warf einen Blick auf Shaw, der meinte: »Wir haben uns geäußert. Wir werden uns verabschieden und den Schurken auf dem Heimweg suchen.«

Padraig nickte, und schritt zusammen mit Shaw aus der Stube. Ihm ging nur ein Gedanke, durch den Kopf, und zwar, ob der alte Mann recht hatte oder nicht.

Wenn er Black Isle verließ, würde Gisela dann vor Donald sicher sein? Oder würde sie dadurch in noch größere Gefahr geraten?

Darüber musste er erst einmal nachdenken.

Gisela zauderte vor der Tür zur Heilkammer, denn sie wollte einerseits mit Dagga sprechen, aber andererseits hatte sie Angst vor dem, was sie erfahren könnte. Hatte ihr ehemaliger Verlobter ein unschuldiges Mädchen geschlagen, weil Gisela ihre Meinung über die Verlobung geändert hatte? War sie schuld an all dem, was Dagga erlitten hatte?

Sie öffnete die Tür und spähte durch den Spalt, ehe sie die Kammer betrat. Das arme Mädchen zeigte einen angstvollen Gesichtsausdruck und ihr Blick huschte zwischen der Tür und der anderen Seite der Kammer hin und her, als wäre sie ein in die Enge getriebenes Tier, das nur darauf wartete, von den Klauen einer Bestie zerrissen zu werden.

War Donald die Bestie, vor der sie sich fürchtete?

Jemand trat hinter ihr ein und fasste sie an den Schultern. Sie schreckte auf und schaute zurück, um zu sehen, wer sich ihr genähert hatte. Tara stand da und nickte ihr ermutigend zu, weiterzugehen. »Es ist Zeit, dass du die Wahrheit erfährst.«

Als sie an Tara vorbeischaute, erhaschte sie Nonies Blick, die sie ansah, während sie einen der Tische abräumte, und das Mitleid auf ihrem Gesicht war selbst über eine solche Entfernung deutlich zu erkennen.

Sie hatte sich geschworen, sich nicht von ihrer Mission abbringen zu lassen, und zwang sich, weiterzugehen, bis sie neben dem Bett des Mädchens stand.

Aus der Nähe betrachtet, sah sie noch viel schlimmer aus. Das eine Auge war noch immer zugeschwollen, während das andere ihren Bewegungen folgte, so wie sie früher einer Wespe gefolgt war, aus Angst, gestochen zu werden. Dagga umklammerte mit einer sichtbaren Hand die Bettdecke, als wäre sie eine Waffe, die sie gegen einen Eindringling einsetzen könnte, doch sie rührte sie nicht, und das Weiß ihrer Fingerknöchel färbte sich nicht Rosa.

Ihre Haut war mit lila, blauen und gelben Flecken übersät – ihre Arme, ihre Beine, ihr Gesicht, alles, was Gisela sehen konnte. Ihr Arm war mit Schnitten verunziert, und jetzt, wo sie so nah war, konnte sie einen deutlichen Handabdruck auf Daggas Wange erkennen. Donald hatte ihr eine harte Ohrfeige verpasst. Tara oder Jennet hatten die Wunde auf der anderen Wange sauber zugenäht.

»Darf ich mich setzen, Dagga?«, fragte sie und griff nach einem Schemel, der in der Nähe stand, als die andere zustimmend nickte.

»Was willst du? Ich habe schon viele Fragen beantwortet«, fragte Dagga.

Gisela war nicht ganz sicher, wie sie darauf antworten sollte. Zum Glück ergriff Tara zuerst das Wort.

»Das ist Gisela, die Schwester des Matheson Lairds. Es ist wichtig für uns zu wissen, wer dich angegriffen hat und welche Art von Bedrohung der Schuldige für andere darstellen könnte. Weißt du seinen Namen?«

Dagga schüttelte den Kopf. »Ich habe schon nein gesagt.«

»Kannst du ihn für uns beschreiben?« Taras Tonfall war so sanft, dass Dagga bei ihrer Befragung nachgiebiger wurde.

Sie flüsterte, wobei ihr gutes Auge durch den Raum huschte, als fürchtete sie, sie könnten von der falschen Person belauscht werden. »Er war ein großer Mann, blond, gut aussehend, und er trug ein MacKinnie Plaid.«

Tara warf einen Blick auf Gisela. Bei dieser Enthüllung drohten ihre Augen sich zu verschleiern, doch sie schaffte es, ihre Reaktion zu zügeln.

»Du hast seine Nachricht überbracht, dass jemand hier die Nächste ist, aber hast du noch andere Hinweise darauf, warum er dich verletzt hat oder für wen die Nachricht bestimmt war? Ist er zornig auf mich?«, fragte Gisela, voller Angst, ihre Antwort zu hören zu bekommen.

Dagga runzelte die Stirn, dann lehnte sie den Kopf gegen das Kissen zurück und starrte an die Decke. Sie zögerte und fuhr mit den Fingern leicht über ihre wunden Lippen. Als sie schließlich den Kopf hob und redete, entsprachen ihre Worte ganz und gar nicht dem, was Gisela erwartet hatte.

»Er ist nicht wütend auf dich. Aber ich erinnere mich an etwas anderes, was er gesagt hat.«

»Was?« Gisela faltete die Hände auf ihrem Schoß zusammen und fragte sich, ob das Blut hervortreten würde, so sehr gruben sich ihre Fingernägel in ihre Handflächen.

»Er ist auf einen anderen Mann wütend.« Dagga verstummte erneut und schloss für einen Moment die Augen. Dann schlug sie sie wieder auf, und ein Ausdruck der Zufriedenheit ging über ihr Gesicht. »Aye, ein Grant Krieger. Er sagte, der Grant Krieger solle in seine Heimat verschwinden.«

Gisela konnte nicht verhindern, dass ihr die Hände zitterten. Sie sprang von ihrem Schemel auf und ging fort, wobei sie Dagga den Rücken zukehrte. Tara trat vor, übernahm das Gespräch, womit sie Gisela den Freiraum verschaffte, sich zu sammeln.

Gisela hörte das Schaben des Schemels, als Tara sich setzte. »Hat er gesagt, welcher Grant Krieger? Meine Mutter stammt vom Grant Clan, und es gibt viele Grant Krieger. Es wäre hilfreich, wenn wir wüssten, um welchen es sich handelt. Lass dir Zeit und denke darüber nach, Dagga. Du bist uns eine große Hilfe. Wenn ich irgendetwas tun kann, damit du dich wohler fühlst, sag es bitte.«

Gisela stand im Schatten neben der Tür. Das Feuer im Kamin war bis zur Glut herabgebrannt, und der Lichtmangel erlaubte es ihr, sich für einen Moment zu verbergen. Sie wollte ihre Unterhaltung mit Dagga fortsetzen, aber sie konnte ihre Besorgnis über diese Enthüllung und die auf Padraig gerichtete Drohung nicht verheimlichen. Sie musste ihre Gefühlsaufwallung unter Kontrolle bringen, ehe sie sich erneut dem verwundeten Mädchen zuwandte.

»Er hat keinen Namen genannt. Doch als er anfing, auf mich einzuschlagen«, berichtete Dagga, deren Stimme nun zitterte, »schwor er, diesen Grant Krieger dafür zu bestrafen, dass er ihm sein Mädchen weggenommen hatte. Es tut mir leid, aber ich kann nicht …«

Tara tätschelte ihr den Arm und zog ihr die Bettdecke bis zum Kinn hoch. »Sei still. Es ist genug. Du warst sehr hilfreich, Dagga. Ich danke dir.«

»Bitte schick mich nicht allein nach Hause. Ich habe solche Angst, dass er mich finden wird.«

Gisela trat einen Schritt vor. »Du darfst so lange bleiben, wie du benötigst, und wir werden uns mit wem immer du willst in Verbindung setzen. Und wenn du bereit bist, wieder nach Hause zurückzukehren, schicken wir dir eine Eskorte mit, die dich beschützt. Mach dir keine Gedanken darüber.«

Dagga rollte sich auf die Seite, weg von ihnen, und Tara hielt ihren Finger an die Lippen, um anzuzeigen, dass Gisela nicht mehr sprechen sollte.

Sie nickte, und ihr waren ohnehin die Worte ausgegangen. Giselas Blick verfing sich in Taras, als sie zur Tür strebte. Tara schlang tröstend den Arm um sie, als sie sie aus der Kammer führte.

In der Halle angekommen, eilte Gisela zu einem der Sessel vor der Feuerstelle, und Tränen traten ihr in die Augen. Brigid kam mit Jennet hinter sich die Treppe herunter.

»Was ist los?«, rief Jennet.

»Wir haben gerade herausgefunden, dass Donald nicht hinter Gisela her ist, sondern Padraig loswerden will«, antwortete Tara. »Er will den Grant Krieger, der sein Mädchen gestohlen hat.«

»Was sollen wir unternehmen?«, fragte Gisela, sich der Antwort im Klaren, die sie nicht in Betracht ziehen wollte, weil es ihr widerstrebte, dass dies der einzige Weg war.

Jennet zuckte mit den Schultern, blickte ihre beiden Cousinen an und verkündete: »Es ist eine einfache Situation. Padraig muss gehen. Dann sollte Donald seine Angriffe einstellen.«

»Irgendwie glaube ich nicht, dass es so einfach sein wird. Ich bin gespannt, was Padraig bei MacKinnie in Erfahrung bringt«, entgegnete Brigid.

Mitten in ihrem Satz trat Marcas durch die Vordertür ein. »Was meinst du damit, es wird nicht leicht sein? Es klingt, als hättest du noch etwas erfahren. « Er rückte näher zu seiner Frau, schlang die Arme von hinten um sie und liebkoste sie am Hals. »Nur die wichtigen Informationen.«

»Wenn du dir meine Antwort anhören willst, Ehemann, solltest du mich nicht so ablenken«, entgegnete sie, wobei sie über seine Aufmerksamkeiten seufzte.

Jennet verdrehte die Augen über die beiden Liebenden, die noch immer so taten, als hätten sie sich gerade erst kennengelernt.

»Dagga meinte, Donald habe gelobt, sich des Grant Kriegers anzunehmen, der sein Mädchen geraubt hat. Das ist wohl Padraig. Wir sind der Ansicht, er sollte sofort gehen.«

»Nicht notwendigerweise«, erwiderte Marcas.

»Ich stimme zu«, entgegnete Jennet. »Dass Padraig geht, ist vielleicht nicht die beste Lösung.«

Ethan kam aus der Küche, ging zu Jennet hinüber und schlang ihr einen Arm um die Taille, während sie sprach. »Ich stimme mit dir überein, Jennet.«

Gisela ließ sich mit einem Schnauben in einen Sessel fallen. »Ich bin verwirrt. Bitte erkläre es mir, Ethan.«

Ethan blickte zu Jennet, aber sie nickte ihm aufmunternd zu, damit er fortfuhr. »Männer wie Donald halten nach jeglichem Grund Ausschau, um Ärger zu machen. Der Angriff auf das Mädchen war als Panikmache gemeint, doch das ist nur der Anfang. Padraig hat ihm einen Grund zum Handeln geliefert, doch wenn Padraig geht, wird Donald nicht lange brauchen, eine andere Offensive zu finden, bei der er meint, Wiedergutmachung zu verlangen und alles wird von vorn beginnen. Sein Vater hatte ihn immer schon unter Kontrolle halten müssen. Hoffen wir, er macht so weiter.«

Padraig kam durch die Tür herein, und Shaw war ihm direkt auf den Fersen. »Diesmal nicht«, bemerkte der jüngste Bruder der Mathesons.

Gisela eilte auf Padraig zu und traf auf halbem Weg durch den Raum mit ihm zusammen. »Padraig, ich verstehe nicht, was er meint. Ich glaube, du musst gehen, sonst bist du nicht mehr sicher.«

Padraig nahm ihre Hand und führte sie zu einem Sessel zurück, damit sie sich setzte. »Vermutlich wird es keine Rolle spielen, ob ich gehe oder bleibe.«

»Was hast du erfahren?«, erkundigte Marcas sich und fuhr mit seiner Hand leicht streichelnd an Brigids Arm auf und ab.

Nach einem tiefen Seufzen straffte Padraig dann die Schultern. »Nachdem wir bei unserem letzten Besuch gegangen waren, hat Donald die Burg verlassen und ist nicht wieder zurückgekehrt. Sein Vater weiß nicht, wo er steckt. Aber er ist unzweifelhaft hinter mir her, nicht hinter dir, Gisela. Und sein Vater gibt zu, dass Donald sich verändert hat, wie du schon gesagt hast. Er ist nicht mehr derselbe Mann wie früher, gleichwohl er keinen Grund dafür kennt. Und wer weiß, was das jetzt für unsere Entscheidungen bedeutet. Er ist vollkommen unkontrolliert.«

»Was zum Teufel?«, fragte Marcas. »Donald hat Black Isle nie verlassen, soweit ich weiß. Er war seinem Vater stets treu ergeben. Warum sollte er MacKinnie im Stich lassen?«

»Ich bin mir nicht sicher. Uns ist nichts dazu eingefallen. Wir haben versucht, ein paar der Stallburschen auszufragen, als wir gingen, aber es hat keiner etwas gesagt. Sie waren alle ebenso überrascht wie wir. Aber ich fürchte, ich weiß, was es bedeutet.«

Giselas Herz schlug plötzlich schneller und ihre Handflächen wurden schweißnass, während ihr Kopfschmerz in beängstigendem Tempo pochte. Sie wusste nicht, wie sie mit all diesen Neuigkeiten verfahren sollte. Alles in ihrem Leben war von einer stetigen Verbesserung zu Chaos und Verwirrung übergegangen, von Hoffnung zu Furcht.

Aber dass Donald das Haus verließ? Sie hatte einen Gedanken und hasste das Aufflackern der Erleichterung, die sie empfinden würde, wenn sie recht hätte. »Hältst du es für möglich, dass Donald tot ist und deshalb nicht zurückgekehrt ist?«

»Nein«, entgegnete Marcas. »Wir haben Dagga als Zeugin dafür, dass er noch am Leben ist. Ich glaube, es gibt nur eine mögliche Erklärung.«

»Welche?«, fragte sie und knetete ihr Kleid, bis es ein zerknittertes Desaster war.

»Donald ist auf der Jagd, es ist ein Amoklauf, bei dem er zu beweisen trachtet, stärker und mächtiger als Padraig zu sein. Er wird nicht aufzuhalten sein.«

»Aber wir müssen ihn stoppen, Marcas. Irgendwie. Ich fürchte um uns alle, und es ist allein mein Verschulden.«

Padraig grollte und fuhr sich mit den Händen durch die langen Locken, ehe er sich beruhigte und ihr ins Gesicht blickte. »Nichts davon ist deine Schuld, Gisela. Es sind alle MacKinnies, die daran schuld sind. Es gibt allerdings eine Lösung. Und ich glaube, es ist die einzig mögliche Vorgehensweise. Die einzige Möglichkeit, ihn aufzuhalten.«

Alle redeten gleichzeitig los und wollten erfahren, was er meinte. Aber Gisela hielt ganz still, fast ängstlich vor seiner Antwort, denn was immer es auch war, würde es jemanden in noch größere Gefahr bringen als zuvor. Wahrscheinlich wäre derjenige Padraig.

Padraig hob die Arme, um alle zu beschwichtigen. Dann drehte er sich zu ihr um. »Es gibt nur eine Möglichkeit, ihn aufzuhalten, und wir müssen es so schnell tun, wie es nur geht.«

»Um Himmels willen, was?«, schrie Brigid auf.

Er wandte sich an Gisela und sagte: »Heirate mich. Wir werden heiraten und weit fort gehen. Willige ein, Gisela.«

Sie hatte nur ein Wort im Kopf, das ihm aber nicht gefallen würde. Er würde es nicht verstehen, also versuchte sie gar nicht erst, es zu erklären. Aber sie wusste, wenn sie heirateten, würde Donald schlimmer werden, und Menschen müssten wegen ihr leiden. Wenn sie fortgingen, würde er ihre Familie ins Visier nehmen und diejenigen, die sie mehr liebte als alle anderen: Kara und Tiernay.

Sie konnte nicht riskieren, dass er den beiden Kindern etwas antat.

»Gisela Matheson, willst du mich heiraten?«, fragte Padraig.

»Nein, Padraig Grant. Das kann ich nicht.«
Sie rannte die Treppe hinauf, um ihre Tränen zu
verstecken.

KAPITEL SIEBEN

PADRAIG KONNTE SICH nicht rühren. Marcas und Brigid jagten Gisela nach, und die anderen liefen hektisch durch die Halle. Aber seine Füße fühlten sich wie am Boden verankert an. Hatte er ihr tatsächlich gerade einen Heiratsantrag gemacht?

Hatte sie ihn tatsächlich gerade abgewiesen?

Er ließ sich in den nächstgelegenen Stuhl sinken und wusste nicht, was er jetzt tun sollte. Sollte er ihr nachgehen? Sie eine Weile allein lassen und später mit ihr reden?

Oder war es vielleicht an der Zeit, sich zu verabschieden, um den Mathesons den Ärger zu ersparen und Donalds Forderung nachzugeben? Vielleicht würde der Mistkerl Gisela und die anderen Mädchen wirklich in Ruhe lassen, wenn er ging.

Wenn auch nur die geringste Chance bestünde, dass er seinen Amoklauf damit beenden würde, war dies das Richtige. Insbesondere, nachdem er dem Mädchen, dem sein Herz gehörte, einen Heiratsantrag gemacht und sie ihn abgewiesen hatte.

Liebe? Liebte er Gisela? Er kannte seinen eigenen Verstand nicht, sein eigenes Herz. Er verbrachte liebend gern Zeit mit ihr. Ihre Leidenschaft war dieselbe, ihr Lachen war etwas Besonderes, und sie teilten einen einzigartigen Sinn für Humor.

Aber das bedeutete nicht, dass sie heiraten sollten. Ihre Beziehung war zu frisch. Er war ein Dummkopf, weil er ihr einen Antrag gemacht hatte, also hielt er es für das Beste, sie in Ruhe zu lassen.

Er bückte sich und hob Tiernay hoch, der damit beschäftigt war, auf etwas herumzukauen. Brigid oder eine der anderen Frauen wäre bald zurück, um auf die Kinder aufzupassen, aber bis dahin konnten sie ihn von seinen turbulenten Gedanken ablenken. Kara schaute zu ihm auf, als würde sie darauf warten, dass er eine Ankündigung machte. Er würde sich etwas einfallen lassen müssen, um die Kleinen zu beschäftigen.

»Mach die Augen zu, Kara. Tiernay und ich werden uns verstecken, dann musst du uns finden.«

»Ich werde nicht gucken«, versprach sie und bedeckte die Augen mit den Händen.

Padraig ging zur Tür hinüber und versteckte sich zwischen zwei Umhängen, die an den Haken hingen. Es war ihm egal, dass seine Füße herausragen würden. Ein Kind in Karas Alter konnte ewig brauchen, um jemanden zu finden, der sich versteckt hatte, und er wollte die Verfolgung nicht in die Länge ziehen.

Er bedeckte ihre Gesichter mit dem Wollmantel

und hielt Tiernay an seiner Hüfte fest. Er flüsterte:
»Wir sind versteckt. Sie wird uns nicht sehen.«
Der Junge kicherte, und machte große Augen.

Sie blieben still, bis sie rief: »Ich komme euch
suchen.«

Padraig erkannte den genauen Augenblick,
in dem sie sie sah, denn sie brach in wildes
Gelächter aus und ihre Füße rannten schnell
über den Boden, direkt auf sie beide zu. Als sie sie
fast erreicht hatte, sprang er mit einem Brüllen
hervor und beide Kinder brachen in Kichern aus.

»Du bist an der Reihe Kara. Jetzt versteckst du
dich.«

Kara ging zu den Umhängen hinüber und
stellte sich mit geschlossenen Augen neben einen
von ihnen. »Du kannst mich nicht finden, weil
ich versteckt bin.«

Das war neu für ihn. Er hatte mit vielen Cousins
gespielt, als sie kleiner waren und er wusste, dass
ihre Verstecke immer leicht waren, aber das hier
war anders. Wenn sie die Augen schloss, glaubte
sie offenbar, dass sie versteckt sei. Wurde das Spiel
so gespielt?

»Wo ist Kara, Tiernay. Ich kann sie nicht finden.
Kannst du es?«

Kara kicherte und Tiernay zeigte schnell
zu seiner Schwester. Sie hatte die Augen nicht
aufgemacht, also musste Padraig annehmen, dass
sie sich immer noch für unsichtbar hielt. »Wo ist
Kara?«

Tiernay streckte eifrig den Finger aus, um
Padraig zu zeigen, wo seine Schwester sich
versteckte. Als ob sie Tiernay sehen könnte,

kicherte das Mädchen unkontrolliert.

»Ich sehe sie einfach nirgendwo«, verkündete Padraig und spielte das Spiel mit. Der Spaß lenkte ihn von seinem fehlgeschlagenen Heiratsantrag ab, wofür er dankbar war.

Einen Augenblick später öffnete sie die Augen und rief: »Hier bin ich!«

»Wir haben sie gefunden! Versteck dich wieder, Kara.«

Kara lief los, um sich hinter einer Kommode zu verstecken und ihre Füße schauten heraus.

»Wo ist Kara? Ich kann sie nicht finden.« Zusammen mit Tiernay stampfte er in der Halle umher, bis er ihr ganz nahe kam und dann griff er nach unten, um sie an den Füßen zu kitzeln, womit er massenweise Kichern aus ihr hervorlockte. »Ich habe zwei hervorschauende Füße gefunden. Ich denke, wir haben deine Schwester gefunden, Tiernay.«

Kara kam aus ihrem Versteck hervor und die Tränen rannen ihr über das Gesicht. »Nein, ich hatte die Augen zu. Du kannst mich nicht sehen, wenn ich die Augen zu habe. Ich war versteckt.«

Padraig wusste nicht, was er sagen sollte, also setzte er Tiernay ab und griff nach Kara. »Ich habe dich jetzt gefunden, du kleine Schwindlerin.« Er warf sie in die Luft bis ihr Kichern die Halle von neuem erfüllte. Als er sie endlich absetzte, verstummte ihr Lachen wieder und er hörte Schluchzen hinter sich.

Er setzte Kara neben Tiernay ab und als er sich umdrehte, war er überrascht, Gisela dort stehen zu sehen, deren Wangen tränenüberströmt waren.

»Du bist so wundervoll mit den Kindern. Du wirst einen wundervollen Ehemann abgeben. Aber ich liebe sie zu sehr, um sie zu verlassen. Ich kann das Gebiet der Mathesons nicht verlassen. Vor dem Fluch wollte ich nichts anderes als fort von hier. Jetzt will ich für immer bleiben, bei denen, die ich liebe und die ich fast verloren hätte. Es tut mir so leid, Padraig.«

Padraig trat zu ihr, um diese schluchzende Frau in seine Arme zu nehmen. Er hielt sie dicht an sich gedrückt und sie weinte an seiner Schulter und durchweichte seine Tunika mit ihren Tränen.

»Padraig, es gibt keinen, der ist wie du, aber bitte sei nicht wütend auf mich. Es ist zu früh für uns, ich muss mich um meine Heimat kümmern, meine Nichte und meinen Neffen beschützen und meinem Bruder helfen, den Clan wieder zu dem zu machen, was er vor dem Fluch gewesen war.«

»Ich verstehe, Mädchen. Der Clan bedeutet dir viel. Du musst tun, was du in deinem Herzen fühlst. Entschuldige dich nicht dafür, mich abzuweisen. Ich erkenne, dass es zu früh für uns ist und natürlich kannst du die Kinder nicht in Gefahr bringen.« Er trat zurück und legte die Hände um ihre Wangen. »Ich kann dir nicht sagen, dass deine Gedanken falsch sind. Wenn er herausfindet, dass wir zusammen geflüchtet sind, würde er bestimmt versuchen, dich durch Drohungen und Gewalt zurückzuholen. Das können wir nicht riskieren.« Er küsste sie zärtlich auf die Lippen und flüsterte: »Es ist nicht unsere Zeit, Mädchen.«

Kara zog an Giselas Kleid. »Warum weinst du, Tante?«

Gisela beugte sich hinab und nahm ihre Nichte hoch, um sie auf die Wange zu küssen. »Hab keine Angst, Mädchen. Ich habe mir den Zeh angestoßen und es tut weh, aber jetzt geht es mir viel besser.«

»Nicht mehr weinen?«

»Kein Weinen mehr. Mir geht es wieder gut.« Sie streichelte sie ein letztes Mal und dann lehnte sie sich an Padraig und meinte: »Ich hoffe, du wirst mir verzeihen.«

»Da gibt es nichts zu verzeihen. Eine Heirat sollte von zwei Leuten ausgehen, die einander lieben und achten, die einander gut kennen − so gut, dass sie die Gedanken des anderen kennen. So nahe sind wir uns noch nicht. Wir haben einen wundervollen Anfang, aber wir müssen noch mehr voneinander lernen. Ich hätte meinen Vorschlag durchdenken und unter vier Augen mit dir darüber sprechen sollen.« Dennoch tat es weh, dass sie ihn so schnell und so rundheraus abgelehnt hatte.

Freilich hatte er nicht damit gerechnet, ihr einen Heiratsantrag zu machen. Es war alles viel zu unkonventionell, zu neu und zu unvorhersehbar.

Ihre Zurückweisung ließ ihm in dem Chaos, in dem sie sich gerade befanden, nur eine Alternative.

Er musste das Gebiet der Mathesons verlassen, aber anstatt dies allgemein bekannt zu geben, musste er entscheiden, wem er etwas sagen würde. Er wollte die Aufmerksamkeit nicht auf die Tatsache lenken, dass er allein unterwegs war.

Gleichwohl er sich nicht vor Donald fürchtete, konnte er sehen, dass der Mann im Begriff war, den Verstand zu verlieren. Donald erwies sich tatsächlich als verschlagen und hinterhältig.

Padraig war an Menschen gewöhnt, die direkt auf ihn zukamen.

Morgen würde er aufbrechen. Es gab keinen Grund, länger zu warten.

Gisela lief eilig in der Kammer umher. Sie schnappte ihre Kleidung und wischte sich den Mund mit einem Tuch aus. Das Morgengrauen war nicht mehr als ein rosiger Schimmer am Horizont, aber Tara war zu ihr gekommen, um ihr zu sagen, dass Padraig draußen war, und darauf wartete, mit ihr und Marcas zu sprechen. Schnell zog sie sich an und eilte in die Stallungen, wo Padraig auf sie wartete.

Als sie eintraf, kam er auf sie zu und nahm ihr Gesicht zwischen seine Hände, um sie leicht auf die Lippen zu küssen. »Ich muss gehen, Gisela. Wenn die geringste Chance besteht, dass es helfen könnte, muss ich es versuchen. Für dich, für den Matheson Clan, für all die Mädchen auf Black Isle.«

In Windeseile traten ihr die Tränen in die Augen und strömten ihr über die Wangen. »Padraig, nein.« Sie vergrub ihr Gesicht an seiner Schulter und schluchzte, ohne imstande zu sein, wieder aufzuhören, obwohl sie wusste, dass er das Richtige tat.

Marcas und Tara kamen von draußen herein.

»Grant, vielen Dank für deine Hilfe in unserer schweren Zeit«, bedankte Marcas sich. »Es tut mir leid, dich zu verlieren. Bist du sicher, dass du nicht ein paar Wachen mitnehmen willst?«

»Nein, denn du brauchst sie dringender als ich.« Seine Finger ertasteten ihren Nacken und er massierte ihre Haut so meisterhaft, dass sie beinahe stöhnte. »Aber wenn die Dinge schlimmer werden, schickst du Nachricht und ich werde mit einer Streitmacht von Grant Kriegern zurückkehren, die groß genug ist, um dir in jeder Weise zu helfen, die du brauchst. Das ist ein Versprechen mein Freund.«

»Du bist hier jederzeit willkommen, mit oder ohne Krieger.« Als ein Zeichen seiner Wertschätzung fasste Marcas ihn an der Schulter und dann ließ er die beiden allein, während Tara sich mit einem knappen Nicken zurückzog.

»Pass auf dich auf, Cousine.«

Gisela lehnte den Kopf zurück und flüsterte: »Ich liebe dich Padraig. Ich bin nur noch nicht bereit …«

»Und ich liebe dich, aber bitte, sei still, Mädchen.« Er legte einen Finger an ihre Lippen. »Ich bin mehr an einer Hochzeit interessiert, die von Lachen erfüllt ist, anstatt einer übereilten voller Befürchtungen. Unsere Zeit wird kommen.« Wieder küsste er sie auf die Lippen und dann auf ihre Wange und die Stirn, ehe er zurücktrat. Mit einer schwungvollen Geste beugte er sich rasch in der Taille und schwang seinen Arm dabei in einer weit ausholenden Geste. »Wenn du je den besten Mann im Land brauchst, schick mir eine

Nachricht und ich bin sofort hier.«

Sie kicherte und liebte das hübsche Lächeln, das er stets trug. »Gott sei mit dir, Padraig.«

Dann war er schnell verschwunden und Gisela fühlte sich, als hätte sie ihren besten Freund verloren. Marcas führte sie zur Halle zurück, wo sie sich setzte und für sehr lange Zeit auf ihren Porridge starrte. Ihr tat das Herz weh, denn sie wusste, es würde viel Zeit vergehen, ehe sie Padraig Grant wiedersehen würde, wenn überhaupt. Und sie konnte das nagende Gefühl nicht loswerden, dass sie vielleicht einen Fehler gemacht hatte, indem sie ihn abgewiesen hatte.

Brigid saß ihr gegenüber und stellte eine Schale Porridge vor sich, die sie aus der Küche gebracht hatte. »Padraig ist gegangen, habe ich gehört.«

»Aye«, murmelte Gisela und versuchte nicht einmal, das schwere Seufzen zu unterdrücken. »Ich werde ihn furchtbar vermissen.«

»Das werden wir alle, aber ich denke, er hat eine kluge Entscheidung getroffen. Donald muss seine Verfolgung aufgeben, ehe Padraig ordentlich um dich werben kann. Ihr könnt euch nicht fortwährend von Donald beunruhigen lassen, der eure Beziehung stört, und ich glaube nicht, dass er je damit aufhört, solange Padraig sein Rivale ist. In einem Jahr könnte er mit einer anderen verheiratet sein und dich völlig vergessen haben.«

»Ich hoffe, du hast recht. Meine Befürchtung ist allerdings, dass er entweder Padraig folgen wird oder einen Versuch unternimmt, mich zu entführen. Ich bin nicht sicher, was wahrscheinlicher ist.«

Brigid schürzte die Lippen. »Dies sind zwei schlechte Alternativen. Ich teile deine Befürchtung, dass Donald versuchen wird, dich zu entführen. Er ist sehr ungeduldig, was seine Wünsche anbelangt. Du musst für mindestens zwei Monde sehr vorsichtig sein, dass er dich nicht vor den Toren erwischt, und vielleicht sogar noch länger. Irgendwann wird er dich vergessen und sich einem anderen Mädchen zuwenden, dass seine Lenden zum Leben erweckt.«

Gisela zog bei dieser unverblümten Beschreibung die Augenbrauen hoch. Sie stieß ein kleines, undamenhaftes Schnauben aus. »Irgendwie fühle ich mich durch das Wissen, Donalds Lenden erweckt zu haben, nicht besonders.«

Brigid grinste und zog die Nase kraus. »Du hast jemanden weitaus Besseren verdient als diesen großen Unhold.« Nonie kam die Treppe herunter und trug die beiden Kinder bei sich, die sie sich auf die Hüften gesetzt hatte. Brigid sprang von ihrem Stuhl auf. »Nonie, warum hast du mich nicht gerufen? Ich hätte dir mit ihnen helfen können.«

»Nein, du hast genug zu tun. Ich habe sie nur kurz gebadet, weil Tiernay sich schmutzig gemacht hatte.«

Gisela griff nach ihrem Neffen, während Brigid Kara von Nonies kräftigen Armen hob. Gisela küsste seine Stirn und verkündete: »Mein Neffe riecht jetzt sehr gut.«

»Mik«, brachte Tiernay hervor, der sein Bestes gab, seinem Wunsch nach etwas zu trinken Ausdruck zu verleihen.

Thebe kam von der Küche herein und brachte einen Krug mit frischer Ziegenmilch für die Kinder. »Hier habt ihr die gute frische Milch. Und ich habe gerade ein Blech mit gebackenen Äpfeln und etwas Brot aus dem Ofen geholt.«

Kara klatschte begeistert, als sie sich an den Tisch setzte und ein Kissen ihr zur richtigen Sitzhöhe verhalf. Für einige Augenblicke war alles still, als alle aßen, worauf sie Appetit hatten und anfingen, ihre Bäuche zu füllen. Thebe kam zu Gisela und flüsterte: »Ich habe gehört, dass Donald heute Morgen zu Besuch kommt.«

Gisela starrte die Dienstmagd an. »Wie weißt du das?«

»Ich habe es gestern Abend gehört, als ich nach Hause gegangen bin, um Mama zu sehen. Jemand hat es mir erzählt.« Thebe ließ den Blick sinken, als fühlte sie sich schuldig für die Nachricht, die sie überbrachte.

»Ich danke dir für die Information, aber davon haben wir nichts gehört.« Sie wandte sich wieder ihrem Essen zu, ohne dieser emsigen Zunge noch mehr preisgeben zu wollen, worüber sie sich auslassen könnte.

Gisela schloss die Augen und sagte ein rasches Gebet auf, dass er fernbleiben möge, aber vielleicht wäre es das Beste, wenn sie sich ein letztes Mal treffen würden, nur um alles perfekt klarzustellen. Wenn er nur auf sie hören würde. Die einzige Möglichkeit für solch eine Unterhaltung bestünde nur dann, wenn er hierherkommen würde. Sie würde sich nie zu seinem Quartier begeben, soviel war sicher.

Die restliche Mahlzeit verging mit Alltagsgesprächen unter den Erwachsenen und dem Geplapper der Kinder. Gisela war durch die Aussicht auf Donalds Rückkehr zu durcheinander, um viel zu essen. Sie konzentrierte sich auf Kara und Tiernay, und sorgte dafür, dass sie alles aufaßen, was sie wollten.

Während der entsetzlichen Wartezeit auf diesen Mistkerl überlegte sie, was sie ihm sagen würde und wie sie auf seine Forderungen reagieren würde. Und er würde Forderungen haben. Sie konnte sich nicht vorstellen, dass dieser Mann irgendetwas Freundliches oder gar Nettes zu ihr sagen würde.

Sie musste nicht lange warten. Als die Frühstückszeit etwa zur Hälfte um war, kam Alverys Sohn, Timm, der in den Stallungen arbeitete, eilends durch die Halle an ihre Seite gelaufen. »Donald MacKinnie ist hier, um Euch zu sehen, Mylady«, sagte er mit großen Augen.

Marcas trat hinter Timm ein. »Er wird dich hier mit mir an deiner Seite treffen, Gisela.«

Shaw kam als Nächstes herein und ging fluchend umher.

Brigid kam herüber, um die beiden Kinder zu nehmen und Tiernay an Nonie zu überreichen. »Wartet, bis ihr seht, was Jennet und ich oben für euch haben, Kara. Wir werden mit einigen neuen Spielzeugen mit euch spielen.«

Kara kicherte glücklich und hielt sich an Brigids Schulter fest, die sie auf ihre Hüfte setzte. Brigid ging mit Nonie und Tiernay im Gefolge die Treppe hinauf, und Jennet bildete das

Schlusslicht.

Als Tara näher zu Gisela rückte und ihr stillschweigend ihre Unterstützung anbot, trat Ethan mit Donald und seiner kleinen Gruppe hinter ihm ein. Sie trugen keine Waffen, denn wahrscheinlich waren sie gezwungen worden, sie beim Eintritt abzulegen.

Marcas führte Gisela zur Feuerstellte hinüber und blieb vor einem Sessel stehen, doch sie starrte ihren Bruder an und sagte: »Ich kann mich nicht setzen.«

»Akzeptiert und ich mache dir keinen Vorwurf«, flüsterte er. »Bleib dicht bei mir.«

Donald durchmaß den Freiraum mit seinen Schritten und trug dabei ein breites Lächeln auf seinem attraktiven Gesicht. Wenn sie nicht gewusst hätte, was sich tatsächlich hinter diesen blitzenden Augen verbarg, könnte sie an ihm interessiert sein. Genauso, wie sie es einmal gewesen war, ehe sich alles verändert hatte, einschließlich ihm. Sie wartete und versuchte, sich daran zu erinnern, Luft zu holen.

»Schöne Gisela«, sagte er und verbeugte sich halb vor ihr. »Ich bin erfreut, dass ihr meinen Forderungen nachgekommen seid und den Grant Krieger fortgeschickt habt. Ich habe einen Priester in Bereitschaft, der auf unsere Entscheidung wartet — werdet Ihr mich heute Abend oder morgen auf dem Land der MacKinnies heiraten?«

Gisela gab sich alle Mühe, ihren Abscheu nicht auf ihrem Gesicht zu zeigen. Seine Worte waren ebenso willkommen, wie ein Teller dampfender Pferdeäpfel. Gleichwohl sie so etwas mehr als halb erwartet hatte, wurden ihre Wangen bei seiner Dreistigkeit rot vor Wut.

Marcas fasste sie am Arm und schaute sie mit einem Blick an, der zu sagen schien: *Ich werde für dich antworten.* »Gisela wird Euch nicht heiraten, Donald. Das werde ich nicht zulassen. Als wir in eurer Halle gestanden haben, dachte ich, wir hätten klargemacht, dass die Verlobung beendet ist.«

»Nur für eine kurze Zeit beendet«, schnaubte Donald. »Der Mann, der sie abgelenkt hatte, ist jetzt fort, also kann sie mir wieder ihre ganze Aufmerksamkeit zuwenden, so wie es sein sollte. Sie wird zum MacKinnie Castle kommen und lernen, was ich von ihr zu tun verlange und dann wird sie mich morgen heiraten. Was Ihr gesagt habt, ist von meinem Laird und von mir nicht akzeptiert worden. Wir sind noch immer verlobt, also möchte ich dem Konflikt ein Ende machen und schnell heiraten. Könnt Ihr nicht erkennen, dass sie Euch Schande bringt, Matheson? Sagt Eurer Schwester, dass sie von Eurem Vater versprochen wurde und Ihr dieses Versprechen ehren werdet. Wenn nicht jetzt, dann morgen. Mit weniger werde ich mich nicht zufriedengeben.«

»Nein«, widersprach Shaw, »Du blöder Schurke, sie wird dich nicht heiraten. Glaubst du, wir lassen dir freie Hand, sie auf die Größe einer Maus zusammenzustauchen, wie du es mit dem Mädchen im Wald getan hast? Du bist dämlich, wenn du das tust. Selbst dein Vater verzweifelt an dir. Er behauptete, er wüsste nicht, wohin du gegangen bist, und dass du nicht ganz richtig im

Kopf bist.«

Gisela verstummte, als sie sah, wie Donald die Hände zu Fäusten formte und sein Gesicht bei Shaws Worten wieder tiefrot wurde. Gleichwohl sie dankbar war, dass die kleine Gruppe gezwungen worden war, ihre Waffen außerhalb der Halle zu lassen, ließ sie seine Hände dennoch nicht aus den Augen. Hände, die ebenso viel Schmerz zufügen konnten wie jede Waffe. Er führte sich eine davon an seinen Schädel und fuhr in sein blondes Haar. Das Geräusch, das er dabei von sich gab, war weder ein Stöhnen noch ein Knurren, sondern irgendetwas dazwischen und so wütend wie ein in die Enge getriebenes Wildschwein. Er hob den Blick zu ihr.

»Gisela, willst du mich verleugnen? Ich möchte es aus deinem Munde hören.« Seine Stimme hatte sich in einen tiefen Monoton verwandelt, der ihr überhaupt nicht gefiel. Zwischen seinen zusammengebissenen Zähnen brach ein leises Knurren hervor, das ihr genau sagte, was er empfand.

»Donald, bitte. Ich bin nicht mehr das Mädchen, das ich war, als wir uns kennenlernten. Der Fluch hat alles verändert, auch mich, und wir passen nicht mehr zusammen.« Ihre Hände kneteten den Stoff ihres Rocks, gleichwohl sie sich wünschte, jeden Anflug von Angst verbergen zu können.

Donald war kein mental stabiler Mann, das wusste jeder.

Er bewegte sich so schnell, dass sie ihm nicht ausweichen konnte. Er packte sie an beiden Armen, zog sie mit einem Ruck an sich heran

und packte sie mit den Zähnen in den Hals
unterhalb des Ohrs, wo er heftig zubiss. Sie schrie
auf und strampelte gegen seine Beine.

»Au! Lass mich los!«

Marcas zog sein Schwert, aber Ethan war
schneller. Er tauchte hinter Donald auf und setzte
seinen Dolch an die Kehle des anderen Mannes.
»Ich werde ihn benutzen. Zweifelt nicht an mir.
Lasst von meiner Schwester ab.«

Donald ließ sie mit einem Schubs und einem
Grinsen los. »Ich habe dich als mein Eigentum
gebrandmarkt. Du wirst nie einen anderen
heiraten. Ich werde bekannt machen, dass ich
dich gezeichnet habe, und jeder, der es wagt, dich
zu berühren, wird durch meine Hand sterben.«

Ethan trat einen halben Schritt zurück, gerade
genug, um Donald zur Tür gehen zu lassen. »Geh
und sei froh, dass du noch lebst. Kehre nie wieder
zurück.«

Shaw hielt die anderen Mitglieder von Donalds
Gefolge mit seinem Schwert in Schach. Marcas
hielt seine eigene Waffe bereit, und wenn er auch
gelassen wirkte, wusste Gisela, dass er schnell wie
eine Schlange zuschlagen konnte. Er gestikulierte
mit der Klinge zur Tür. »Raus, ihr alle. Es gibt
keine Verlobung, und Gisela wird dich niemals
heiraten, MacKinnie. Ihr werdet nie wieder
die Schwelle von Eddirdale Castle übertreten
dürfen.«

Donald trat einen Schritt zurück, immer noch
grinsend. »Wir werden sehen.« Er machte sich
auf den Weg zur Tür und drehte sich dann um.

»Geht und sagt kein Wort, MacKinnie. Ich

warne Euch«, brachte Shaw hervor.

»Du gehörst mir, Gisela. Für immer.« Er hob den Finger und zeigte direkt auf sie. »Gezeichnet.«

Gisela ließ sich zurücksinken und hielt die Hand an ihren Hals, wo er sie gebissen hatte. Als sie sie wegzog, waren ihre Finger von ihrem eigenen Blut benetzt.

Er würde sie nie in Frieden lassen.

KAPITEL ACHT

ALS PADRAIG ZWEI Tage nach Verlassen von Black Isle die Grenze des Grant Gebiets überquerte, hielt er Ausschau nach der Patrouille, die, wie er wusste, immer unterwegs war, um nach Räubern oder anderem Gesindel Ausschau zu halten, die dumm genug waren, das Land der Grant aus unlauteren Motiven zu besuchen. Die Dämmerung war schon fast hereingebrochen, obwohl er gehofft hatte, noch vor der Nacht zu Hause zu sein, um in seinem eigenen Haus zu schlafen.

Es dauerte nicht lange, bis er sie entdeckte, und sie ihn. Eine Gruppe von etwa einem halben Dutzend Männern auf Pferden näherte sich, Jake an der Spitze.

»Ich grüße dich, Cousin. Schön, dass du wieder da bist. Bleibst du für eine Weile, oder willst du Onkel Logan imitieren und dich wieder auf den Weg machen?«, erkundigte sich Jake, der sich vorbeugte, um Padraig zur Begrüßung die Hand zu reichen.

»Ich komme von Black Isle, wo ich mich eine ganze Weile aufgehalten habe, aber das weißt du vermutlich schon.«

Jake wendete sein Pferd, um neben Padraig zu reiten, und machte dem Rest der Gruppe ein Zeichen, dass sie ihre Patrouille fortsetzen sollten. Ein anderer schloss sich ihm an, und das war sein Sohn Alasdair, der jetzt acht Winter alt war.

»Du reist allein von Black Isle her?«, fragte Jake mit einem Seitenblick. »Ich verstehe, warum deine Mutter sich über deine Art zu reisen aufregt. Es ist nie gut, allein zu reisen. Sogar Onkel Logan reist in Begleitung von Tante Gwyneth, die sich genauso gut gegen Räuber zur Wehr setzten kann wie du oder ich.«

»Ich werde meiner Mutter nicht auf die Nase binden, dass ich allein gereist bin, es sei denn, sie fragt mich danach«, entgegnete Padraig mit einem kleinen Lächeln auf den Lippen.

»Dein Vater wird es wissen. Die Grant Ältesten erfahren alles.«

»Ich werde mich um meinen Vater kümmern.«

»Ich werde zu keinem etwas sagen, aber als Laird und als dein Cousin schlage ich vor, dass du mit mindestens drei Männern reist. Es ist Sommer, und die beste Zeit für einen Überfall.« Die Hochsaison für den Diebstahl von Vieh und Bräuten war tatsächlich angebrochen. Jake warf einen Blick über die Schulter zu seinem Sohn, der nickte und der unausgesprochenen Aufforderung zuzustimmen schien, nicht über das Thema zu sprechen. Alasdair war der loyalste der drei Enkel, die alle am selben Tag geboren wurden.

Padraig fiel kein Einwand gegen Jakes Rat ein, also hielt er den Mund. Warum bestand er darauf,

allein unterwegs zu sein? Er dachte nicht lange
darüber nach – vielleicht war er zu impulsiv.

Padraig musterte seinen Cousin. »Jedes Mal,
wenn ich dich sehe, ähnelst du deinem Vater
mehr und mehr. Und Alasdair sieht auch wie
Großvater aus.«

»Ja, alle sagen das. Connor ist genauso, nur ein
bisschen größer als Papa und ich.« Er blickte zu
seinem Sohn hinüber. »Alasdair wird auch einmal
so werden.«

»Ich kann schon jetzt meine beiden Cousins
Alick und Els in einem Kampf besiegen. Ich bin
größer und stärker«, hob Alasdair hervor. »Ich
kann mit einem richtigen Schwert umgehen.
Neulich habe ich sogar das von Opa in die
Hand genommen. Ich konnte es zwar nur zwei
Mal schwingen, aber ich habe es geschafft.« Der
Stolz des Jungen, wenn er von seinem Großvater,
dem berühmten Alexander Grant, sprach, war in
seinem Blick und seiner Stimme zu erkennen.
Padraigs Onkel Alex war in der Tat ein wahres
Wunder, wenn er in einer Schlacht kämpfte.

»Ich glaube, deine Schultern sind breiter, Jake.
Sicherlich kannst du es jetzt mit deinem Vater
auf dem Übungsplatz aufnehmen.« Padraig hatte
Onkel Alex schon oft kämpfen sehen und staunte
über die Kraft und die Konzentration des Mannes,
die er noch immer aufbrachte, obwohl er sich
seinem sechsten Lebensjahrzehnt näherte. Sein
Haar war von silbernen Strähnen durchzogen,
doch noch immer erntete er anerkennende
Blicke von Frauen und Kriegern gleichermaßen.

»Ich versuche es nicht mehr. Vielleicht hat mir

die Reife ein wenig Weisheit beschert. Ich ziehe es vor, seinen Ruf bestehen zu lassen. Connor oder Loki werden eines Tages seinen Platz einnehmen, aber Papa hat sich seinen Ruhm verdient.«

»Und ich denke, Alasdair wird Connor als einer der großen Grant Krieger folgen«, meinte Padraig und warf einen Blick auf seinen jüngeren Cousin, der sich nun vor Stolz aufplusterte. Doch er wusste auch von der einen Person, welche die drei in derselben Nacht geborenen Cousins aus dem Konzept bringen konnte. »Und was ist mit Dyna?«

Alasdair wurde ganz ernst, denn das Thema missbehagte ihm. »Wir spielen keine Spielchen mit Dyna. Sie macht uns nieder, wenn wir es tun.«

Dyna, das einzige Mädchen unter den vier jüngeren Cousins, die eine Bande bildeten, hatte Anzeichen dafür gezeigt, eine Seherin zu sein, ehe Padraig nach Black Isle aufgebrochen war.

»Tatsächlich? Wird sie besser oder schlechter darin?«, fragte Padraig und konnte das Grinsen nicht unterdrücken, das über sein Gesicht zog.

Der arme Alasdair warf einen Blick über die Schulter, als wolle er sich vergewissern, dass sie nicht in der Nähe war. »Es ist, als ob sie in meinem Kopf sitzt und genau weiß, was ich denke. Das gefällt mir nicht.«

Mit einem schiefen Lächeln führte Jake aus: »Das ist ihre Art, damit klarzukommen. Sie halten Abstand. Aber Dyna findet sie immer, und zwar schneller, wenn sie in Schwierigkeiten zu geraten drohen.«

»Hat sich seit meinem letzten Weggang noch etwas verändert? Sind alle wohlauf?«

»Aye, keine Veränderungen. Wie steht es mit dir? Als ich dich das letzte Mal gesehen habe, schienst du dich für das Matheson Mädchen zu interessieren. Ist das Vergangenheit?« Jakes Schlachtross trabte neben Padraigs Pferd her und schien den kühlen Sommerabend zu genießen.

»Da sind … Hürden. Ich bin an ihr interessiert, doch bereits vor Jahren war sie von ihrem Vater verlobt worden. Marcas hat die Übereinkunft aufgekündigt, aber ihr Verlobter will nicht einlenken.« Es überraschte ihn, dass Jake sein Pferd zügelte und sich ihm zuwandte.

»Du machst auf mich nicht den Eindruck wie jemand, der davonläuft, wenn die Dinge schwierig werden, Padraig. Was ist der wahre Grund für deinen Weggang?«

Padraig räusperte sich, über Jakes Intuition verblüfft. Vielleicht hatte er diese Gabe ebenfalls von seinem Vater geerbt. Stand man vor Alexander Grant, gab es keine Lügen. Er konnte in einen hineinsehen, den ganzen Weg bis zu den Zehen.

Padraig hielt den Blick geradeaus gerichtet, denn er wollte das Urteil nicht sehen, das sich in den Augen seines Cousins abzeichnen würde. Die Grants kämpften mit Ehre, aber sie kämpften auch um das Richtige. Für Gisela zu kämpfen, hätte das Richtige sein sollen.

Auf seinen Heiratsantrag hin, hatte sie sich allerdings von ihm abgewendet. War ihr Handeln von Angst bestimmt gewesen? Oder das seine?

»Ihr Verlobter hat einen unrühmlichen Ruf. Er

ist als Geißel von Black Isle bekannt. Um Gisela und mir eine Botschaft zukommen zu lassen, hat er ein Mädchen aus einem anderen Dorf verprügelt.«

»Wie lautete die Botschaft?«, fragte Jake und zog dabei die Augenbrauen neugierig hoch, während Alasdair nicht weit hinter ihm war und jedem Wort lauschte.

»Der Grant Krieger müsste in das Gebiet der Grants zurückkehren, oder es werden weitere Unschuldige zu Schaden kommen. Sein Vater wollte nichts gegen ihn unternehmen oder seine Handlungen kontrollieren.«

»Also bist du gegangen.« Jake senkte den Blick auf die Zügel in seiner Hand, ehe er ihn auf den Wald richtete, der sie umgab. Padraig konnte erkennen, dass er über seine Worte nachdachte. Jamie reagierte schneller auf Informationen, die er erhielt. Jake und Connor verhielten sich beide so wie ihr Vater und überlegten sich jedes Wort genau, ehe sie es aussprachen. »Verstanden.«

Sie setzten ihren Weg fort, als das wundersame Grant Castle in Sicht kam, bei dessen Anblick sich in Padraigs Hals häufig ein Kloß bildete. Majestätisch stand es auf dem Gipfel eines Hügels und überragte das Dorf, einen See in der Ferne und die Wiesen ringsum. Ein riesiges Feld für Bogenschützen, ein Festplatz und Felder für den Anbau von Getreide und Gemüse tupften den felsigen Boden der Highlands. Ihre Vorfahren aus dem Hause Grant hatten diesen Ort gut gewählt, da er eines der wenigen Gebiete darstellte, das viele Familien ernähren konnte.

Ursprünglich hatte die Festung nur zwei Türme aufgewiesen, aber die Brüder hatten im Laufe der Jahre weitere Türme hinzugefügt und den Hauptturm erweitert, um die wachsende Anzahl von Familienmitgliedern aufnehmen zu können. Nebengebäude und Stallungen umstanden den Innenhof und reichten bis über die Ringmauer hinaus.

Was war ihm aber das Liebste? Die Landschaftsgestaltung. Tante Brenna und Tante Jennie hatten den Anfang damit gemacht, aber Tante Maddie hatte die Bepflanzungen fortgeführt und versucht, zu jeder Jahreszeit etwas Schönes zu schaffen. Überall im Dorf gab es in Hülle und Fülle Obstbäume, und das war noch etwas, das der Clan richtig gemacht hatte.

Er liebte Grant Castle und seinen Clan, aber nicht das Leben als Krieger. Als sie näher kamen, konnte er sehen, dass einige Dorfbewohner Tante Maddies farbenfrohe Blumen in den Winkeln der Türme pflegten, was sie aus Respekt vor ihrer Mistress taten. Innerhalb der Burg waren mehr, insbesondere in der Nähe des Türbogens.

»Die Entscheidung zu gehen war nicht leicht«, meinte Padraig. »Verstehst du das wirklich? Wird ein Großteil unseres Clans denken, ich sei davongelaufen?«

»Anders als Connor oder Jamie, die beide zulassen, sich von Gefühlen leiten zu lassen, bin ich praktisch veranlagt. Du hattest keine Krieger bei dir und der Matheson Clan hat noch immer mit den Verlusten durch den Fluch zu kämpfen. Hattest du die Anzahl von Kämpfern, um es mit dem Clan der Geißel aufzunehmen?«

»Nein.«

»Von welchem Clan ist er?«

»Dem MacKinnie Clan. Er ist der jüngste Sohn. Aber sein Vater macht sich Sorgen, weil er sich unnatürlich verhält, und er sagt, sein Sohn hätte sich in letzter Zeit verändert – er würde für merkliche Zeitperioden verschwinden und streitlustiger sein. Wir haben den Verdacht, dass er ein Mädchen vom Milton Clan angegriffen und sie im Wald zum Sterben zurückgelassen hat, gleichwohl sie sich weigert, ihn als ihren Peiniger zu identifizieren. Er ist unberechenbar geworden. Ich weiß nicht, was passieren wird, sobald erfährt, dass ich gegangen bin. Aber er hat gedroht, mehr Unheil anzurichten, wenn ich nicht verschwinde. Das war die Botschaft, die das verprügelte Mädchen für uns hatte.«

»Papa, glaubst du nicht, wir sollten eine Streitmacht von Grant Kriegern schicken, um diesen Mann fertigzumachen?«, schlug Alasdair vor. »Es ist unehrenhaft, eine Frau auf diese Weise zu behandeln. Großmama wird sehr aufgebracht sein, wenn sie davon erfährt.«

»Aye, du hast recht, Alasdair.« Dann wandte er seine Aufmerksamkeit erneut Padraig zu. »Vielleicht werden wir so eine Aktion in Erwägung ziehen, aber wir sollten all dies mit deinem und meinem Vater zusammen mit Jamie und Connor besprechen. Und es wäre rüde, ohne Mathesons Einverständnis zu handeln.«

»Aye, die Situation ist zu überwältigend für einen Mann«, entgegnete Padraig.

»Verzeih mir, wenn ich zu frei heraus bin, aber bist du selbst an einer Verlobung interessiert?«, fragte Jake als sie bei den Stallungen ankamen und die anderen Padraig ihre Begrüßung zuriefen. Er sprang von seinem Pferd und nahm sich die Zeit, in den Stall zu treten, in dem alle Nachkommen von Onkel Alex´ Pferd Midnight gehalten wurden. Er nahm zwei Bündel getrockneter Äpfel und brachte sie zu ihren Pferden, denn er wusste, dass Alasdair sich um sein eigenes Pferd kümmern und es mit den Leckerbissen füttern würde, ehe die Stallburschen es hineinführten und trockenrieben.

»Es ist zu früh, glaube ich.« Er wollte sein Scheitern nicht eingestehen. Noch hatte er sich nicht daran gewöhnt. »Wir beide sind übereingekommen, dass wir Zeit brauchen, um einander kennenzulernen. Und während ich sie sehr gern habe, bin ich nicht an einer Heirat interessiert, die aus Angst geboren wird. Ich möchte, dass es eine Zeremonie der Freude für zwei Menschen ist. Das soll nicht heißen, dass ich das Mädchen nicht heiraten würde, um Frieden zu stiften und Schaden zu verhüten.«

»Das hat Marcas und Brigid nicht aufgehalten, nicht wahr? Jamie und Gracie haben unter erzwungenen Bedingungen geheiratet. Ich glaube nicht, dass sie irgendetwas bereuen.«

»Nein, aber Brigid hat eine kluge Wahl getroffen und Jamie und Gracie waren miteinander aufgewachsen. Ich habe starke Gefühle für Gisela, aber in letzter Zeit hat sich viel in ihrem Leben ereignet. Ich hielt es für das Beste, für eine Weile zurückzutreten.«

»Die Zeit wird es erweisen«, antwortete Jake und streichelte seinem Pferd über den Hals.

»Ich bin nicht sicher, ob ich verstehe, was du meinst, Jake.«

»Es ist ganz einfach. Finde heraus, wie lange du sie vermisst. Einen Tag? Zwei? Vielleicht zwei Wochen? Wenn sie dir nicht aus dem Kopf geht, weißt du, dass sie die Richtige für dich ist.«

Ihre aufreizenden Lippen waren ihm heute bereits mehrere Male in den Sinn gekommen. Aber er vermisste auch ihre Unterhaltungen, was ihm selten mit anderen Mädchen passiert war. Er vermisste, sie in den Armen zu halten, und wünschte sich, sie könnte am Morgen an seiner Seite sein. Sie konnten sich über alles unterhalten. Gisela und er hatten sich über die Welt unterhalten, und die Insel, Schottland, ihre Clans und sie hatten sogar darüber gesprochen, Kinder zu haben. Nie waren ihnen die Gesprächsthemen ausgegangen. Aye, er vermisste sie und er konnte sich nicht vorstellen, sie nicht in seiner Nähe wissen zu wollen.

Seine Cousine Kyla kam in dem Moment auf sie zu, als sie aus dem Stall traten. »Ach Padraig! Willkommen daheim. Du bist genau der Mann, den wir gerade brauchen. Ich weiß, dass du gerade erst angekommen bist, aber könntest du Mutter und mir in der Heilkammer helfen?«

»Ich? Ich bin kein Heiler.« Nie hatte er sich selbst als Heiler betrachtet, gleichwohl er oft mit seiner Mutter gearbeitet hatte, sogar bevor sie nach Tante Jennies Heirat mit Aedan Cameron die

Heilerin der Grants wurde.

»Vielleicht nicht«, lenkte Kyla ein und verschränkte die Arme. »Aber da ist ein kleiner Krieger, der überzeugt werden muss, dass Mutter tun kann, was sie für nötig erachtet.«

Jake brach in lautes Lachen aus. »Und könnte dieser kleine Krieger mit dir verwandt sein, Schwester?«

»Ich werde gehen und Alick helfen«, antwortete Alasdair.

Jake bekam seinen Sohn von hinten an seiner Tunika zu fassen. »Nein, das wirst du Tante Kyla und Padraig überlassen. Geh und suche Els, um ihn zu fragen, was passiert ist.«

Alasdair grummelte und schaute seinen Vater finster an, doch er tat, was von ihm verlangt wurde.

Padraig gab Kyla ein Zeichen, voranzugehen. »Kläre mich auf, worauf ich mich hier einlasse, bitte.«

»Alick hat sich beim Unterricht auf den Übungsplätzen eine tiefe Wunde im linken Arm zugezogen. Er will sich von deiner Mutter keine Salbe auftragen lassen, weil er denkt, dass es sein Ansehen als Krieger schmälert. Ich sagte, er müsste es tun. Ich will morgen keine grüne Flüssigkeit heraustropfen und ihn gegen das Fieber ankämpfen sehen.«

Padraig winkte Vorbeigehenden zu, die Begrüßungen ausriefen, aber er blieb nicht stehen, um mit irgendjemandem zu sprechen, außer zu erklären, dass er etwas Wichtiges zu erledigen hatte. Als er in die Heilkammer trat, hellte sich das Gesicht seiner Mutter auf, aber seine eigene Miene blieb ernst.

Die Kammer sah aus wie immer, ordentlich und sauber, obwohl sie so viele Töpfe und Schalen enthielt, dass es ein Wunder war, wie sich irgendjemand daran erinnern konnte, was sie alles enthielten, doch er wusste, dass seine Mutter sehr methodisch vorging. Sie hatte frische Kräuter von den Dachsparren hängen, die sie für ihre vielen Heilsalben und Trünke trocknete, und die Pflanzen verbreiteten ein einzigartiges Aroma in der Kammer. Den Duft von Zuhause.

Es gab drei Pritschen für Kranke und Verwundete, die meist im Anschluss an einen Kampf belegt waren, aber auch viele Kinder hatten zur Behandlung ihrer häufigen Abschürfungen und Prellungen das Innere der Kammer gesehen. Die Pritschen standen an der Außenwand aufgereiht und zwei Arbeitstische befanden sich in der Mitte, wovon der eine dem Mischen von Medikamenten diente und mit Schalen und Mörsern bedeckt war, während bei dem anderen zwei Schemel für die Patienten bereitstanden, damit sie sich während des Nähens einer Wunde setzen konnten. Dort fand er Alick, dessen Haar so hellrot wie das seines Vaters war und Sommersprossen seine Nase und die Wangen übersäten. Finlay, der einer der wenigen rothaarigen Grants war, hatte seinen Teint an seinen Sohn vererbt. Schmollend, wie Jungen in seinem Alter das so gern taten, hob er den Kopf und lächelte, als er Padraig eintreten sah.

»Ein Krieger, der mir zur Hilfe kommt. Padraig,

hilf mir bitte.«

Padraig verbarg sein Lächeln und fuhr mit seiner List fort, Enttäuschung und Besorgnis zu zeigen. Er wusste genau, wie er mit dem Jungen reden musste, denn als er noch jünger gewesen war, hatte er viele Tage auf den gleichen Übungsplätzen beim Praktizieren verbracht. Es war eine Stätte des Wettkampfs. »Guten Abend, Mama. Behandelst du noch jemanden anderen? Ich brauche dich jetzt.«

Sie war an dem Tisch mit dem Mischen von etwas beschäftigt, und riss nun bei seinen Worten den Kopf hoch. »Padraig! Bist du verletzt?«

Die Besorgnis seiner Mutter erwachte sofort, doch er machte ihr ein winziges Zeichen und fuhr fort. »Ich habe mir eine Wunde am Bein zugezogen und ich möchte gern, dass deine magische Salbe draufgestrichen wird.«

An dem Schimmern im Blick seiner Mutter konnte er sehen, dass sie seine Taktik durchschaut hatte.

Alick starrte ihn an. »Nein, nicht wenn es die Wunde eines Kriegers ist. Du musst sie mit Stolz tragen. Darf ich sie sehen?« Seine Augen leuchteten vor Aufregung auf. »Nein, das darfst du nicht. Sie ist nahe einer sehr intimen Stelle. Es ist mir egal, ob es die nobelste Wunde ist, die ich je erhalten habe – ich will, dass sie schnell heilt, damit ich für meinen nächsten Kampf bereit bin. Ohne Salbe kann die Heilung ewig dauern.«

»Aber Padraig, willst du deine Wunde nicht herumzeigen und damit prahlen? Schau dir meine an. Sie will sie mit Salbe bestreichen. Ich will die

Narbe und stolz darauf sein.« Alick hielt Padraig seinen verwundeten Arm zur Begutachtung hin. Padraig hatte keinen Zweifel, dass Alick und seine beiden Cousins so wildentschlossen waren, wie achtjährige Krieger nur sein konnten.

In dem Moment traf Jake ein, also inspizierten die beiden Männer die Wunde, während Alick auf ihre Antwort wartete.

»Keine Sorge Junge«, meinte Padraig. »Diese Wunde wird dir noch eine schöne Narbe einbringen. Du hast sie dir im Kampf verdient?«

»Ich habe sie mir auf dem Übungsplatz geholt. Zählt das nicht?«

Padraig drehte sich zu Jake, da er Laird war und häufig das Kommando auf den Übungsplätzen übernahm. Jake verschränkte die Arme und meinte: »Es zählt. Auf dem Übungsplatz oder dem Schlachtfeld. Beides sind Quellen des Stolzes, Bursche. Dies wird mit oder ohne Salbe vernarben, aber er hat recht und mit Tante Caralyns Salbe bist du schneller wieder auf dem Übungsplatz. Wenn du ein großer Grant Krieger sein willst, musst du dafür sorgen, dass die Wunde verheilt.«

»Hat man sie auch auf deiner Schulter verwendet, Chief?«, fragte der kleine Alick.

»Sicher habe ich das. Sie hat sie auf jede Wunde gestrichen, die ich gehabt habe. Meine Mutter hat das so gewollt und ich habe meine Mutter immer geehrt.«

Alick wirkte geschlagen, und er ließ den Kopf ein bisschen hängen. »Großmutter würde wollen, dass ich die Salbe nehme. Das stimmt. Ich habe sie ganz vergessen.«

»Also würdest du sie für Großmutter auftragen, aber nicht für mich?«, grollte Kyla. »Nun, was immer funktioniert.« Sie warf die Hände in die Luft und verdrehte die Augen, als sie zu Padraigs Mutter schaute, die einfach nur lächelte, als sie den Tiegel mit der Salbe vom Arbeitstisch nahm.

Die Tür öffnete sich und Padraigs Großonkel Alex trat ein. »Mir ist zu Ohren gekommen, dass du heute einen Hieb eingesteckt hast, Junge. Gut gemacht, dass du gleich hierhergekommen bist. Caralyn hat die meisten meiner Wunden mit dieser Salbe hier behandelt.«

Alick streckte seinen Arm so schnell hervor, dass Padraig ein Lachen unterdrücken musste. »Würdest du sie gern sehen, Großvater? Ich bin auf den Übungsplätzen gestochen worden.«

»Gestochen? Ich denke, getroffen ist das bessere Wort, aber es zeigt, dass du hart arbeitest. Jetzt lass die Wunde von deiner Tante Caralyn behandeln.« Onkel Alex trat näher und legte Alick die Hand auf die Schulter. »So machen es die Krieger, Junge. Streite nie mit einer Heilerin. Sei dankbar, dass du eine großartige Heilerin hast.«

Nachdem Alick verarztet war und die anderen gingen, blieb Padraig zurück, um seine Mutter gebührend zu begrüßen. »Mama, geht es dir gut?«

»Aye, Padraig. Ich bin froh, dass du zu Hause bist. Ich wünschte, du würdest bei allen Kindern mithelfen. Du kannst so gut mit ihnen umgehen. Im Herzen bist du ein Kind, glaube ich. Komm, wir besorgen dir etwas zu essen. Bestimmt warst du schnell unterwegs. Da bin ich sicher.«

Er umarmte sie, und zusammen traten sie in die große Halle des Grant Castle, wo sie die Anwesenden begrüßten.

Kaum waren sie eingetroffen, setzte sein Vater sich zu ihnen an den Tisch. »Du bist zu Hause. Herzlich willkommen. Deine Zeitwahl ist perfekt.«

»Warum denn, Papa?«

»Weil wir deine Hilfe auf den Übungsplätzen gebrauchen können. Wir haben eine Reihe neuer Wachen, die eine gezielte Ausbildung benötigen.«

»Robbie, bitte«, warf seine Mutter ein. »Du weißt doch, er macht das nicht gern. Können wir ihm nicht einen Abend Ruhe gönnen? Du bist von Black Isle gekommen, ja? Wer hat dich begleitet?«

Verflixt, aber seine Mutter hatte schon immer eine Möglichkeit gefunden, ihre Frage einzuschmuggeln. Er würde sie anfangs ignorieren und sehen, ob er damit durchkam. Für die Belehrungen, die ihm seine Vorliebe für das Alleinreisen immer einbrachten, war er nicht bereit.

»Direkt von Black Isle und ich habe auf meiner Reise nicht gebummelt. Ich könnte etwas zu essen gebrauchen, falls vom Nachtmahl noch etwas übrig ist. Dann werde ich mich zu Bett begeben, falls meine Kammer noch nicht vergeben ist?« Er hoffte, dass seine vermeintliche Müdigkeit die Befragung und die daraus resultierende Belehrung aufschieben würde.

»Nein, du hast deine Kammer hier, oder du kannst in unser Häuschen kommen.« Seine Eltern hatten ihr Häuschen am See immer der Burg vorgezogen. Sie hatten zwar klein angefangen, aber als die Familie gewachsen war, hatten sie immer mehr angebaut.

»Ich bleibe heute Nacht hier. Vielleicht besuche ich euch an einem anderen Tag am See.« Er wollte seinen Eltern nicht die Wahrheit sagen – dass ein schurkischer Krieger namens Donald MacKinnie hinter ihm her sein könnte, und dieser Mann weder höflich noch vernünftig war. Wenn der Schurke ihm gefolgt war, wäre es klüger, hinter den Toren zu schlafen, um nicht mit einem Dolch im Bauch aufzuwachen. Und es war besser, das Risiko, ihn zum Haus seiner Eltern zu führen, nicht einzugehen.

»Du hast deine Meinung im Hinblick auf die Übungsplätze nicht geändert?«, fragte Robbie.

»Nein«, entgegnete er.

»Logan Ramsay meinte, du seist auf Black Isle ein unerbittlicher Kämpfer gewesen.«

»Möglicherweise war ich das auch. Ich habe die beste Ausbildung genossen, und sie nicht vergessen, aber meine erste Wahl besteht nicht darin, meinen Tag mit Kämpfen zu verbringen. Ich werde nicht zaudern, wenn ein Grund anliegt, wie der Schutz des Matheson Gebiets oder wenn jemand davon abzuhalten ist, Jennet als Hexe zu bezichtigen, aber ich möchte nicht meinen gesamten Wachzustand damit verbringen.«

»Es gibt andere Dinge, die du tun könntest. Du hättest beim Waffenschmied in die Lehre gehen oder Hufschmied werden können. Beides sind gute Handwerksberufe. Aber das hat dich nicht interessiert. Nachdem du bei Aedan Cameron in Obhut warst, hatten wir gehofft, du würdest zurückkehren, um zu bleiben und wie alle anderen auch, deine Fähigkeiten zum Wohle deines Clan einzusetzen. Onkel Alex fragt oft, wohin du gehst und was du tust. Nie wissen wir, was wir darauf antworten sollen.«

Padraig kratzte sich am Kopf. »Ich wünschte, ich wüsste, wohin mein Weg mich führt, aber ich habe mich noch nicht entschieden. Ich weiß, ihr habt mich mehr als großzügig mit Geld versorgt und mir erlaubt, nach meiner Rückkehr von den Camerons zu reisen. Ich wollte das Land nur ein wenig erkunden.« Er hatte vor, sich niederzulassen, aber er wurde oft gerufen, um seinem Clan auf unterschiedlichste Weise behilflich zu sein. Er war gegangen, um seinem Bruder Roddy zur Hand zu gehen, als dieser geheiratet hatte. Er hatte seinem Cousin Braden eine Weile auf Muir Castle geholfen, nachdem dieser geheiratet hatte und seine Tante und sein Onkel dorthin umgesiedelt waren, und zwar nicht nur bei den Kämpfen, sondern auch bei allen Reparaturen und dem anschließenden Wiederaufbau. Dann war er Mitglied des Trupps gewesen, der losgeschickt worden war, um auf Black Isle zu helfen, als seine Cousinen entführt worden waren. Wie hätte er da nicht gehen können?

»Deine Mutter und ich haben dir unseren Segen gegeben, durch das Land zu ziehen, um herauszufinden, was du tun willst, und deinen Clanangehörigen bei ihren neuen Vorhaben zu helfen, aber die Engländer haben die Schotten seit König Alexanders Tod heftig bedrängt. Viele Jahre lang war es sicher, allein zu reisen, aber jetzt nicht mehr. Deine Mutter kann nachts vor Sorgen um dich nicht schlafen. Du kannst nicht weiter umherwandern, sonst findest du vielleicht Fesseln um deine Handgelenke und dann eine Schlinge um deinen Hals. Glaube mir, es wird dir nicht gefallen, in einen Kerker geworfen zu werden. Frag Loki. Er wird dir sagen, wie das ist.«

»Ich glaube nicht, dass das passieren wird, Papa. Die Engländer werden mich nicht belästigen. Ich habe nichts falsch gemacht.«

Es sei denn, Donald MacKinnie fängt an, Lügen über dich zu verbreiten.

Verdammt, woher war dieser Gedanke plötzlich aufgetaucht? Diese Möglichkeit wollte er gar nicht erst in Betracht ziehen. Würde MacKinnie ihm so weit folgen, um sich dafür zu rächen, dass Padraig der Frau Aufmerksamkeit entgegengebracht hatte, die Donald als die seine betrachtete? Oder um Sorge dafür zu tragen, dass er nie wieder zu Gisela zurückkehrte?

»Das heißt nicht, dass ein englischer Adliger dich nicht wegen irgendeines Vergehens beschuldigen wird.« Sein Vater drehte den Kelch mit der Hand auf dem Tisch, was er häufig tat, wenn er beunruhigt war. »Deine Mutter soll nicht erfahren müssen, dass du eingesperrt oder gehängt worden bist. Das will ich nicht. Wenn du auf Black Isle bleiben willst, dann bleibe dort. Oder ziehe zum Castle deines Bruders und bleibe dort. Finde deinen Platz. Aber höre bitte auf, allein herumzuwandern.«

»Du hast im Laufe der Jahre genug mit mir gearbeitet, dass ich gehofft hatte, du könntest dich vielleicht dafür interessieren, Heiler zu werden«, meinte seine Mutter. »Du hast die Fähigkeiten. Warum willst du das nicht tun?«

Er hatte es genossen zu heilen, als er mit seiner Mutter zusammengearbeitet hatte, aber sich um Krieger zu kümmern und ihre gravierenden Verletzungen sehen zu müssen – den Verlust von Gliedmaßen, Bauchwunden, permanente Verkrüppelung –, das war alles zu viel für ihn.

»Mama, ich entschuldige mich, dich enttäuscht zu haben.« Er fuhr sich mit den Händen übers Gesicht und wünschte, es würde ihm etwas einfallen. Irgendetwas.

»Du hast mich nicht enttäuscht. Ich wünsche mir nur, dass du glücklich bist, Padraig.« Die Tränen in den Augen seiner Mutter waren fast zu viel für ihn.

»Du musst dir keine Sorgen um mich machen. Ich schaffe es immer, meinen Weg zu finden. Das weißt du.« Er wusste, dass seine Worte verschwendet waren. Noch nie war er in der Lage gewesen, seinen Vater zu überzeugen, dass es ihm auf sich gestellt gut ging. Dass er verborgene Wege zum Reisen gefunden hatte, wusste wonach er Ausschau halten musste, und dass er gut darin war, sich zur Wehr zu setzen.

Der Kommentar seiner Mutter traf ihn härter. »Dein Vater hat recht. Wir hören, dass mehr und mehr Lowlander ohne Grund eingesperrt werden. Du liebst es, nach Edinburgh zu gehen, aber selbst dort musst du vorsichtig sein. Ich traue König Edward oder seinen Männern nicht. Bleib für eine Weile hier. Bitte.«

Da er noch nicht entschieden hatte, wo er im Augenblick sonst hingehen sollte, konnte es nicht schaden, seiner Mutter zu versprechen, dass er bleiben würde. »Ich werde bleiben, Mama.«

»Für wie lange?«

Er würde ihr seine wahre Antwort nicht verraten, nämlich, dass er bleiben würde, bis er sich fühlte, dass er nicht mehr anders konnte, als zurückzukehren, um Gisela als seine Frau zu beanspruchen. »Ich werde eine Weile bleiben, Mama. Ich verspreche es.«

»Ich hoffe, ich habe dich für zwei Wochen hier oder mehr.«

»Solange, wie ich erwünscht bin. Reicht dir das? Du wirst mich bald wieder hinauswerfen wollen, nehme ich an.«

Er konnte nur hoffen, dass er seine Worte wegen Donald MacKinnie nicht noch bedauern müsste.

KAPITEL NEUN

GISELAS HERZ BEBTE jedes Mal, wenn sie an Padraig dachte. Was sollte sie nur tun? Sie liebte diesen Mann mehr als irgendeinen anderen und dennoch hatte sie diese Liebe auf die schlimmstmögliche Weise betrogen.

Sie hatte sie verleugnet.

Wie sie sich wünschte, seine wahren Gefühle zu kennen. War Padraig beleidigt oder wütend? Sie würde es nicht wissen, es sei denn, er wäre in der Nähe, um seine Empfindungen einzuschätzen.

Sie konnte das Gefühl nicht loswerden, dass sie ihn fortgeschickt hatte.

Nicht ohne Grund. Sie hatte Angst vor Vergeltung gegen ihre Familie, gegen die Kleinen, die sie so liebte. Und sie war nicht bereit, ihren Clan zu verlassen, ob nun, um auf Grant Land zu leben oder wie sie sich einst gewünscht hatte, um zu reisen. Sie wurde hier auf Black Isle gebraucht.

Jetzt war ihr Leben in Aufruhr und sie wusste nicht, in welche Richtung sie sich drehen sollte. Immer hatte sie von einem wunderbaren Mann geträumt, der sie um ihre Hand bitten würde. Einst war das Donald gewesen, als er noch charmant und gut aussehend gewesen war. Sie wusste nicht, was ihm passiert war, um ihn zu ändern – oder vielleicht war er auch von Grund auf böse und hatte dies jahrelang verborgen.

Sie hatte etwas gehabt, das sich so viele andere Frauen gewünscht hatten – den Sohn eines Lairds als ihren Verlobten, aber sie wollte nichts von diesem Leben haben, wenn sie Donald heiraten müsste. Von der Art, wie er sie anpackte und sie zu kontrollieren versuchte, sogar noch bevor sie verheiratet waren, wusste sie in ihrem Herzen, dass es als seine Frau nur noch schlimmer würde. Und wie er Dagga zugerichtet hatte, die nichts mit der ganzen Affäre zu tun gehabt hatte, hatte das Ganze nur bestätigt.

Sobald Dagga größtenteils genesen war, hatte sie viel von ihrer Angst verloren und war mit einer Eskorte von einem Dutzend Matheson Wachen in ihr Dorf zurückgekehrt. Padraig war vor fünf Tagen gegangen, aber Donald MacKinnie war noch immer irgendwo dort draußen. Er hatte keine weiteren »Botschaften« mehr geschickt und er war nicht zu den Mathesons zurückgekehrt, da ihre Brüder ihn gezwungen hatten, zu gehen. Also hatte Padraig vielleicht richtig gewählt.

Die Tür zur Halle öffnete sich, also ließ Gisela ihre Handarbeit – ein Winterkleid für Kara – in ihren Schoß sinken. Jemand, den sie nicht kannte, trat ein – es war ein junger Mann, der vor Eile oder Sorge ein bisschen außer Atem war. Er verneigte sich halb vor ihr. »Wir brauchen eine Heilerin, Mylady. Dürfen wir eine der drei bitten, die Ihr hier habt?«

»Aye, gewiss«, antwortete Gisela und bat die Magd, die den Mann eingelassen hatte, sich auf die Suche nach Tara zu machen. Brigid und Jennet waren unterwegs, um einer Frau beizustehen, die in den Wehen lag und sich über die Fähigkeiten der Hebamme des Dorfes hinaus damit schwertat.

Einen Augenblick später trat Tara von der Küche ein und fragte: »Werde ich gebraucht? Was ist das Problem?«

»Alle Kinder meiner Schwester haben das Schweißfieber und jetzt hat es auch die meines Bruders erwischt. Wie haben bereits meine Schwester und ihren Säugling verloren. Wir können nicht noch mehr verlieren.« Der mitgenommene Blick des Mannes sprach Bände. Er fürchtete um ihrer aller Leben.

»Gestatte mir einen Augenblick, meine Sachen zu holen und ich werde sofort kommen. Gisela, würdest du Brigid und Jennet bei ihrer Rückkehr informieren, wohin ich gegangen bin? Bei meiner Heimkehr werde ich darauf achten, nicht in die Nähe unserer Kinder zu gelangen.«

»Warum nicht?«, fragte Gisela, deren Sorge um Kara und Tiernay ihr einen Stich in die Brust versetzte.

»Das Schweißfieber wird vom einen auf den nächsten übertragen. Und ich werde unsere geliebten Kinder nicht in Gefahr bringen – sie sind besonders gefährdet, sagt Mama.«

»Ich werde dich begleiten.« Gisela stand auf und legte ihre Handarbeit beiseite. »Du kannst nicht allein gehen.«

»Du musst wissen, dass du vielleicht selbst krank

werden kannst.«

»Das verstehe ich«, erwiderte sie und schluckte schwer. »Ich kann bei diesen Kindern nicht einfach untätig bleiben. Es wäre grausam, daneben zu stehen und sie sterben zu lassen.«

»Was ist mit Donald?«

Dieser Gedanke war ihr durch den Kopf gegangen, doch sie konnte nicht zulassen, dass die anderen starben, weil sie sich vor etwas fürchtete, das vielleicht nie eintreten würde. Es war beinahe eine Woche vergangen. »Ich werde Wachen mitnehmen.« Trotzdem war sie nicht dumm.

Tara sprach zu dem Mann an der Tür. »Wir werden in Kürze bereit sein. Iss eine Kleinigkeit und setze dich an die Feuerstelle. Ich würde dich bitten, innerhalb der Burg nicht in die Nähe unserer Clanangehörigen zu kommen. Du könntest die Krankheit in dir tragen.«

Gisela schickte einen Boten, um die Pferde bereitmachen zu lassen und die Wachen zu informieren, und dann lief sie eilig in ihre Kammer, um sich frisch zu machen und eine kleine Tasche zu packen, ehe sie sich mit Tara in der Heilkammer traf und ihr zusah, wie sie Kräuter, Tinkturen und verschiedene Salben einpackte.

»Du musst mich nicht begleiten, Gisela. Ich kann allein gehen und Shaw bitten, mich zusammen mit ein paar Wachen zu begleiten. Ich hatte das Schweißfieber früher schon und weiß, wie es behandelt werden muss. Meine Mutter und ich haben einige Zeit darauf verwendet, verschiedene Behandlungsmethoden dafür auszuprobieren.«

Gisela konnte nicht untätig zurückbleiben. Sie war wegen Donald und Padraig und all den Ereignissen in der letzten Zeit zu aufgewühlt, und wenn sie nicht hier herauskam, um etwas Nützliches zu unternehmen, würde sie platzen. Hier zu sitzen und über Padraig nachzudenken war zu schmerzlich und Brigid hatte den größten Teil von Karas und Tiernays Fürsorge übernommen, insbesondere, da Nonie wieder bei Kräften war. Mehr und mehr darüber frustriert, innerhalb der Burgmauern festzustecken, musste sie etwas unternehmen.

»Ich werde gehen. Du wirst zwei zusätzliche Hände gebrauchen können, und ich werde tun, was immer du mir sagst.« Eine Wohnstatt, von der bekannt war, dass die Bewohner krank seien, wäre ebenso sicher wie die Burg, denn selbst Donald würde eine Infektion nicht riskieren.

»Das Beste ist, die Patienten zum Trinken zu bewegen. Meine Mama sagt immer, wenn Menschen schwitzen, müssen sie die verlorene Flüssigkeit ersetzen. Für das Schweißfieber gibt es kein Heilmittel, aber die meisten überleben es, es sei denn, ihr Fieber ist zu hoch und sie können nicht mehr trinken. Und bei Kindern ist es viel wahrscheinlicher, dass sie an Schweißfieber sterben, als bei Männern und Frauen.«

»Dann sollten wir uns beeilen, damit wir den Kindern helfen können.« Gisela musste zugeben, dass sie all diese Informationen über das Heilen recht interessant fand.

Tara schnürte ihre Tasche zu. »Komm, ich werde dir auf dem Weg mehr erklären.«

Sie gesellten sich wieder zu dem Mann und in seiner Hast, einen Heiler zu seiner Familie zu bringen, raste er praktisch aus der Halle. Mehrere Wachen, einschließlich Torcall, wie Gisela freudig erkannte, standen mit den Pferden für sich und die Frauen gesattelt bereit. Sie saßen auf und ritten los.

Sie folgten ihrem Führer durch das Dorf und dann einen Weg entlang auf das Gebiet der Miltons zu. Kurz bevor sie die Grenze zwischen den beiden Gebieten der Clans erreicht hatten, kamen sie zu einer kleinen Ansammlung von Häuschen. Als sie vorbeiritten, bemerkte Gisela, dass obwohl die Dorfbewohner lächelten, sie sich anfänglich in ihre Häuschen zurückziehen wollten.

»Die Kunde über das Schweißfieber geht um«, flüsterte Tara. »Deshalb begrüßen sie uns nicht.«

»Also, was kannst du mir außerdem über diese Krankheit sagen?«

»Ach ja. Das hatte ich ganz vergessen. Mama hat immer gesagt, dass das letzte Stadium vor dem Tod immer dann ist, wenn der Körper kein Wasser mehr hat. Alles trocknet an dem Patienten aus – ihr Mund, ihre Haut und sogar ihre Augen. Wir überprüfen ihren Urin, weil er oft das erste Anzeichen ist, dass der Körper versagt. Er geht von gelb zu dunkel über.«

»Aber wenn er dunkel ist, bedeutet das nicht, dass er voller Gift aus dem Körper ist?«

»Früher hatte Mama das geglaubt, doch Tante Brenna und sie sind der Ansicht, dass es nicht stimmt. Oft wird der Urin vor dem Tod dunkel, kurz bevor er ganz versiegt. Wir können nicht zulassen, dass die Kranken aufhören zu urinieren. Das ist ein schneller Weg zum Tode. Also müssen wir alles tun, um den Verlust durch den Schweiß zu ersetzen. Das bedeutet Wasser. Wir müssen ihnen zu trinken geben. Und je jünger sie sind, umso schneller trocknen sie aus. Mama sagt das auch.«

»Wirklich?« Ihr war nicht bewusst gewesen, dass Heiler so viel Zeit mit der Erforschung von Krankheiten und der Suche nach neuen Heilmethoden dagegen verbrachten. Welch brillante Einsichten sie hatten.

Der Mann führte sie zu einem Häuschen am Rande der Siedlung, und von dem Stöhnen und dem schwachen Klagen, das daraus zu hören war, wusste Gisela, dass sie ihr Ziel erreicht hatten. Keiner von den Nachbarn der Familie war im Freien zu sehen, denn sie hielten sich versteckt. Die Gegend war wie verwaist. Niemand bestellte die Felder, keine Freunde unterhielten sich auf dem Weg und es waren keine Mädchen oder Jungen beim Spiel zu sehen. Sie wurde an den Fluch erinnert, als die meisten Angehörigen des Clans sich in ihren eigenen Häusern versteckt hatten.

»Waren andere in der Umgebung krank gewesen?«, fragte Tara den Mann.

Er nickte. »Dort und dort«, antwortete er und zeigte auf einige Häuser, welche die Krankheit bereits hatten.

»Bist du krank gewesen?«

»Aye, aber ich habe mich erholt. Meine

Schwester nicht.«

»Mein Beileid für deinen Verlust. Fahre fort. Wirst du hierbleiben, um zu helfen?«

Er nickte. »Das ist das Heim meines Bruders. Nebenan ist das Haus meiner Schwester, aber wir haben alle kranken Kinder in ein Häuschen gebracht. Die Frau meines Bruders ist ebenfalls krank. Wie kann ich helfen? Ich werde tun, worum auch immer ihr mich bittet.«

»Habt ihr einen Brunnen in der Nähe? Oder einen Bach?«

»Der Bach ist besser. Mein Bruder und ich gehen gleich los.«

»Und kocht das Wasser bei eurer Rückkehr.«

Der Mann blickte verdutzt. »Kochen? Werdet Ihr ihnen dann einen besonderen Trunk brauen?«

»Vielleicht. Aber ich bevorzuge auch, alles Wasser zu kochen, ehe ich es den Kranken gebe.«

Er nickte, gleichwohl sein Gesicht einen fragenden Ausdruck behielt. Gisela verstand es nicht richtig, aber Jennet hatte ihr einmal erklärt, dass ein Trunk, der mit kochendem Wasser zubereitet worden war, niemals weitere Krankheit verursachen würde, während es manchmal den Anschein hatte, als sei dies bei Wasser direkt von der Quelle der Fall. Taras Mutter hatte diese Entdeckung gemacht und angefangen, alles Wasser abzukochen, ehe sie es den Kranken gab.

Gisela sprach mit Torcall, ehe sie hineinging. »Wir werden ein paar Tage hier sein, glaube ich. Solltest du bleiben oder zurückkehren?«

»Ich lasse zwei Wachen für den Fall hier, das Donald herkommt. Ich schicke jeden Tag zwei neue zur Ablösung und damit sie Essen bringen. Ich möchte nicht, dass die Leute aus der Siedlung sie verköstigen. Wir können uns keine kranken Männer leisten. Schickt Neuigkeiten mit jedem Paar, das aufbricht und ich werde zurückkehren, um euch nach Hause zu eskortieren.«

»Vielen Dank, Torcall. Richte meinen Brüdern aus, dass wir sicher sind.«

Tara öffnete die Tür und die beiden Frauen folgten ihrem Führer hinein. Der Geruch von Schweiß und Krankheit hing durchdringend in der Luft. Unfähig, sich zurückzuhalten, rieb sie mit dem Finger über ihre Nasenwurzel, als könnte sie damit ihre Sinne von dem Geruch befreien.

Tara reichte ihr einen Schal und hielt einen zweiten in der Hand. »Mama trägt einen, um den Geruch abzuhalten. Es funktioniert gut. Binde ihn über Mund und Nase.« Das wäre Gisela nie eingefallen, aber sie war überrascht, wie gut es funktionierte.

»Das ist eindeutig eine Verbesserung, Tara. Vielen Dank.« Der Mann trat zu seinem Bruder und unterhielt sich leise mit ihm, ehe er ihm aus dem Häuschen folgte.

Eine Frau – Gisela nahm an, es handelte sich um die Ehefrau des Bruders und die Mutter einiger der kranken Kinder – lag flach auf dem Bett und wirkte blass und verloren. Es waren sechs Kinder in unterschiedlichen Krankheitsstadien, von denen drei fest schliefen und der Rest entweder leise weinte oder hustete.

Gisela schaute zu Tara und zuckte mit den

Schultern, auf der Suche nach Anleitung. Tara schritt im Raum umher und sah nach jedem Kind, wobei sie eine rasche Untersuchung vornahm. Als sie geendet hatte, deutete sie auf ein Kind von einem oder zwei Sommern, bei der Feuerstelle, das sie mit glasigem Blick anschaute.

»Sie sollte zuerst versorgt werden. Gib ihr irgendetwas zu Trinken. Wasser, Milch, irgendetwas, das du finden kannst.« Sie trat an den Tisch, um dort einen Krug mit frischer Ziegenmilch vorzufinden. »Gieße etwas in eine Schale, tauche ein Tuch hinein und lasse die Kleine daran saugen. Tauche das Tuch immer wieder in die Flüssigkeit, bis die Kleine nichts mehr aufnimmt.«

Gisela ging zu dem dunkelhaarigen Mädchen hinüber, das es schaffte, die Arme zu heben, als Gisela sich neben sie kniete. Bei dem apathischen Zustand des Kindes barst ihr das Herz in mindestens in eintausend Stücke. Vor nicht allzu langer Zeit hatte sie während des Fluchs ähnliche Symptome beobachtet, aber dies hier war anders. Die Kranke hatte sich nicht erbrochen oder beschmutzt, sondern erzeugte ein überaus merkwürdiges greinendes Geräusch, das wie das Winseln eines kranken Welpen klang, gleichwohl sie nicht sicher war, was das bedeutete.

Gisela ließ sich in einen Sessel neben der Feuerstelle nieder und legte das kleine Mädchen auf ihren Schoß, nachdem sie die Schale mit der Milch auf einen Tisch in der Nähe gestellt hatte. Das Mädchen schaute mit solcher Hoffnung zu ihr auf, und sie wusste nicht, wie sie darauf reagieren sollte. Sie befolgte Taras Anweisungen und nahm ein Leinentuch, dass sie in die Milch tauchte, bis es vollgesogen war, und dann hielt sie es dem kleinen Mädchen an die Lippen.

Das Mädchen wurde still und in dem Augenblick erkannte Gisela, was dieses merkwürdige Geräusch gewesen war. Das Kleinkind hatte geweint, aber sie hatte keine Tränen. Sie schloss den Mund, um an dem Tuch zu saugen und ihre Augen waren auf Giselas gerichtet. Es war ein langsamer Prozess, aber Tropfen für Tropfen konnte die Kleine die Milch aufnehmen und fiel anschließend in einen friedlichen Schlaf.

Eine merkwürdige Stimmung überkamen Gisela bei ihrer Arbeit, als sie dieses Mädchen nährte, dann das nächste und anschließend noch ein kleines Mädchen. Ein Großteil des Tages war vergangen und sie hatte es kaum bemerkt, so war sie in ihre Arbeit vertieft, die ihr wie das natürlichste der Welt erschien − wie das Normalste, das sie je getan hatte.

Wenn sie half, diese Kinder zu retten, hätte sie wirklich etwas erreicht. Tatsächlich ging ihr beim kleinsten Lächeln der Kinder das Herz auf und das mit solch einer Zufriedenheit, dass sie im Nu den Sinn ihres Lebens begriffen hatte.

Sie war genau wie Tara, Brigid und Jennet, die sich um andere kümmerten, dazu bestimmt, für diese Kinder zu sorgen. Jede der Cousinen hatte ihr eigenes, spezielles Talent und jede kannte die Kräuter und Heiltrünke, die auf ihrem Gebiet am besten halfen. Selbst jetzt war Tara am Tisch und konzentrierte sich darauf, Kräuter in einer Schale zu mischen, um eine Medizin für ihre Patienten herzustellen.

Gisela war es einerlei, ob sie lernte, Medizin zu bereiten. Sie wollte sie nur zur Anwendung bringen, um den Kranken, den Hilflosen und den Bedürftigen zu helfen. Wie dankenswert würde es sein, zuzusehen, wie sie heilten und genasen.

Gisela legte das letzte Kleinkind, das nun satt und schläfrig war, in eine offene Krippe und deckte sie mit einem warmen Plaid zu, um sich dann in einem Rausch der tiefer Zufriedenheit zu Tara umzudrehen, und sie nach der nächsten Aufgabe fragte, der nächsten Möglichkeit, wie sie die Kranken pflegen und versorgen konnte.

Spät am Abend wünschte Gisela Tara gute Nacht, als sie zu den Pritschen tappte, die jemand für sie gebracht und beim warmen Feuer aufgestellt hatte. Sie wollte sich nur noch hinlegen und schlafen, aber es war ein guter Tag gewesen. Tara und sie würden bleiben, bis das Fieber abgeklungen war und alle Kinder außer Gefahr.

»Du warst wundervoll, Gisela. Ich hoffe, du bedauerst nichts, und ich bete, dass wir nicht krank werden«, meinte Tara.

»Ich bedauere nichts. Ich bin nur dankbar. Ich könnte vielleicht den Sinn meines Lebens gefunden haben.«

Sobald ihr Kopf das Kissen berührte, war sie eingeschlafen.

KAPITEL ZEHN

ER WAR JETZT fast eine Woche hier und es fühlte sich an, als sei er nie fort gewesen – was sowohl gut als auch schlecht war, das musste er zugeben. Ehe er noch einen Bissen herunterbringen konnte, ging die Tür auf und Connor steckte den Kopf herein. »Ein Bote für dich, Padraig. Komm heraus, wenn du fertig bist, und Jake und ich werden die Sache mit dir besprechen.«

Padraig konnte nicht verstehen, warum Connor es so ausgedrückt hatte, und war im Begriff zu fragen, doch Connor hatte sich schon umgedreht und die Eingangshalle verlassen, ehe er etwas erwidern konnte. Mit einem großen Schluck Ale spülte er den letzten Bissen herunter und richtete das Wort an seinen Vater, der ihm am Tisch gegenübersaß. »Ich werde sehen, um was es geht und setze dich dann ins Bild, Pa.«

Sein Vater, der gerade einen Löffel Eintopf zu seinem Mund führte, antwortete: »Ich werde direkt hinter dir sein.«

Padraig wusste, dass er auf ihn warten sollte, aber das Rumoren in seinen Eingeweiden beim

Gedanken an MacKinnie und Gisela trieb ihn zur Tür hinaus und auf die Tore zu, an denen der Bote auf ihn warten würde.

Connor und Jake unterhielten sich bereits mit dem Boten und Connor sprach dem Mann offensichtlich eine Einladung aus, einzutreten, um etwas zu essen und zu trinken. Das konnte er an der Freude auf dem Gesicht des Mannes und seinem leichten Schritt erkennen, als er auf die Burg zuging.

Gleichwohl manche andere Clans die Gewohnheit hatten, die Überbringer schlechter Nachrichten zu bestrafen, wurde den Boten bei den Grants stets Gastfreundschaft gewährt. Wahrscheinlich war die Mahlzeit, die sie erhielten, besser als alles, was sie je in ihrem eigenen Zuhause gegessen hatten.

»Von wem kommt sie? Von Gisela?«, fragte er.

Jake drehte sich zu ihm um und ein Grinsen zeigte sich auf seinem Gesicht. »Erkenne ich da ein kleines bisschen Hoffnung in deinem Blick? Ich bedaure, dich enttäuschen zu müssen, aber sie ist von unbekannter Quelle. Sie besagt, dass du an der nördlichen Grenze von Glen Lochy, in der Nähe des Gasthauses gebraucht wirst.«

»Was? Wer könnte so etwas fordern?« Padraig kratzte sich am Kopf. Die Nachricht war tatsächlich merkwürdig.

Connor zog eine Augenbraue hoch und ließ den Blick von seinem Bruder zu seinem Cousin schweifen. »Ich glaube, es handelt sich um eine Finte, insbesondere, weil sie nicht unterschrieben ist und du allein zu einem fragwürdigen Ort

kommen sollst. Das ist kein üblicher Treffpunkt
für die Grants, Ramsays oder die Camerons.
Du musst diese Botschaft sorgfältig erwägen,
ehe du dich zum Handeln entscheidest und die
Anweisungen befolgst.«

Sein Vater beteiligte sich an der Unterhaltung.
Er nahm das Schreiben und las es selbst. »Es muss
falsch sein. Geh nicht, Padraig. Das ist sicherlich
eine Falle, gleichwohl ich keine Ahnung habe,
warum. Ich werde gehen und den Boten fragen,
wer ihn geschickt hat.« Sein Vater entfernte sich
ebenso unvermittelt, wie er gekommen war.

»Du wirst nicht gehen, ehe wir mehr
herausgefunden haben, einverstanden?«, bat
Connor. »Wir müssen mehr über diese Sache
herausfinden.«

»Ich werde deine Entscheidung abwarten.« Er
schaute die beiden Brüder an und nickte jedem
in Anerkennung ihrer Autorität zu. »Ich werde
mein Pferd striegeln. Dort werdet ihr mich finden,
wenn ihr entschieden habt. Es wird besser sein,
wenn ich nicht an der Unterhaltung teilnehme.«
Wäre er dabei, käme er nicht umhin, die wahre
Situation in Bezug auf MacKinnie aufdecken zu
müssen. Er hatte gehofft, diesen Teil vor seinen
Eltern verheimlichen zu können. Seine Mutter
machte sich schon genug Sorgen. Und sein Vater
würde ihn mit Fragen bestürmen, die er nicht
beantworten wollte.

Jake nickte und entfernte sich mit Conner im
Gefolge in Richtung Hauptturm. Padraig konnte
nicht anders, als Jake hinterherzurufen: »Einen
Moment bitte, Jake?«, während Connor seinen

Weg fortsetzte.

Jake nickte und bedeutete Connor, fortzufahren. »Was gibt es?«

»Ich weiß, es klingt töricht, aber ich kann in kurzer Zeit dort sein. Ich würde der Botschaft gern auf den Grund gehen. Darf ich gehen, um vor Einbruch der Dunkelheit wieder hier zu sein?« Er war hoffnungsvoll. Jake *glaubte* an seine Fähigkeiten – etwas, das seine Mutter ganz bestimmt nicht tat.

»Unter einer Bedingung. Du lässt dich von zwei Wachen begleiten. Allein unter fragwürdigen Bedingungen dorthin zu gehen, ist nicht klug, aber das weißt du.« Jake verschränkte die Arme und brachte seine Füße in genau die Position, von der jeder wusste, dass er seine Meinung nicht ändern würde.

»In Ordnung. Aber nur zwei«, lenkte Padraig ein. Mit der Bedrohung durch Donald MacKinnie dort draußen wäre es besser, wenn er nicht allein unterwegs wäre, das musste er zugeben.

Jake nannte ihm die Namen von zwei Wachen und dann ging er, um mit den Männern zu reden, die er ausgewählt hatte.

Padraig marschierte zu den Stallungen, nahm sich Proviant und sattelte sein Pferd, ehe er dem Stallburschen sagte: »Ich nehme ihn nur zu einem kurzen Ausritt.« Der Bursche nickte und entfernte sich.

Geraume Zeit später näherte er sich mit seinen Männern Glen Lochy, als er drei Reiter sah, die direkt auf sie zuhielten. Zu seiner Überraschung war es sein Freund Ruari mit zwei Wachen.

Auf der Lichtung trafen sie sich und begrüßten einander mit einem Handschlag, während die Wachen am Waldrand zurückblieben und die Umgebung observierten. »Ich sehe, dass deine Jungs dich auf Trab halten, mein Freund«, bemerkte Padraig mit einem Grinsen. »Ich erkenne einige graue Strähnen, die sich unter den dunkelroten verstecken. Wie geht es Juliana und den Kindern?«

Sein Freund schmunzelte: »Aye, sie stellen mich andauernd auf die Probe. Juliana geht es gut.«

»Und sie lassen dich noch härter arbeiten?« Er stellte fest, dass die Muskulatur des Mannes über die Jahre an Umfang gewonnen hatte.

»Das tun sie, aber genug von ihnen«, meinte Ruari. »Was tust du so dicht bei Cameron Land?«

»Ich habe eine Botschaft erhalten, jemanden bei Glen Lochy zu treffen, aber sie war nicht unterzeichnet. Meine Neugier hat gesiegt.« Padraig hatte ein mulmiges Gefühl, das sich von der Mitte seiner Magengrube ausbreitete und allmählich jede Faser seines Körpers erfasste, doch er gab sein Bestes, dies zu ignorieren. »Aber ich würde gern wissen, warum du hier bist.«

»Dein Vater hat mir in einer Nachricht übermitteln lassen, dass du eine schwierige Zeit hättest, ohne allerdings viel zu erklären. Ich dachte, ich würde dich besuchen und in Erfahrung bringen, worin genau deine Schwierigkeiten bestehen. Ich hatte ganz bestimmt nicht erwartet, dich auf dem Hauptweg anzutreffen.«

Padraig seufzte und fuhr sich mit den Knöcheln über den Kiefer. »Papa hätte dir gar nichts sagen sollen.«

»Hast du keine Schwierigkeiten? Ich habe das Gefühl, das hast du, aber du willst nichts sagen. Du willst deine Eltern nicht beunruhigen, das verstehe ich, aber irgendetwas ist im Busch, denn sonst wärst du nicht so dumm und würdest einer nicht unterzeichneten Botschaft nachjagen.« Ruari kam ein paar Schritte näher. »Die Wahrheit.«

»Ich bin nicht in Schwierigkeiten«, schnaubte er zornig darüber, dass sein Vater die Botschaft an Ruari geschickt hatte.

»Den Teufel bist du nicht in Schwierigkeiten. Jemand hat eine List angewendet, um dich hierher zu locken und du hast angebissen. Die Frage ist, wer und warum. Du musst alles sagen und ich werde dich nicht in Ruhe lassen, bis ich nicht voll im Bilde bin.« Ruari suchte sich einen Baumstamm, auf dem er sich niederließ und damit deutlich zu verstehen gab, dass er nicht gehen würde.

Padraig ging zu seinem Pferd hinüber und nahm zwei Haferfladen aus der Satteltasche und gab Ruari einen davon, ehe er sich zu ihm auf den Baumstamm setzte. »Ich habe einen Verdacht. Auf Black Isle habe ich ein bezauberndes Mädchen kennengelernt, doch sie war verlobt.«

Ruari nahm den Haferfladen und biss schnell hinein, während er sich die Geschichte anhörte. Padraig erzählte ihm alles darüber, was passiert war, und dann wartete er auf die Meinung seines Freundes.

»Er hat die Botschaften geschickt. Das weißt

du, da bin ich sicher. Warum? Dessen bin ich mir nicht sicher. Aber du hast bewiesen, dass du noch nicht genügend gereift bist, um ein vernünftiges Urteil zu fällen, mein Freund«, fügte Ruari mit einem Grinsen hinzu.

»Was um alles in der Welt soll das heißen?«, bellte Padraig, der von dem Kommentar des Mannes wirklich beleidigt war.

»Wie viele Wachen sind mit dir in deiner Begleitung?«, fragte Ruari mit hochgezogener Augenbraue, während er die Gegend mit Blicken absuchte. »Nur die beiden, oder kommen noch mehr hinterher?«

Padraig räusperte sich, denn er war nicht daran interessiert, auf seine Stichelei zu antworten. Sein Vater hätte das Gleiche gesagt, dessen war er sicher. Er gab sein Bestes, um Ruari anzustarren, doch dieser war nicht im Mindesten beleidigt.

»Oh, ich habe noch mehr«, fuhr Ruari grinsend fort. »Hast du jemandem gesagt, wohin du unterwegs bist? Oder gar, du würdest dich nicht auf den Weg machen?«

Padraig machte ein finsteres Gesicht. »Das habe ich. Jake weiß es und er hat die Wachen mitgeschickt.«

»Hattest du überlegt, dich allein auf den Weg zu machen? Hattest du versucht, Jake zu überzeugen, du bräuchtest keine Wachen?«

Padraig antwortete nicht, sondern kaute stattdessen auf seinem Haferfladen.

»Das dachte ich mir. Du hast meine Einschätzung mühelos bewiesen. Du hast genau getan, was der Schurke sich erhofft hatte. Seine Finte hat funktioniert. Es gibt keinen Grund für dich, weiter hierzubleiben, also steht sein Motiv weiterhin in Frage, aber wir werden nicht warten und ihm die Chance gewähren, darüber nachzudenken. Jetzt sitzen wir auf und eskortieren dich zu deinem Castle zurück, weil du dumm genug warst, dich als Zielscheibe zu betrachten.«

Padraig erhob keine Einwände. »Du bist bei den Grants willkommen. Bleibe ein paar Nächte. Du weißt, du bist immer gern gesehen bist.«

»Nein, Juliana würde mich schrecklich vermissen. Wenn ich komme, um zu bleiben, dann in Begleitung meiner Frau. Sitz auf, Padraig. Ich werde nicht länger als Zielscheibe auf dem Präsentierteller hier herumhocken.«

Er befolgte Ruaris Aufforderung und fühlte sich ordentlich zurechtgewiesen. Er hatte sich dumm und unüberlegt verhalten. Sein Vater würde bei seiner Heimkehr toben.

Er konnte nicht anders, als sich wieder und wieder die gleiche Frage zu stellen.

Was um alles in der Welt war MacKinnies Grund für diese Finte?

In der folgenden Nacht wurde Padraig von einem lauten Klopfen aus dem Schlaf gerissen. »Wach auf, Cousin!« Es klang wie Jamie.

Er rieb sich den Schlaf aus den Augen und stieg aus dem Bett, um sich dann sogleich Wasser ins Gesicht zu spritzen, ehe er seine Tunika über den Kopf zog und das Plaid umlegte. Nach dem ganzen Geschrei, das sein Vater bei seiner

Rückkehr von seinem unnötigen Ausflug nach
Glen Lochy veranstaltet hatte, hoffte er, dass die
Älteren des Clans nicht entschieden hatten, ihn
fortzuschicken.

Sein Vater war so wütend auf ihn gewesen.

Als er die Tür aufmachte, schaute er seinen
Cousin verdattert an und fragte sich, warum er
mitten in der Nacht dort stand.

»Es ist noch Nacht, nicht wahr? Ist etwas nicht
in Ordnung? Mama? Papa?«

»Aye, es ist Nacht, aber du musst kommen.
Entschuldige bitte, dass ich dich geweckt habe,
aber du wirst unverzüglich verlangt.« Jamies
Gesichtsausdruck war sehr ernst, und das war
kein ermunterndes Zeichen.

Seine   Worte   beschwichtigten   Padraigs
Verwirrung nicht, doch da Jamie auch einer der
Lairds war, widersetzte er sich nicht. Als er die
Treppe hinunterstolperte, war er überrascht, eine
kleine Gruppe von Männern zu sehen, die um
die Feuerstelle versammelt waren. Einige von
ihnen erkannte er, aber nicht alle. Er war auch
überrascht, leise Geräusche aus der Heilkammer
seiner Mutter zu hören. Die Gruppe drehte sich
zu ihm um und schaute ihn an. »Gibt es ein
Problem?«, fragte er, gleichwohl er die Antwort
fürchtete.

»Aye«, entgegnete ein Mann, bei dem es sich
um den Sheriff von Inverness handelte, und damit
um jemanden, den sie alle kannten, obgleich sie
nicht sehr oft mit ihm zusammengetroffen waren.
»Normalerweise muss ich mich nicht in die
Angelegenheiten des Grant Clans einmischen,

aber weil die junge Frau, die wir hergebracht haben, einen Fetzen von einem Grant Plaid in ihrer Hand gehalten hatte, müssen wir einige Fragen stellen.«

Padraig blickte in die Gesichter der Männer, die ihn umgaben – sein Vater, Jake, Jamie, Connor und Onkel Alex.

Zwei weitere Sheriffs waren dabei. »Ich verstehe nicht. Was glaubt ihr, was ich über das Mädchen wissen könnte?«

»Im Wald wurde ein Mädchen gefunden, dass geschlagen worden ist. Sie hatte ein Stück eines Grant Plaids in ihrer Hand und das einzige Wort, das sie hervorbrachte, war dein Name, Padraig.«

»Ich habe kein Mädchen gesehen, außer denen, die hier leben, seit ich Black Isle vor einer Woche verlassen habe.«

»Es ist am frühen Abend passiert. Ein Kleinbauer hat sie gefunden, während ihr das Blut noch aus den Wunden lief. Es musste also um diese Zeit passiert sein.«

»Ich war um Mitternacht hier. Schlafend in meinem Bett«, antwortete Padraig.

Der Sheriff machte schmale Augen.

»Wir glauben dir«, meinte Jake. Er wandte sich an den Sheriff und seine Helfer. »Er war den ganzen Abend hier und ist nicht fortgewesen. Wir haben das Nachtmahl zusammen eingenommen und für einige Zeit beim Feuer geplaudert, ehe wir zu Bett gegangen sind. Er kann es nicht gewesen sein. Ich werde für ihn bürgen. Freilich müsst Ihr den Mann finden, der das Mädchen geschlagen hat, aber Padraig war das nicht. Wir werden sie fragen, sobald sie sich erholt.«

»Wenn sie sich erholt«, entgegnete der Sheriff. »Ich oder einer meiner Männer werden wiederkommen und mit ihr sprechen. Wir werden uns dann auch wieder mit Padraig unterhalten.«

Padraigs Vater trat vor. »Muss ich einige wichtige Punkte zur Sprache bringen, die Ihr überseht, Sheriff? Jeder könnte einen Fetzen von einem Grant Plaid finden, und verwenden. Wir haben mehr als eintausend Krieger, die unser Plaid tragen und einer von ihnen könnte damit an einem Ast hängen geblieben sein, als die Männer draußen auf der Jagd gewesen waren. Und irgendjemand, der ein Mädchen dergestalt missbraucht hat, wird Male an seinen Händen haben. Die Hände meines Sohnes zeigen keine Wunden, Schwellungen oder irgendeine andere Spur von Gewalttätigkeit.«

Der Sheriff trat näher zu Padraig. Er musterte Padraig eingehend und dann schaute er auf seine Hände, und Padraig hielt sie so, dass der Mann sie im flackernden Kerzenschein besser sehen konnte.

»Ihr habt recht. Ich sehe nur alte Schwielen, die jeder Krieger trägt, und sie ist eindeutig geschlagen und nicht geschnitten worden.«

»Mein Sohn ist unschuldig.« Sein Vater verschränkte die Arme vor sich, als wollte er den Sheriff herausfordern, ihn weiter in Frage zu stellen.

Der Sheriff lenkte den Blick zu Padraig, der zu dem Schluss kam, dass es Zeit war, für sich selbst zu sprechen. »Ich bin ein Mitglied des Grant

Clans. Ich missbrauche keine Frauen. Warum glaubt ihr, dass ich so etwas tun würde?«

»Sheriff, Ihr kennt unseren Ruf. Falls einer meiner Krieger eine Frau auf diese Weise behandeln würde, dann würde ich mit ihm abrechnen, ehe Ihr auch nur hier wärt«, meinte Onkel Alex und verschränkte die Arme.

»Und ich würde ihn für dich festhalten, Alex.« Sein Vater trat neben ihn und fasste ihn an der Schulter. »Mein Sohn wäre der Erste, der einem Mädchen zur Hilfe kommen würde.«

Jake streckte den Arm zur Tür aus. »Geht nur, Sheriff. Eure Befragung ist zu Ende.« Der Mann starrte Jake an, doch dann meinte er: »Einstweilen, aber wir werden wiederkommen.« Er drehte sich zu Onkel Alex und meinte: »Ich entschuldige mich, euch alle mitten in der Nacht aufgeweckt zu haben. Selbst ohne den Beweis über die Schuld wären wir gekommen, weil hier die besten Heilerinnen zu finden sind.«

Wie üblich zeigte Onkel Alex keine Regung und er meinte: »Ihr habt gesagt, was Ihr sagen müsst und nun geht, Sheriff.«

Gleichwohl die Sheriffs imstande waren, beinahe jeden durch ihre pure Anwesenheit zu erschrecken, konnte Alexander Grant nicht so leicht eingeschüchtert werden und der Sheriff hegte gehörigen Respekt vor dem alten Laird. Alex hatte immer die größte Armee von Krieger im ganzen Land angeführt und würde jegliche Anzahl Männer schicken, die der König benötigte.

Kein Sheriff wollte Ärger mit dem König.

Jake und Jamie eskortierten die drei Männer

hinaus, aber sobald sie den Hauptturm verlassen hatten, fing die wahre Befragung an. Sein Vater drehte sich mit ernstem Blick zu ihm um. »Siehst du, in welche Schwierigkeiten du dich hättest bringen können, wenn du allein aufgebrochen wärst? Wenn Ruari dich nicht zur Umkehr veranlasst hätte, könntest du noch immer dort draußen sein. Aber warum hat sie deinen Namen gesagt, Padraig?«

Padraig verspürte ein elendes Gefühl in seinem Inneren. Das war Donalds Plan gewesen. »Ich würde das Mädchen gern sehen, um festzustellen, ob ich sie erkenne.« Er wurde von einer furchtbaren Angst geplagt, dass es Gisela oder jemand anderer vom Matheson Clan sein könnte. »Es ist nicht Gisela Matheson, nicht wahr?«

»Nein, ich erinnere mich von Brigids Hochzeit an sie«, meinte Onkel Alex. »Es ist nicht das Mädchen. Diese hier ist rothaarig.«

Padraig seufzte laut auf. »Ich will sie trotzdem sehen.«

»Komm mit«, meinte sein Vater. »Deine Mutter und Gracie behandeln sie gerade.« Sein Vater klopfte an die Tür der Heilkammer.

Seine Mutter öffnete sie und bat die beiden herein. »Das Mädchen hat ein bisschen mehr gesagt. Ihr wurde eine Nachricht für Padraig mit auf den Weg gegeben. Deshalb hat sie seinen Namen genannt. Der Mann, der sie angegriffen hat, prophezeite, Padraig sei sein nächstes Ziel. Sie weiß nicht, wer er war. Er trug kein Plaid und er war sehr groß, und er sagte, du solltest dich von Black Isle fernhalten. Dann sagte er noch, er würde kommen und dich finden.«

Padraig ging zu dem Mädchen im Bett hinüber. Eines ihrer Augen war geschwollen, aber das andere erfasste seinen Blick. Sie zuckte zunächst zurück, doch dann beruhigte sie sich. »Wer bist du?«, fragte sie.

»Ich bin Padraig Grant, und ich spreche dir meine tiefste Entschuldigung aus, dass du wegen mir geschlagen worden bist. Es war nicht mein Verschulden.« Er ließ den Blick über sie hinwegwandern und stellte fest, dass sie so ähnlich aussah wie Dagga, als sie gefunden worden war. Er erkannte Donalds Handschrift. Ein zugeschwollenes Auge, ein Bluterguss, der auf der Wange blühte und kleinere Wunden und Kratzer überall auf ihrer Haut. Er wollte nicht noch mehr sehen.

»Es ist nicht dein Fehler, aber ich verstehe nicht, warum er nicht dich schlägt, sondern mich.« Sie zuckte bei dem Schmerz zusammen, den ihre aufgeplatzte Lippe verursachte und besänftigte ihn mit der Zunge.

Sein Vater brachte nur ein Wort hervor: »Wer?«

Padraig schaute ihn über die Schulter hinweg an. »Donald MacKinnie. Er hat einem Mädchen auf Black Isle dasselbe angetan. Deshalb bin ich gegangen. Er hatte gedroht, noch mehr Frauen zu schlagen, wenn ich nicht verschwinden würde. Ganz offensichtlich hält er sich nicht an sein Wort.«

Das Mädchen stöhnte wieder und rollte sich mit an die Brust gezogenen Knien zu einem Ball zusammen. Also kehrten sie in die Halle zurück

und gesellten sich zu den wenigen, die noch
immer um die Feuerstelle harrten.

»Hast du sie erkannt?«, fragte Connor.

Padraig schüttelte den Kopf. »Aber ich weiß
über die Ursache und den Schuldigen Bescheid.«

»Berichte, Junge«, befahl Onkel Alex.

Zum zweiten Mal an diesem Tag erzählte er die
Geschichte von Giselas Verlobung und Donalds
Wahnsinn. Als er geendet hatte, schüttelte er den
Kopf und setzte schließlich hinzu: »Es ist an der
Zeit, etwas zu unternehmen, um ihn aufzuhalten.«

»Wir sollten den MacKinnie Clan mit
dreihundert Kriegern angreifen«, schlug Connor
vor. »Das wird dem Schurken den Garaus
machen.«

»Aber er ist nicht mehr dort. Ich habe den Clan
vor meiner Abreise aufgesucht, um ihn selbst zu
warnen, doch der Laird versicherte mir, nicht zu
wissen, wohin sein Sohn gegangen sei. Er habe
die Burg verlassen und sei nicht zurückgekehrt.
Er hat aus eigenem Antrieb gehandelt, nicht im
Namen des Clans.«

Alex lenkte seine Schritte zur Feuerstelle
hinüber und verschränkte die Arme vor der
Brust. »Wir können den Clan MacKinnie also
nicht angreifen, weil er nicht im Namen seines
Clans handelt. Wenn sein Vater ihn nicht in
Schutz nimmt, wäre es falsch, den Kampf gegen
den Laird der MacKinnies auszutragen. Wir
müssen Patrouillen auf die Suche nach diesem
Irrsinnigen schicken und ihn selbst aufspüren.«

»Padraig«, sagte sein Vater, der seinem Bruder
gefolgt war und nun in der Nähe des Kamins

Platz nahm, wobei er die Stimme ein wenig senkte, um zu verhindern, dass sie belauscht wurden. »Du hast das Gebiet der Grants mit nur zwei Wachen verlassen, um dich nach Glen Lochy aufzumachen, obwohl du wusstest, dass all das passiert war? Wegen einer nicht unterzeichneten Nachricht? Hast du deinen gesamten Verstand auf der Black Isle gelassen? MacKinnie könnte dort draußen auf dich warten, insbesondere wenn er weiß, dass du oft allein unterwegs bist.«

»Was hat Ruari im Einzelnen gesagt, als du ihm alles erzählt hast?«, wollte Jake wissen. »Hat er bei den Camerons etwas gehört? Hat er von Mädchen gehört, die in anderen Gebieten der Highlands gefunden worden sind?«

Padraig seufzte und fuhr sich mit der Hand durchs Haar. Er hatte gehofft, dass niemand ihm die gleiche Frage stellen würde, die ihm durch den Kopf ging. War es Donald gewesen, der versucht hatte, ihn hervorzulocken? War er derart hinterhältig? »Ruari hat auf die Nachricht von Papa reagiert. Er hatte nichts von irgendwelchen Mädchen gehört und war nur gekommen, weil er der Annahme war, ich sei in Schwierigkeiten.«

»Und er hatte recht, nicht wahr, mein Sohn?« Sein Vater sprang von seinem Platz auf und ging hin und her, was er nur dann tat, wenn er vor Wut nicht sprechen konnte. »Padraig, du trittst besser zurück, denn wenn du mir zu nahe kommst, werde ich dich mit Sicherheit erwürgen.«

»Robbie, Wut hilft dir nicht weiter«, riet Onkel Alex. »Beruhige dich, und dann kannst du klarer denken.«

Sein Vater schaute seinen Bruder an und holte tief Luft. »Du hast recht, Alex. Aber dieser Schurke könnte überall sein, und es klingt nicht so, als hätte er irgendwelche besonderen Merkmale. Groß und blond, das reicht einfach nicht«, entgegnete sein Vater. »Ich denke, Padraig sollte sich verstecken. Vielleicht sollte er reisen, um seinen Bruder zu besuchen.«

»Davonlaufen?«, platzte Padraig heraus. »Es gefällt mir nicht, Problemen zu entfliehen.«

Jamie trat vor und meinte: »Aber wenn er dich nicht finden kann, wird er nicht wissen, wen oder wo er als Nächstes angreifen soll. Er kennt dich als einen Grant, da bin ich mir sicher, und er wusste, du würdest hierherkommen. Wahrscheinlich weiß er nichts vom Castle deines Bruders in den westlichen Highlands, gleichwohl er leicht davon erfahren könnte. Du musst dich schnell auf den Weg machen, um ihm zuvorzukommen, doch irgendwann wird er dich wahrscheinlich finden. Es wird ihn verwirren und ihn veranlassen, seine Strategie zu überdenken. Und wenn du nicht hier bist, um Zeuge des Schadens zu werden, den er anrichtet, wird ihm der Spaß daran vergehen, den er hat, wenn er deinen Namen auf die Lippen seiner Opfer brennt. Und er könnte nach Black Isle zurückkehren, wenn er weiß, dass du zur Westküste unterwegs bist. Wie verwegen und töricht ist dieser Mann?«

Während Padraig über diesen Rat nachdachte, meinte Onkel Alex: »Ich bin der gleichen Meinung wie Jamie. Ich denke, du solltest dich in die westlichen Highlands aufmachen. Zu Roddy, der weit von Black Isle entfernt ist. Dort wird er dich nicht finden, zumindest nicht in nächster Zeit. Und wenn er dir doch dorthin folgt, wird er weit weg von seinen Gefährten sein.«

»Wenn nicht bei Roddy, dann Muir Castle«, schlug sein Vater vor. »Entweder das eine oder das andere. Wahrscheinlich weiß er nichts von deiner Beziehung zu Braden. Und dein Onkel Brodie kann dir helfen. Muir Castle hat weitaus mehr ausgebildete Krieger als Roddy. Wenn du Kämpfer brauchst, gib uns Bescheid. Aber ich schlage vor, du brichst bei Tagesanbruch auf.«

»So bald?«, fragte Padraig, wobei er sich mit den Fingerknöcheln über die Bartstoppeln rieb. Dieser Schurke wollte ihn einfach nicht in Frieden lassen.

»Aye, ehe er noch jemandem Schaden zufügt. Und wir werden schwer bewaffnete Patrouillen in der Gegend ausschicken, um den Schurken aufzuspüren. Das wird ihn in die Flucht schlagen oder ihn für eine Weile in seinem Versteck halten. Wenn wir ihn finden, liefern wir ihn dem Sheriff aus«, versprach Connor.

»Ich werde gehen, aber Mama wird nicht glücklich darüber sein.«

»Mama wäre auch nicht glücklich, wenn du der Nächste wärst, der zu ihr gebracht wird – dem Tod nahe.«

Gegen dieses Argument konnte Padraig nichts einwenden.

Er würde sich nach Westen aufmachen.

KAPITEL ELF

NACH VIER TAGEN kehrten Gisela und Tara zu den Mathesons zurück. Sie hatten es geschafft, keinen ihrer Patienten zu verlieren – weder ein Kind noch die Mutter. Und da sie sich isolieren mussten, bis sie sicher waren, die Krankheit nicht mit sich einzuschleppen, waren sie einfach noch ein paar Tage weiter im Dorf geblieben, um bei der Pflege der Kleinen zu helfen, während sie sich erholten und die Familie den Verlust eines Säuglings und seiner Mutter betrauerte. Bei der Ablösung der Wachen hatten sie Marcas von ihren Plänen in Kenntnis gesetzt.

Das Lächeln der Kinder zu sehen, stimmte Gisela so froh. Das erste kleine Mädchen, das sie versorgt hatte, war ihr überallhin hinterhergelaufen und hatte sich entschieden, bei jeder sich bietenden Gelegenheit auf Giselas Schoß zu sitzen.

Gisela war mehr als glücklich gewesen, ihr diesen Wunsch zu gewähren. Das Mädchen musste über ihren Verlust und die Nachwirkungen des Fiebers hinweggetröstet werden.

»Tara, ich denke, ich würde gern mit dir kommen, wenn du Kinder als Patienten hast. Es macht mir Freude, hier bei dir zu sein und dir zu helfen, für sie zu sorgen. Es ist eine Erinnerung, die mir lange Zeit im Gedächtnis bleiben wird, denn sie ist so anders als das, was mein Clan während des Fluchs erlitten hatte.«

»Du kannst mich begleiten, wann immer du willst. Ich liebe es, Kinder zu behandeln, aber Jennet tut das nicht, und wenn es nach Brigid ginge, würde sie sich nur um Frauen kümmern, die gerade ein Kind zur Welt bringen. Wir unterscheiden uns alle in dem, was wir mögen. Ich kann dir beibringen, Medizin zu mischen.«

»Nein, ich passe. Ich will einfach nur Trost spenden und für sie sorgen. Du leitest mich an und ich werde mich um die Patienten kümmern.«

Als sie sich dem Gebiet der Mathesons näherten, sank Gisela das Herz. Sie drehte sich um und versicherte sich, dass alle fünf Wachen in der Nähe waren. Nicht genügend, um sie in Hinsicht auf Donald MacKinnie zu beruhigen, aber besser als gar keine Wachen. Plötzlich sehnte sie sich mehr als je zuvor nach Padraigs tröstlicher Anwesenheit an ihrer Seite. »Torcall, siehst du vor dir, was ich sehe?«

»Ich sehe es und du musst dir keine Sorgen machen. Er wird dich nicht anrühren. Wir alle fünf werden dich umgeben, bis wir dich in Sicherheit haben. Wenn er versucht, uns zu blockieren, wird Tara vorausreiten und Marcas mit weiteren Wachen herbringen. Ich glaube nicht, dass sie sich überhaupt um Tara scheren werden.«

Tara nickte rasch. »Das werde ich tun. Er ist nicht hinter mir her.« Sie lenkte ihr Pferd von

Giselas weg, als würde sie sich darauf vorbereiten, die Gruppe zu verlassen.

Draußen vor den Toren der Mathesons wartete Donald, und sein Pferd warf den Kopf herum, um sich des festen Griffs an den Zügeln zu erwehren. Hinter ihm saß ein älterer Mann in einer Priesterrobe auf einem Pferd und sie erkannte Pater MacKintyre, aber sie sah keine Wachen. Vielleicht genügten ihre eigenen Wachen, um sie sicher an ihnen vorbei zu geleiten.

»Wo bist du gewesen, zukünftige Ehefrau?«, blaffte Donald, sobald sie nahe genug bei Eddirdale Castle angekommen waren.

»Wir waren auf einer Heilmission und haben einer Familie geholfen«, antwortete Gisela, während Tara der Gruppe vorausritt. »Aber ich weiß, dass du unsere Berufung zu helfen anstatt zu schaden nicht verstehen würdest.« Gisela beobachtete Donalds Gesicht sorgfältig, aber er bemerkte ihre Beleidigung nicht einmal. Das war keine Überraschung. »Was willst du, Donald? Ich bin müde und ich brauche etwas Schlaf. Ich habe die letzten Tage mit dem Hüten kranker Kinder verbracht. Ich hoffe, ich habe mich nicht mit der Krankheit angesteckt.«

Donald ignorierte ihren Kommentar, gleichwohl sie nicht überrascht war. »Du kannst schlafen so viel du willst, nachdem wir unser Ehegelübde abgelegt und ich dich entjungfert habe.« Er gab dem Pater ein Zeichen, vorzutreten. »Pater MacKintyre ist hier, um uns zu trauen.«

»Donald, ich werde dich nicht heiraten.«

Auf dem Gesicht des Paters spiegelte sich

Überraschung, was ihn dazu brachte, einige Worte zu stammeln, ehe er sich gefasst hatte und klar sprach: »Ich kann Euch nicht mit einer Frau verheiraten, wenn sie sich Euch verweigert.«

»Halt den Mund, alter Mann. Du wirst uns verheiraten, wenn dir dein Leben lieb ist.« Seine Stimme klang derart grollend, dass der Pater sein Pferd von Donald weglenkte. »Gisela, du wirst jetzt zustimmen.«

Torcall trieb sein Pferd vorwärts, vor die beiden Mädchen. »Gestatte uns, durch die Tore einzureiten. Du bist bereits vom Laird der Mathesons, ihrem Bruder, informiert worden, dass sie im Moment niemanden heiraten wird, und dich niemals.«

Der Priester wirkte erstaunt. »Dies ist ein Matheson Mädchen? Donald, du kannst nicht erwarten, dass ich dich gegen den Wunsch des Oberhaupts traue.«

»Ruhe!«, bellte Donald. »Sie wird mich jetzt heiraten.« Er bewegte sich auf sie zu, aber Torcall und die anderen Wachen zogen ihre Schwerter und blockierten ihn so, dass er sie nicht erreichen konnte. Tara spornte ihr Pferd an und ritt durch den Torbogen.

Marcas und Shaw kamen herausgerannt und Marcas´ Wut blitzte ebenso, wie das Schwert in seiner Hand. »Es ist dir schon einmal gesagt worden. Man hat dich vorher informiert, MacKinnie. Die Verlobung ist abgesagt. Meine Schwester wird dich nicht heiraten. Pater MacKintyre, Ihr werdet sie mit niemandem verheiraten. Nicht in der nächsten Zeit.«

»Ich könnte nicht mehr zustimmen«, entgegnete der Pater und wendete sein Pferd in Richtung des Weges. »Ich werde gehen. Solltet Ihr mich für etwas anderes brauchen, werde ich für eine Woche beim MacHeth Clan sein.« Der arme Pater konnte nicht schnell genug verschwinden und er trieb sein Pferd in einen Galopp, ehe MacKinnie sich rühren konnte, um ihn aufzuhalten. Sie machte ihm keine Vorwürfe. Er war ein gütiger Mann und nicht von der Sorte, die Donalds angriffslustigen Befehlen gehorchen oder sie zwingen würde, sich seinen Forderungen unterzuordnen.

Gisela atmete ein wenig auf. Kein Pater, keine Trauung.

Donald lenkte sein Pferd näher zu Gisela, gleichwohl er den Ring aus Wachen um sie herum nicht durchbrechen konnte. »Ich werde dies laut genug sagen, dass deine Brüder mich hören können. Ich werde bald zu dir zurückkehren und wenn du nicht freiwillig mitkommst, werde ich eine andere Möglichkeit finden. Du bist mein. Unsere Väter haben diese Vereinbarung getroffen, und du wirst meinen Vater nicht entehren, indem du sein Wort brichst. Ich habe dem Pater nur gestattet, zu gehen, damit du dich säubern kannst. Du bist eine Katastrophe. Suche dir ein Kleid, das deinem Stand als meiner Frau angemessen ist.« Dann ritt er davon und schaute nicht zurück.

Gisela fühlte, wie die Wut von ihrem gesamten Wesen ausstrahle, als ob ein Feuer durch ihre Adern tobte. Sie blickte an ihrem Kleid hinab und wollte schreien, dass sie sich das Recht verdient hatte, so auszusehen und dass sie mit ihrer Fürsorge für die Kinder – ihrer Pflege und Verköstigung – etwas Wertvolles vollbracht hatte, indem sie den Kleinen geholfen hatte, gesund zu werden, anstatt ihnen beim Sterben zuzusehen.

Sie erwartete kein Verständnis von ihm.

Sobald er gegangen war, meinte Marcas: »Geh hinein, Gisela, ehe der Idiot seine Meinung ändert. Du wirst dich verstecken müssen, bis dies hier vorbei ist. Ich dachte, wir hätten das besprochen. Ich bewundere, deinen Impuls, Tara zu helfen, aber ich war von Angst erfüllt, als ich bei meiner Heimkehr hatte feststellen müssen, dass du fort warst. Es ist gut, dass du vernünftig genug warst, Torcall mitzunehmen. Du wirst zu Hause bleiben, bis die Lage wieder sicher ist.«

Sie musste ihm zustimmen, aber wie lange mochte es dauern, ehe Donald sie in Frieden ließ? Sie spähte zu Shaw hinüber, der eine untrügliche Art hatte, ihre Gedanken zu kennen, und wartete, was er wohl hinzuzufügen hatte.

»Lange Zeit, fürchte ich. Donald wird eine sehr lange Zeit nicht vergessen«, flüsterte Shaw.

Padraig brach gleich nach dem Morgengrauen auf, gleichwohl er darauf bestand, das Mädchen noch einmal zu sehen, das seinetwegen geschlagen worden war, um die Worte von ihren eigenen Lippen zu hören. Er wollte sie auch um eine Bestätigung vor Zeugen ersuchen, dass er nicht ihr Peiniger gewesen war.

Der Sheriff war wiedergekehrt und hatte

ihn in die Heilkammer begleitet. Er war nah
genug gewesen, die Frage zu stellen und ihre
verneinende Antwort zu hören. Padraig war nicht
der Schuldige. Der Sheriff hatte ihre Aussage
akzeptiert und jeden Verdacht gegen Padraig als
Schuldigen fallengelassen, und er hörte sich die
Beschreibung des Mannes, sowohl von Padraig
und auch der jungen Frau an, damit er nach ihm
Ausschau halten konnte.

Als Padraig aus dem Stall kam, bemerkte er, dass
einer der Wachmänner am Tor stehen geblieben
war und mit Jamie sprach.

Der Mann hatte ein Loch in seinem Plaid,
das viereckig war, als wäre es vorsätzlich
ausgeschnitten. Sofort änderte Padraig die
Richtung und trat zu ihnen. »Verzeiht Chief,
aber ich muss eine Frage stellen.«

Jamie warf ihm einen merkwürdigen Blick
zu, doch dann meinte er: »Nur zu. Ich werde
warten.« Er trat zurück und verschränkte die
Arme vor der Brust.

»Dir fehlt ein Stück in deinem Plaid. Kannst
du mir sagen, wie es dazu gekommen ist?« Er
zeigte auf die Stelle und wartete auf die Antwort.
Vielleicht wusste er nicht einmal, dass er dort ein
Loch hatte.

Eion, der merkwürdigerweise schuldbewusst
aussah, schürzte die Lippen, ehe er zugab: »Aye,
ich habe es an einen Gauner verkauft.«

Jamie ließ die Arme sinken und trat genau in
dem Augenblick einen Schritt vor, als Onkel
Alex sich zu ihnen gesellte. Padraig konnte genau
sehen, in welchem Moment der ältere Mann, das

zerstörte Gewebe entdeckte. »Was um alles in der Welt hast du dir nur gedacht, Eion?«

»Er hat mir eine Silbermünze angeboten, Chief. Wie könnte ich das ausschlagen? Ich wollte meiner süßen Frau beim nächsten Fest einen Ring kaufen.«

»Geh mir verdammt noch mal aus den Augen«, meinte Jamie. »Geh nach Hause und verlasse das Land der Grants nicht, oder du wirst nicht wiederkehren. Wir müssen uns über deinen Platz hier unterhalten.«

»Was habe ich falsch gemacht?«

Onkel Alex schüttelte den Kopf. »Du verkaufst dein Plaid oder deinen Clan nicht. Und dein selbstsüchtiges Handeln hätte fast dazu geführt, dass mein Neffe in Ketten gelegt worden wäre. Halte dich an die Anordnungen deines Oberhaupts und tu das schnell, oder du wirst morgen mit mir kämpfen.«

Eion riss die Augen auf und wurde blass. »Verzeiht mir meine Dummheit. Ich werde es nicht wieder tun, Mylairds.« Dann eilte er den Weg entlang auf sein Häuschen zu.

»Da hast du deine Antwort, Junge«, meinte Onkel Alex. »Ich werde deinen Vater unterrichten und dem Sheriff eine Botschaft schicken, gleichwohl er jetzt weiß, dass du unschuldig bist. Mach dich auf den Weg, ehe noch mehr passiert.«

Mit einem kleinen Gefühl der Befriedigung brach er mit fünf Wachen zu Roddys Castle auf. Er würde für die Nacht bei seinem Cousin Braden haltmachen. Innerhalb der Tore eines Castles zu schlafen, das jemandem seines Clans gehörte, klang in dieser Situation wie der sicherste Plan. Es würde nur einen halben Tag dauern, bis er bei Muir Castle ankäme und dann einen weiteren Tag, um zu Roddys Heim zu reiten.

Er hatte keine Angst, Donald in einem Kampf gegenüberzutreten. Er fürchtete sich vor den Lügen, die der Mann weiterhin über Padraigs Handlungen verbreitete. Padraig fürchtete, dass Donald bald jemanden umbringen und ihm dies auch in die Schuhe schieben würde. Ein toter Zeuge konnte Padraig nicht freisprechen. Er musste jederzeit jemanden bei sich haben, der seine Unschuld bezeugen könnte.

Als er bei Muir Castle ankam, war Bradens Stiefsohn Steenie der Erste, der sie begrüßte. Steenies Vater, der jetzt tot war, hatte sowohl seine Frau, Cairstine, und auch Steenie misshandelt. Sobald sie frei von ihm waren, hatte Cairstine Braden geheiratet und ihre Leben hatten sich hundertfach verbessert.

Der Junge hatte auch ein hübsches kastanienbraunes Pony für sich gewonnen, das scheinbar mit Zauberkräften gesegnet und zu seinem Beschützer geworden war. Corc, der Stallmeister, hatte zugegeben, dass er sich vor dem Pony fürchtete, und er behauptete, eine alte Seele hätte Besitz von dem Pony ergriffen, um insbesondere den Jungen zu beschützen. Gleichwohl er gelernt hatte, dem Pony zu vertrauen, wenn es um Steenie ging, hielt er selbst weiterhin Abstand zu ihm. Steenie hatte das temperamentvolle Pony Paddy genannt und seitdem war er ihm nicht mehr von seiner Seite gewichen. Padraig war überrascht, dass das Pony noch keine Möglichkeit gefunden hatte, des Nachts in das eigentliche Castle einzudringen.

Jetzt überquerten Steenie und Paddy gemeinsam den Hof und der Junge rief eine laute Begrüßung, während das Pony mit einem Nicken nachkam.

»Sei gegrüßt, Steenie. Sind mein Cousin und mein Onkel drinnen oder auf Patrouille?« Er saß ab und bedeutete seinen Wachen, die Pferde zum Stall zu führen.

»Sie sind drin und beenden ihre Mahlzeit. Was führt dich zu Muir Castle, Padraig? Und du hast sogar einige Wachen bei dir. Etwas, das du nicht oft tust«, meinte Steenie. Er bemerkte, dass Steenie nun ein kleines Schwert bei sich trug, was ein Hinweis darauf war, dass er nun als Krieger ausgebildet wurde.

»Aye. Die Zeiten sind unruhig. Es scheint klug für diese Reise«, entgegnete Padraig, der den Jungen nicht in seine Probleme einbeziehen wollte. Paddy stupste mit der Nase unter Padraigs Arm, als ob er seine eigene Begrüßung einforderte, und Padraig gehorchte, indem er seinem Namensvetter mit der Hand über seinen glatten Hals strich.

»Warum hast du Paddy als Namen für dein Lieblingstier ausgesucht, Junge? Es ist ein guter Name, soviel ist sicher, aber ich hatte nie die Gelegenheit, dich danach zu fragen.«

»Er ist mir einfach so eingefallen. Ich stelle nichts in Frage, was mir einfach so in den Sinn kommt. Ich weiß, dass viele nicht glauben, dass Paddy mit mir kommunizieren kann, aber das tut er. Irgendwie bringt er diese Ideen in meinen Kopf, wenn ich sie am meisten brauche.« Der Junge errötete, wahrscheinlich, weil er wusste, wie es klang, über ein Pony zu sprechen, als ob es ein Mensch sei.

»Wie viele Winter bist du nun alt?«

»Dreizehn. Ich weiß, dass ein magisches Pony dämlich klingt, aber er ist mein bester Freund.« Steenies blondes Haar war ein bisschen gewachsen, seit Padraig ihn das letzte Mal gesehen hatte, und nun kringelte es sich in seinem Nacken. Er hatte sich zu einem hübschen Jungen gemausert. Sein goldenes Haar zog wahrscheinlich schon die Blicke aller Mädchen aus dem Castle auf sich, gleichwohl er bezweifelte, dass der Junge schon ihr Interesse erwiderte.

»Das ist in Ordnung, Bursche. Ich glaube auch an Magie und Feen und andere Dinge. Alle Camerons tun das ebenfalls, aber ich denke, das weißt du.«

»Das tue ich. Am meisten gefällt mir, wenn Brin mit seinem Vater zu Besuch kommt. Er erzählt mir von Tara und Riley und all ihrer scheinbaren Zauberkraft. Ich weiß nicht, ob ich alles davon glaube – Seher, die mit den Toten reden, Feen im Wald – aber ich glaube an Paddy. Mama denkt, er wäre mir von Großvater geschickt worden, um mich zu beschützen, als ich es am meisten brauchte. Also willst du mir jetzt erzählen, warum du hier bist?«

»Ich muss Braden sehen. Meine Wachen werden erfreut sein, ihre Pferde abzureiben, wenn du ihnen helfen willst, zu finden, was sie brauchen.

Ich werde später Essen für sie schicken lassen.«

»Aye, Padraig.« Steenie ging in Richtung der Stallungen davon und Paddy folgte ihm dicht hinterher.

Ein alter Mann trat genau in dem Moment aus dem Gebäude, als Steenie durch die Tür darin verschwand. »Seid gegrüßt, Mylord.«

Padraig runzelte die Stirn, denn er war nicht daran gewöhnt, als Edelmann angeredet zu werden. »Sei gegrüßt, Corc. Wie geht es dir?«

»Gut, gleichwohl diese Knochen alt werden und mich oft peinigen. Wenn Ihr nach Braden sucht, ist er drinnen. Er ist gerade mit seinem Vater für das Mittagsmahl hineingegangen.«

»Dann habe ich scheinbar eine gute Zeit getroffen. Mit wem muss ich reden, um etwas zu Essen für meine Männer zu bekommen?«

»Ich habe gerade frisches Brot und ein paar Fleischpasteten gebracht. Wenn ich nicht ausreichend habe, werde ich Steenie nach mehr schicken«, erwiderte Corc.

Padraig nickte. »Ich danke dir. Dann werde ich meinen Cousin suchen. Steenie«, rief er durch die Tür, »kommst du mit nach drinnen?«

»Nein, ich muss einige Kühe auf der oberen Weide inspizieren. Eine war kurz vor der Geburt, also muss ich sie vielleicht hier herunterbringen.«

»Guter Junge. Je mehr Fleisch ihr habt, umso besser werdet ihr essen.«

Padraig trat ein und traf Braden nicht weit von der Feuerstelle entfernt.

»Cousin, spielen meine Augen mir einen Streich? Ich hatte keine Ahnung, dass du zu

Besuch kommen würdest, Padraig. Was für eine angenehme Überraschung. Ich habe dich eine ganze Weile nicht gesehen. Was führt dich her?«

»Ich bin auf meinem Weg zu Roddy, also dachte ich, meine Reise dorthin hier zu unterbrechen.«

»Es ist gut, dass du hier Rast gemacht hast. Es erspart dir eine nutzlose Reise. Roddy wird morgen hier ankommen. Das hat er durch einen Boten angekündigt.« Zusammen schritten sie zum Kopfende des Tisches auf dem Podium der großen Halle und Padraig setzte sich neben Bradens Vater Brodie.

Sein Onkel war ebenso überrascht ihn zu sehen, wie Braden es gewesen war. »Padraig, es ist ein Vergnügen, dich willkommen zu heißen. Hast du geplant, deinen Bruder hier zu treffen?«

»Nein, das ist reiner Zufall. Wie ist es euch und euren Lieben ergangen, seit ich euch das letzte Mal gesehen habe?«

Während des Essens tauschten sie Familienneuigkeiten aus und schließlich kamen sie auf den Grund für Padraigs Reise in den Westen zu sprechen, um seinen Bruder zu sehen.

»Ich hoffe auf seine Gastfreundschaft und seinen Rat in dieser vertrackten Situation, in der ich mich befinde.« Er lieferte eine kurze Erklärung seines Zusammenstoßes mit MacKinnie auf Black Isle, doch er verschwieg seine Gefühle für Gisela.

»Es muss einen Grund gegeben haben, warum er sich entschieden hat, dich zu drangsalieren«, meinte Onkel Brodie. »Ich kenne solche Männer. Sobald sie einen Grund haben, ob berechtigt oder nicht oder ob sich sogar alles nur in ihren

Köpfen abspielt, werden sie nicht aufhören.«

Padraig dachte angestrengt darüber nach, wie er am wirksamsten all das erklären konnte, was sich zugetragen hatte, aber genau in dem Moment, in dem er seinen Mund zum Sprechen öffnete, flog die Tür mit einem Knall auf. Corc eilte eindeutig aufgebracht herein.

»Steenie. Er braucht Hilfe. Einer unserer Schäfer ist zurückgekommen, um mir zu sagen, dass er in der Öffnung einer Höhle feststeckt, in die er versucht hat einzudringen.«

»Bist du sicher, dass er feststeckt und nicht einfach nur ein Spiel spielt?«, fragte Braden. »Er liebt es, gelegentlich Streiche zu spielen.«

»Wenn Ihr sehen würdet, wie aufgeregt Paddy ist, würdet Ihr es wissen. Das Tier kam mit dem Schäfer und er schnaubt und tritt die ganze Zeit, seit er hier ist, um sich.«

Sie verließen die Halle genau in dem Moment, als Cairstine hereinstürmte. »Wo ist Steenie? Eine der Mägde sagt, er sei verletzt.«

Corc neigte den Kopf vor seiner Mistress. »Ich bin nicht sicher, ob er verletzt ist, aber sie sagen, dass er im Eingang einer Höhle feststeckt. Er hat versucht, hinein zu gelangen, weil er dachte, dass ein Welpe dort drinnen feststeckte. Der Junge hat ein zu weiches Herz.«

Padraig registrierte diese Information und entgegnete dann: »Ihr geht vor. Ich komme gleich hinterher.« Nicht umsonst war er mit einer Bande abenteuerlustiger Cousins aufgewachsen – Steenie war nicht der erste Junge, der sich buchstäblich in eine Zwickmühle gebracht hatte.

Er stand auf und ging in die Küche.

»Wohin gehst du?«, fragte Onkel Brodie.

»Ich hole euch ein. Ich habe eine Idee«, antwortete er. In der Küche nahm er sich einen Moment Zeit, um ein Wort mit der Köchin zu wechseln, die auf einen Eimer zeigte, den er brauchte. Als er im Burghof ankam, waren die anderen bereits gegangen. Einer seiner Männer wusste, in welche Richtung sie geritten waren, und zusammen machten sie sich auf den Weg.

Die Stelle, an der Steenie feststeckte, war aufgrund der Spuren von den vielen Pferden der Retter leicht zu finden. Aber er vernahm auch das Heulen, das von dem Jungen kam.

Der Bereich vor dem Eingang in die Höhle war nicht mehr als ein Spalt zwischen zwei Felsen, und er war von einem Dutzend Menschen bevölkert. Padraig saß ab und wartete, wobei er auf Steenies zunehmende Panik und die Zurufe der anderen lauschte, sich zu beruhigen, und dann noch Cairstine, die um ihren Sohn bangte. Padraig konnte die Gruppe nicht durchdringen, aber er schätzte die Situation aus der Ferne so gut ein, wie er konnte.

Es sah so aus, als ob der Junge versucht hatte, sich seitlich durchzuquetschen, aber jetzt steckte er in der Mitte fest. Er konnte den Kopf und die Füße bewegen, aber sein Rumpf steckte zwischen den Felsen fest. Sein linker Arm war an der Außenseite frei – und sein rechter wahrscheinlich auf der Innenseite. Wenn er dicker gewesen wäre, hätten sie quetschen und drücken können, aber er war ziemlich dünn, und so konnte er nicht mal den Bauch einziehen. Das gab ihnen nur wenig Spielraum, mit dem sie arbeiten konnten.

Mehrere Männer zogen am Arm des bedauernswerten Jungen und sie drückten ihn auf die eine Weise oder die andere, und verkündeten ihre Ansicht über die Situation, ehe sie zurücktraten, denn sie waren nicht imstande, ihn zu befreien. Frustriert wurden Köpfe geschüttelt. Und der Junge regte sich mehr und mehr auf.

Paddy, das Pony, schnaubte, als wollte es einen Kommentar über die Dummheit von Steenies Menschen abgeben. Dann kam er hinter Padraig heran und schubste ihn mit seiner Nase vorwärts, bis er an Onkel Brodie stieß.

Der ältere Mann warf ihm einen finsteren Blick zu. »Was hast du vor, Padraig?«

»Verzeihung, Onkel Brodie. Da war ein kleines Tier hinter mir, das mich in deine Richtung geschubst hat.«

Paddy bewegte sich vorwärts und stieß Onkel Brodie und Braden zur Seite, ehe er abermals Padraig anschubste.

Wer war er, um ein kleines, sonderbares Pony zu ignorieren? Er trat vor, um seinen Versuch zu unternehmen, den Jungen aus seiner Zwangslage zu befreien.

KAPITEL ZWÖLF

GISELA ERWACHTE MIT pochenden Kopfschmerzen. Sie versuchte, sich aufzusetzen, doch sie musste feststellen, dass sie sich kaum bewegen konnte. Ihr Kopf fühlte sich an, als würde er in zwei Teile bersten, wenn sie versuchte, ihn ein zweites Mal zu heben. Eine weibliche Stimme, eine, die ihr irgendwie bekannt vorkam, sprach zu ihr, aber sie fragte sich, wo sie war. Sie zwang sich, den Kopf zu drehen, um die Person zu erkennen, und als sie sich in der Kammer umsah, war sie überrascht, Thebe neben der Tür stehen zu sehen.

Sie befand sich in einer Kammer, die nicht ihre eigene war und die sie nie zuvor gesehen hatte. Das Häuschen war klein und alles befand sich in einem Raum. Das Bett, an dem sie festgebunden war, starrte vor Schmutz. Es war alt und der schimmlige Gestank stieg ihr in die Nasenlöcher. Eine dünne und unebene Matratze lag darauf. Ihre Arme und Beine waren an vier Holzpfosten an den Ecken angebunden, was man selten in einem Häuschen dieser Art sah. Es war das Mobiliar eines Edelmannes in einem kleinen

Landhäuschen. Die Härchen auf ihren Armen richteten sich auf, als sie zu der Schlussfolgerung kam, die sie am meisten fürchtete.

Sie war von Donald entführt worden, der versuchte, sie zu seiner Braut zu machen.

Thebe machte sich auf der anderen Seite des Häuschens zu schaffen und rückte scheinbar aufs Geratewohl Dinge auf einem Tisch umher. Eine Kommode stand an einer Wand und sie war mit Töpfen, Krügen und anderen Küchenutensilien übersät. Die Feuerstelle lag gegenüber der Tür, gleichwohl Gisela ihren Kopf nicht ganz herumdrehen konnte, um sie von ihrer Position aus gut zu erkennen.

Sie konnte die Tür sehen, was gut war, denn so wusste sie genau, wann Donald ankommen würde.

Gegen den Kopfschmerz ankämpfend murmelte sie: »Wo bin ich? Warum bist du hier, Thebe?«

»Donald hat mir versprochen, er würde mich heiraten, wenn ich mich um dich kümmere, sobald er dich losgeworden ist. Dann werde ich Dienstmägde haben, die mir zu Willen sind, anstatt selbstsüchtigen Edelfrauen zu dienen.«

»Worüber sprichst du? Wo sind wir?«

»Wir sind in einem Häuschen mitten im Wald. Ich weiß nicht, wie ich beschreiben soll, wo genau das ist. Ich kann mich schrecklich schwer orientieren. Aber ich muss dich nur bis zu seiner Rückkehr hierbehalten. Er liebt mich.«

Allein durch die Erwähnung von Donald pochte Giselas Herz schneller als ihr Kopf. »Wie bin ich hierhergekommen? Ich erinnere mich nicht.«

Thebe kicherte. »Natürlich erinnerst du dich nicht. Ich habe dir einen Schlaftrunk in deine Brühe getan, bevor ich sie dir in die Kammer gebracht habe. Als du dann eingeschlafen warst, habe ich Donald durch die Hintertür eingelassen. Er ist mitten in der Nacht nach oben geschlichen. Er ist sehr geduldig. Ich hatte dich früher wegschaffen wollen, doch er weigerte sich. Wir wollen nicht riskieren, erwischt zu werden, sagte er. Und hier bist du!«

Thebes Gesicht zeigte einen derart glücklichen Ausdruck, dass Gisela merkwürdigerweise Mitleid mit ihr empfand. Sie schüttelte das Gefühl ab – Thebe war eindeutig nicht ihre Verbündete, gleichwohl sie das Mädchen leicht manipulieren könnte, in ihrer Wachsamkeit nachzulassen, damit sie entkommen konnte. Eines wusste sie über Thebe: Sie hatte einen schwachen Willen und ließ sich leicht von allem überzeugen. Sie musste Thebe bloß in den Bann ziehen und sie überzeugen, ihre Fesseln zu lösen. Sobald sie frei war, wäre es ein Leichtes, Thebe zu überwältigen – sie war von zierlicher Gestalt und hatte sich immer anstrengen müssen, einen Eimer auch nur durch den Raum zu tragen.

Gisela musste sich einen Plan ausdenken, doch das Pochen in ihrem Schädel machte es ihr nicht leicht.

Wieder kicherte Thebe. »Donald sagte, ich würde dich fesseln müssen. Er hat es für mich getan. Er behauptete, du würdest mich sonst verletzen.« Thebe rückte näher, gerade so aus Giselas Reichweite, und schaute ihr in die Augen. »Du würdest mir nicht wehtun, Gisela, nicht wahr? Wir waren einmal Freundinnen.«

Außer sich, dass Thebe helfen würde, sie zu entführen und dann Freundin nannte, versuchte Gisela sie zu erreichen, doch die Fesseln waren zu kurz. Wütend spuckte sie und traf Thebes Wange mit ihrem Speichel.

Thebe riss ihre Hand in einem Bogen zurück und schlug Gisela hart auf die Wange. »Mach das nicht noch einmal, du Schlampe.« Im Nu waren Thebes Wangen tränenüberströmt und sie wirbelte vom Bett weg, ehe sie in eine Ecke des Raumes stampfte.

Gisela lächelte. Dann rügte sie sich für ihre Grausamkeit. Ihr Vater hätte ihr gesagt, sich mit ihrem Feind anzufreunden, und das wäre ein guter Ratschlag gewesen. Es war die einzige Möglichkeit, wie sie Donalds Pläne in Erfahrung bringen und Thebe überzeugen konnte, sie loszubinden. Als sie sich in dem kleinen, spärlich möblierten Häuschen umschaute, wusste sie, dass sie Thebes Hilfe brauchen würde, um freizukommen und ihren Heimweg zu finden. Sie erkannte das Häuschen nicht, und deshalb konnte sie nicht einmal ansatzweise Vermutungen darüber anstellen, wo sie sich befand. Sie glaubte auch nicht, dass Thebe in der Lage war zu lügen, sondern eher stolz auf ihr Wissen sein würde, das sie über sie hatte. Das Mädchen hatte bereits gesagt, es kenne den Ort nicht, an dem sie sich befanden, also nahm sie an, dass sie tief im Wald

der Gallow Hill Woods oder noch weiter entfernt
waren. Matheson Land? MacKinnie Land?
Vielleicht sogar Milton Land. Das Häuschen war
schmutzig, wenngleich Thebe einen Besen neben
der Feuerstelle ergriff und zumindest versuchte,
etwas sauberzumachen, wobei sie allerdings
zu vermeiden versuchte, Gisela anzuschauen.
Nach der Staubschicht zu urteilen, die Gisela
auf jeder Oberfläche erkennen konnte, und dem
Kitzeln in ihrer Nase, das durch den von Thebe
aufgewirbelten Staub ausgelöst wurde, war das
Häuschen wahrscheinlich monatelang nicht
benutzt worden.

»Vergib mir Thebe. Ich habe harsch reagiert,
weil ich wütend und ängstlich war. Das hätte ich
nicht tun sollen.«

»Nein, das hättest du nicht. Immerhin war
ich deine Freundin.« Sie hörte auf zu fegen
und blickte Gisela an. »Ich habe Donald immer
geliebt, weißt du. Da du ihn nicht liebst, sollte
ich diejenige sein, die ihn heiratet. Ich dachte, du
wärst erfreut.«

Das also erklärte Thebes Geschichte über den
Mann, den sie nie haben konnte. Gisela hatte
törichterweise angenommen, es handelte sich
um einen ihrer Brüder, und ihr ausdrücklicher
Wunsch, dem Mann fernzubleiben, war ein
Versuch, ihre wahren Motive zu verschleiern.

»Wo ist Donald jetzt?«

»Er rechnet mit deinem Grant Freund ab.«

In ihrer Kehle bildete sich ein Kloß, doch sie
zwang ihn hinunter. Er konnte Padraig nichts
antun, da er schon lange fort war. Oder konnte

er das doch? Wie weit würde der Mann gehen? »Was genau meinst du mit abrechnen?«

»Ich weiß es nicht. Donald sagte, er würde anständig mit ihm abrechnen. Mach dir keine Sorgen. Er wird anständig zu ihm sein. Genau das hat er gesagt.«

Wie konnte sie einer dümmlichen Person wie Thebe erklären, dass mit jemandem abrechnen ganz und gar nicht nett war? »Wann kehrt er zurück?«

»Erst in zwei Tagen.«

Also hatte sie ein bisschen Zeit. Zuerst würde sie ein wenig ausruhen, um ihren Kopfschmerz abklingen zu lassen und Thebes Zuneigung zu gewinnen, und dann würde sie einen Fluchtweg finden. Es würde nicht schwer werden, Thebe mit einer List zu bewegen, sie loszubinden. Aber sie brauchte all ihre Geisteskraft, um einen soliden Plan zu ersinnen.

Sie würde schlafen und dann fliehen.

Padraig wusste nicht, warum ihn das verdammte Pony weiter anstieß, doch sobald er nahe genug herangekommen war, um die Angst in Steenies Augen zu sehen, wusste er, dass seine Zeit zum Handeln gekommen war. Der arme Junge kämpfte, um sich zu befreien, und durch diesen Prozess brachte er seine Muskeln dazu, anzuschwellen.

Er ließ seinen Eimer bei Corc und meinte zu ihm: »Halte bitte ein Auge darauf.«

Steenie würde nie freikommen, wenn er weiter

strampelte.

Padraig erhob seine Hand und überraschenderweise verfielen alle um ihn herum, die Steenie weiter zugerufen hatten, nun in Schweigen und warteten darauf, was er zu sagen hatte. »Steenie«, setzte er an und gewann die Aufmerksamkeit des Jungen. »Du kannst darauf vertrauen, dass wir dich hier herausbringen, aber du selbst hilfst deiner Situation nicht. Wenn du kämpfst, machst du es nur noch qualvoller und du steckst am Ende noch mehr fest.« Er konnte die Hautstellen erkennen, die sich der Junge an den Steinen bereits wund gescheuert hatte.

»Es ist schwer, Luft zu bekommen. Hol mich hier raus, Padraig.«

Mit seiner ruhigsten Stimme – es war der gleiche Tonfall, in den seine Mutter bei panischen, verletzten Kindern verfiel – sprach er etwas langsamer, bis seine Worte zu einer Melodie wurden, die den Jungen, wie er hoffte, beruhigen würde. Er achtete nicht groß darauf, was er sagte, und gleichwohl der Junge in seinem Kampf nachließ, war er weiterhin von seiner misslichen Lage abgelenkt.

»Schau mich an, Steenie.«

Endlich legte sich Steenies Blick auf Padraig und mit einem Nicken flüsterte er: »Sag mir, was ich tun soll, und ich werde tun, was immer du sagst.«

Padraig stieß den Atem in einem Zischen aus und obwohl die Nase eines hartnäckigen Ponys ihn weiter anstieß, ignorierte er das Tier, als er sich seinen Plan im Kopf zurechtlegte. »Zuerst bitte ich dich, aufzuhören, dich zu bewegen. Ich habe ein bisschen Zauberei, die dir helfen wird, dich zu befreien, aber ich muss so nahe zu dir heranklettern, wie ich nur kann, um sie anzuwenden. Du musst ein kleines bisschen stillhalten, während ich meine Arbeit mache.«

Steenie nickte und Tränen glitzerten in seinen Augen.

Paddy stupste Padraig an den Ellbogen.

Padraig machte Corc ein Zeichen, den Eimer herzubringen, den er mitgebracht hatte. Während er wartete, erzählte er Steenie, was er vorhatte, wobei er weiterhin mit sanfter Stimme sprach, um den Jungen ruhig zu halten.

Die Öffnung lag zur Bergseite und war so eng, dass er niemals selbst versucht hätte, dort einzudringen. Er konnte das Wimmern eines Welpen von weiter drinnen hören. Kein Wunder, dass Steenie versucht hatte, dorthin zu gelangen. Corc kam mit dem Eimer und einem Ausdruck an, der halb ein Grinsen und halb eine Grimasse war.

»In Ordnung, Steenie. Es geht los«, kündigte Padraig an. Er griff in den Eimer und nahm eine Handvoll Schweineschmalz, das er aus der Küche mitgebracht hatte. Die Köchin würde es nicht so bald zum Kochen benutzen können, aber es war ein lohnender Handel, wenn es half, Steenie aus seiner Lage zu befreien.

»Ist das eine Salbe?«, fragte Steenie, als Padraig die erste Handvoll in dessen Körperseite einmassierte.

»Aye, gewissermaßen.«

»Es riecht wie Schweinebraten.«

»Tatsächlich?«

»Steenie, schließe einfach deine Augen«, wies Cairstine den Jungen an, »und lass Padraig arbeiten.«

Paddy wieherte.

Steenie schloss die Augen und Padraig redete weiter mit ihm, während er arbeitete. »Magst du Schweinebraten?« Im Nu plauderte Steenie über seine Leibspeise. Sobald er den Rumpf des Jungen fast vollständig mit Schweinefett bedeckt hatte, griff er nach seinem Arm und bewegte seine Schulter ein wenig, wobei er dann nicht überrascht war, zu sehen, wie sie durch den schmalen Spalt in den Steinen glitt.

»Es hat funktioniert!«, rief Steenie, der versuchte, alles auf einmal zu bewegen, ohne irgendetwas zu erreichen. »Hilf mir!«

»Bleibe ruhig, Steenie. Wir müssen einen Teil nach dem anderen bewegen. Probiere es mit diesem Bein. Ich werde es minimal bewegen.« Das tat er und die Hüfte über dem Bein konnte zwischen die Felsen bugsiert werden.

»Jetzt steckt meine Kehrseite fest.«

»Ich werde es tun, Padraig.« Braden trat vor und nahm einen weiteren Klumpen Schweinefett, um die Vorder- und Hinterseite des Jungen einzustreichen. »Hier, probiere dies«, meinte Braden einen Moment später.

Mit einem bisschen Schieben und Wackeln konnte Steenie sich aus der Höhle befreien, und ein geschwächter Welpe kletterte hinter ihm mit einem glücklichen Jaulen heraus.

Steenie griff nach ihm, und der Welpe entglitt ihm beinahe, aber alle lachten und jubelten, als der Welpe sich daranmachte, jeden Zentimeter von Steenie abzulecken, den er erreichen konnte, so entzückt war er von dem neuen Geschmack des Jungen nach Schweinefett.

Paddy gab ein lautes Wiehern von sich und brachte damit seine Zustimmung zu dem neuen Haustier zum Ausdruck.

Cairstine umarmte Padraig, trotzdem seine Haut ihre eigene, weniger ausgeprägte Beschichtung von Schweinefett aufwies. »Ich danke dir so sehr. Du warst so gut mit ihm. Arbeitest du oft mit Kindern?«

Padraig schüttelte mit dem Kopf. Außer neulich mit Alick und Marcas´ kleinen Kindern, verbrachte er überhaupt nicht viel Zeit mit ihnen.

»Ob Erfahrung oder nicht, du hast ihn beruhigt, als ich ihn am liebsten angeschrien hätte«, meinte Cairstine. »Ich habe deine Geduld nicht, Padraig.«

Corc schmunzelte. »Ich habe genauso empfunden. Ich hatte nicht geglaubt, dass wir ihn je zur Ruhe bringen könnten, aber du hast das wundervoll gemacht.«

Sie wanderten von der Höhle weg und Steenie ging zu Paddy um ihn zu reiten, doch das Pferd wollte ihn nicht. Es schüttelte heftig mit dem Kopf und trat zurück.

»Du wirst zu Fuß zurückkehren müssen«, meinte seine Mutter. »Du bist ein bisschen glitschig, Steenie. In der Burg wirst du ein Bad nehmen müssen.«

»Padraig, was ist in deiner magischen Salbe?«,

fragte Steenie.

»Nur einfaches Schweineschmalz.«

Steenie lachte. »Ich danke dir. Es ist gut, dass du hier warst.«

Paddy verschwand, und als er zurückkehrte, hielt er etwas zwischen seinen Zähnen. Er trottete zu Padraig hinüber, der die Hand ausstreckte, und das Pony ließ einen Apfel hineinfallen.

Das temperamentvolle Tier war ebenso dankbar wie der restliche Clan.

KAPITEL DREIZEHN

PADRAIG WUSSTE, DASS er mit seiner Rast bei Muir Castle die richtige Entscheidung getroffen hatte. Sein Bruder Roddy würde irgendwann heute im Laufe des Tages eintreffen. Er konnte sich mit Roddy, Braden und Onkel Brodie besprechen, indem er ihnen die Situation schilderte und sie um Rat bat. Er hoffte nur, dass er weit genug weg war, um außerhalb von Donalds Reichweite zu sein.

Gestern Abend hatten sie Steenies Rettung gefeiert und er hatte ein wenig zu viel Wein getrunken, aber er wusste, dass sein Magen aufhören würde, zu rebellieren, wenn er etwas aß. Als er in die große Halle hinunterging, entdeckte er eine Schüssel Porridge und einen Stapel Schalen die daneben auf einer Anrichte aufgebaut waren. Er bediente sich selbst und gab ein wenig Honig über seine Haferflocken, ehe er sich einen Platz am Tisch suchte.

Er war überrascht, Schritte und eine vertraute Stimme auf der Treppe zu hören. »Hier bist du ja, Bruder. Wir sind gestern Abend sehr spät eingetroffen, nachdem fast alle zu Bett gegangen waren.«

Erfreut, seinen Bruder früher als erwartet zu sehen, sprang er auf, und sie trafen sich auf halbem Wege in der Halle. Roddy begrüßte ihn herzlich mit einer großen Umarmung und einem Klaps auf die Schulter, als sie geendet hatten. »Ich habe gehört, du seist quer durch die Highlands gereist und sogar bis nach Black Isle hinauf gelangt? Hast du jemanden kennengelernt?«

Er beäugte seinen Bruder, der beinahe ebenso groß war, doch sein Haar war erheblich heller und ähnelte dem seines Vaters. »Du hast es bereits gehört?«

»Es spricht sich schnell herum, sogar in den Highlands. Erzähl mir von ihr«, bat Roddy, als er sich der Anrichte näherte, um sich selbst etwas zu Essen zu nehmen.

»Das werde ich, nachdem du mir von Rose berichtet hast.«

»Es geht ihr gut. Tatsächlich werde ich dich in ein kleines Geheimnis einweihen.« Seine Stimme sank zu einem Flüstern. »Ich denke, sie ist wieder schwanger, gleichwohl sie es nicht zugeben will.«

»Ein Junge oder ein Mädchen? Irgendwelche Vorlieben?« Roddy und Rose hatten bereits einen Jungen, den Ältesten, und dann ein Mädchen, das jetzt zwei Winter alt war.

»Womit auch immer wir gesegnet werden. Lenk nicht weiter vom Thema ab. Hast du jemanden gefunden oder nicht?«

Padraig erzählte seinem Bruder alles, was passiert war, während dieser sich in Geduld fasste, bis er fertig war und ihn nur ein paarmal wegen geringfügigen klärenden Fragen unterbrach. Schon immer war sein Bruder ein guter Zuhörer gewesen und für seinen klugen Rat bekannt. Padraig vertraute ihm vollkommen.

Als er geendet hatte, wartete er auf die Antwort seines Bruders.

»Nur du kannst entscheiden, ob sie die Richtige ist. Es klingt, als seist du nah dran, und nur ein paar Kleinigkeiten scheinen nicht zusammenzupassen, aber wenn du sie liebst, gibt es keinen Grund, sie nicht um ihre Hand zu bitten.«

Sein Stolz hatte ihm nicht erlaubt, diese kleine Episode einzugestehen, als er ihr einen Antrag gemacht und abgewiesen worden war. »Ich bin nicht sicher, ob ich deine Aussage verstehe.«

»Es ist einfach. Wenn sie dich liebt und du sie liebst, wirst du eine Möglichkeit finden, wie ihr zusammenleben könnt. Eine Heirat erfordert Kompromisse. In jeder Beziehung wird nicht alles so funktionieren, wie du es willst. Du musst lernen, zu nehmen und zu geben. Bist du bereit, das zu tun, um sie an deiner Seite zu haben?«

»Das kann ich noch nicht beantworten. Gestatte mir, darüber nachzudenken. Ich war im Begriff loszugehen und nachzusehen, wie es Steenie nach der Episode ergeht, die wir gestern erlebt hatten. Hast du Lust, mich zu begleiten?«

»Aye, Rose ist mit den Kleinen beschäftigt und Cairstine und Tante Celestina sind bei ihr, also hat sie jede Menge Hilfe.«

»Ich werde dir auf dem Weg von Steenie erzählen.« Er stand von seinem Stuhl auf und ging zur Anrichte, von der er sich einen Apfel und ein Stück Käse nahm. Er stopfte das Obst in seine Tasche und biss ein Stück vom Käse ab, ehe er hinausging. Robbie folgte ihm.

Als die beiden nach draußen traten, bemerkte er einen Tumult beim Tor, weshalb sie in diese Richtung gingen, um herauszufinden, worin das Problem bestand.

Er wünschte, er hätte es nicht getan.

Eine Stimme vom entfernten Ende der Gruppe rief ihm zu. »Wirst du Padraig genannt?«

Eine andere Stimme fragte: »Padraig Grant? Das ist er.«

Er hätte stehen bleiben sollen, doch das tat er nicht und marschierte stattdessen direkt auf die Gruppe zu. »Was ist das Problem? Wer sucht nach mir?«

Braden schüttelte den Kopf und traf seinen Blick, als würde er versuchen, ihm eine stille Warnung zukommen zu lassen.

Ein Mann trat aus der Mitte der Gruppe hervor. Ein Emblem auf seiner Schulter wies ihn als Sheriff aus. Padraig erkannte ihn nicht. »Bist du Padraig Grant? Der Grant, der häufig allein reist?«

»Aye«, antwortete er, vielleicht zu schnell. Was zum Teufel hatte Alleinreisen mit irgendetwas zu tun?

»Wir verhaften dich wegen Diebstahls. Wirst du freiwillig mitkommen oder muss ich dir die Hände fesseln?«

»Was?«

Der Rest der Gruppe wurde still, sobald der Sheriff das Wort ergriff. »Du bist als der Mann identifiziert worden, der vier Pferde vom Haggart Clan unten im Tal gestohlen hat. Ein Mann, der ein Grant Plaid trägt.«

»Nur weil ich gelegentlich allein reise, bedeutet das nicht, dass ich schuldig bin.«

»Wir wissen, dass du allein reist. Dein Grant Plaid ist überall gesehen worden. Du bist in der Nähe von Inverness gesehen worden, in Perth und auf Black Isle bist du allein gereist. Dein Grant Plaid ist überall gesehen worden, sogar in Glen Lochy. Bist du auf einer Diebestour gewesen?«

»Bei Gott, nein. Wann ist der Diebstahl begangen worden?«

»Gestern Abend.«

»Ich bin nicht mehr fortgewesen, seit ich gestern hier angekommen bin.«

Onkel Brodie trat vor. »Er war gestern Abend bei uns. Das schwöre ich, wie auch jeder andere in der Burg. Wer immer Euch das gesagt hat, erzählt Lügen.«

»Seit ich gestern Morgen Grant Castle verlassen habe, ist jeder meiner Schritte nachweisbar und kann bezeugt werden«, meinte Padraig. »Ich war nirgends in der Nähe von Haggart Land und ich habe weder Pferde noch Geld durch ihren Verkauf, um den Diebstahl zu beweisen.«

»Das ist unwichtig«, entgegnete der Sheriff. »Ich habe glaubwürdige Zeugen, die dich gesehen haben. Wenn du dein Diebesgut verlierst, ist das nicht mein Problem. Du musst mitkommen und dich dem Richtspruch stellen.« Der Sheriff nickte dreien seiner Männer zu, die bei ihm standen, und sie setzten sich in Padraigs

Richtung in Bewegung. Eindeutig würde das Wort seines Clans und eines jeden Bewohners von Muir Castle oder sogar Paddys, dem Pony, diesen Sheriff nicht umstimmen können.

Er hielt die Handflächen hoch, als einer der Männer des Sheriffs ein paar Handschellen hervorholte. »Nein, ich werde mitgehen. Onkel Brodie, wirst du mir helfen, einen Ausweg aus dieser Situation zu finden? Roddy, unterrichte unseren Vater. Diese Ungerechtigkeit kann nicht standhalten. Das ist ein Plan von Donald MacKinnie.«

Onkel Brodie hatte ein Feuer in seinen Augen, das Padraig noch nicht oft gesehen hatte. »Mach dir keine Sorgen, Junge. Wir werden die Wahrheit herausfinden und der Sheriff wird für seine Fehler bezahlen.«

Roddy klopfte ihm auf die Schulter. »Wir werden die Dinge in Ordnung bringen, Bruder.«

Padraig bestieg das Pferd, auf das sie zeigten. Es war zwischen an zwei größeren Pferden festgebunden und kein sehr schnelles Tier, wie er unschwer sehen konnte. Er hätte keine Möglichkeit, ihnen mit diesem Tier zu entkommen, selbst wenn es frei wäre.

Er saß in der Falle.

Der Sheriff verschwendete keine Zeit, die Gruppe von Muir Castle fortzuführen. Die Stimme seines Onkels hallte hinter ihnen her. »Wohin um alles in der Welt bringt ihr ihn? Wir haben ein Recht, genau zu erfahren, von welcher Gemeinde Ihr seid, Sheriff.«

Der Sheriff ignorierte ihn.

Robby rief aus. »Mach dir keine Sorgen, Bruder. Wir werden dich finden und deine Freilassung erwirken. Ich werde mich direkt aufmachen und Papa und Onkel Alex suchen.« Der Sheriff schien von dieser Ansage nicht beeindruckt zu sein.

Es fiel kein weiteres Wort mehr, bis sie eine große Wegstrecke zurückgelegt hatten. Abermals versuchte Padraig, mehr Informationen zu erlangen. »Wohin bringt ihr mich?«

»Das Verbrechen ist in der Stadt Rosemarkie begangen worden. Ich bin Sheriff von Cromarty und es ist meine Pflicht, dafür zu sorgen, dass du für dein Verbrechen bestraft wirst.«

»Rosemarkie? Ich war in den letzten drei Tagen nirgends dort in der Nähe. Ich bin vom Gebiet der Grants gekommen.«

»Wir werden sehen.«

Nach einer ganzen Weile kamen sie an einem baufälligen Gebäude an – das nicht in der Nähe von irgendeiner Stadt oder einem Dorf lag, ganz zu schweigen von Rosemarkie. Innerhalb kürzester Zeit war er mit einem anderen Mann in einer Zelle eingesperrt. Er bekam eine mottenzerfressene Decke und einen Krug Wasser. Zwei Pritschen und ein Eimer zum Hineinpinkeln bildeten die einzige Möblierung der Zelle.

Hinter ihm schloss sich die Zellentür und sein Magen sank, bis er sich zu einer festen Kugel zusammenballte. »Bekomme ich keinen Richter zu sehen, ehe ich eingesperrt werde?«

Der Sheriff und seine Männer lachten, ehe sie ohne ein Wort hinausgingen. Nur ein alter Mann blieb draußen vor der Zelle und setze sich nicht weit entfernt auf einen Schemel. Offensichtlich war er der Einzige, der sie bewachen würde.

Padraig spähte zu dem Mann hinüber, mit dem er die Zelle teilte. Er hatte sich nicht die Mühe gemacht, sich von seiner Pritsche zu erheben, als Padraig hineingestoßen worden war. »Verzeihung, für mein Eindringen in deine Privatsphäre. Ich bin Padraig Grant vom Grant Clan.«

»John de Bethune. Bist du ein Sohn von Alexander?«, fragte der Mann mit hochgezogener Augenbraue. Damit hatte er sich bereits klüger gezeigt als der Mann, der ihn verhaftet hatte. »Sein Neffe.« Padraig warf seine Decke auf die freie Pritsche und setzte sich. »Worin bestand dein Verbrechen? Und ist es ebenso erfunden wie meines?«

»Ich werde beschuldigt, einen Mann umgebracht zu haben. Ich habe versucht, ihn zu retten, indem ich seinen Bauch geöffnet habe, um einen großen Tumor zu entfernen, der ihn bald umgebracht hätte, aber ich habe versagt. Er ist während der Operation gestorben. Jetzt werde ich des Mordes angeklagt.«

»Also bist du Arzt? Vielleicht der erste in Schottland und ganz bestimmt der erste, den ich getroffen habe. In meiner Familie gibt es viele Heiler, aber keinen Arzt, soviel ich weiß.«

»Aye, ich habe in England studiert, aber ich möchte in Schottland praktizieren. Ich habe nicht erkannt, dass es hier eine derart gefährliche Beschäftigung ist«, seufzte John und stützte die Ellbogen auf den Knien auf. Er hatte braunes

Haar, das sich leicht lockte, und er schien von durchschnittlicher Größe zu sein. Er hatte nicht den kräftigen Körperbau, an den Padraig bei den Grant Kriegern gewöhnt war. Er besaß allerdings gütige Augen und darin ähnelte er den Heilern und Heilerinnen der Grants und Ramsays.

»Wie lange bist du schon hier?«

»Zwei Wochen. Und ich habe keinen Richter gesehen oder die Gelegenheit erhalten, für meinen Fall zu sprechen oder zu erfahren, wer mein Ankläger ist, gleichwohl ich den Verdacht hege, dass es sich um den Bruder des Verstorbenen handelt. Er wusste, dass mein Patient es mit der Operation versuchen wollte. Der Tumor war so schmerzhaft, dass er damit nicht weiterleben wollte. Er sagte, er würde das Risiko eines schnellen Endes bei dem Versuch lieber in Kauf nehmen als eine lange und qualvolle Leidenszeit bis zum Tode. Seine gesamte Familie hatte ihn das auf meine Veranlassung hin sagen hören – der Sohn und die Tochter des Mannes, seine Ehefrau und seine beiden Brüder. Doch einer seiner Brüder mochte mich nicht.«

Padraig war baff. Zwei Wochen, ohne etwas Neues zu erfahren? »Geben sie dir zu essen? Du bist recht dünn, muss ich sagen.«

»Eine Schale Porridge am Tag und einen Krug Wasser.«

Padraig wusste, dass er nur eine Chance hatte, hier herauszukommen – seine Familie –, und er betete, dass sie erfolgreich sein würden.

Sein Clan musste eine Streitmacht von Grant Kriegern mitbringen, um die Wände des

Gefängnisses einzureißen.

Wenn es Onkel Alex und seinem Vater nicht gelang, seine Häscher zu überzeugen, ihn gehen zu lassen, könnte die Bande der Krieger kommen und seine Freilassung fordern oder die Wände einreißen. Und er würde für alle Ewigkeit aufhören, allein zu reisen.

Frustriert und wütend wünschte er, etwas anderes zu haben als die Mauer, worauf er einschlagen könnte. Er tigerte in dem kleinen Raum umher und verfluchte Donald MacKinnie. Der Mann hatte genau gewusst, wie er alles regeln musste. Dies war eine falsche Anschuldigung, die von einem schwachsinnigen Mann erhoben worden war, der Gisela unbedingt heiraten wollte.

Er fragte sich, wie sie mit der Situation umging. Hatte Donald sich ihr wieder genähert? Wusste sie bereits, dass er vom Sheriff von Cromarty verhaftet worden war?

Sie würde es irgendwann zu hören bekommen, entweder von ihren Verbündeten oder einem Grant Boten. Er nahm an, dass sein Vater sofort eine Streitmacht nach Black Isle entsenden würde, in der Hoffnung, Informationen über ihren Sheriff zu erhalten oder darüber, wo sie die Gefangenen unterbrachten.

Er dachte an die List, welche dieser Mistkerl geplant hatte, um ihn vom Grant Land fortzubringen, wobei sein Alleinreisen als Beweis seiner möglichen Schuld in dieser Farce benutzt wurde.

Wenn er je hier herauskäme, würde er Donald MacKinnie mit bloßen Händen umbringen.

Die Tür flog auf und der Luftzug der kühlen Nachtluft weckte Gisela schlagartig auf. Wieder versuchte sie, sich aufzusetzen, doch sie fiel sogleich auf ihr Lager zurück. Für einen Augenblick hatte sie vergessen, wo sie war. Bis sie Donald MacKinnie über sich aufragen sah, der eine Talgkerze hochhielt und ein breites Lächeln auf dem Gesicht trug. Thebe hatte sich gegenüber Giselas Überzeugungsversuchen als widerstandsfähiger erwiesen, als sie erwartet hatte, und es war zu viel Zeit vergangen. Donald war zurückgekehrt.

»Da bist du ja, meine Süße. Ich bin so erfreut, dich in meinem Bett vorzufinden.«

Sie hätte beinahe geschrien, doch im letzten Moment gelang es ihr noch, sich zu beherrschen, gleichwohl ihr Gesicht sie verriet, dessen war sie sich sicher. Sie rückte so weit von ihm weg, wie es nur ging.

Er kam näher und fuhr mit seinem schmutzigen Zeigefinger über ihre Wange. Er stank so übel, dass sie glaubte, sich übergeben zu müssen. Dann löste er aus irgendeinem Grund ihre Fesseln. Sie war dankbar, doch sie weigerte sich, ihm zu danken. Stattdessen rieb sie ihre Glieder, um sie wieder lebendig zu machen, und betastete vorsichtig die wunde Haut an ihren Hand- und Fußgelenken.

Was um alles in der Welt hatte er getan? Sein normalerweise wohlfrisiertes Haar war ein wildes Durcheinander und seine Kleidung mit Schmutz beschmiert, was sie vorher noch nie an Donald MacKinnie gesehen hatte. Über diesen Mann vor ihr wusste sie nichts.

»Donald, ich fühle mich nicht so gut.«

»Mach dir keine Sorgen. Ich werde nicht mit dir schlafen, bis der Priester gekommen ist und uns getraut hat. Er wird bis übermorgen nicht kommen, also werde ich bis dahin einfach deine liebenswerte Gesellschaft genießen. Aber zuerst muss ich Wasser lassen.«

Er ging zur Tür zurück, doch dann hielt er inne und ging zu Thebe hinüber, die am Tisch saß. Er warf einen lüsternen Blick auf ihre Brust und drückte sie, ehe er sich wieder zur Tür wandte.

Thebe seufzte. »Ach, Donald. Ich weiß, dass du mich am meisten liebst.«

Donald warf den Kopf in den Nacken und lachte, als er sich nach draußen begab, und dann brach das Geräusch plötzlich ab. Donald hob seine Hände für einen Moment und hielt sich den Kopf. Als er sie wieder sinken ließ, warf er Gisela einen starrenden Blick zu, ehe er endlich verschwand und die Tür hinter sich zumachte.

Thebe kroch dicht zu Gisela und flüsterte. »Wenn du fliehen willst, wäre jetzt der beste Augenblick.«

Thebes Worte gaben Giselas eigenen Gedanken wieder, und sie zauderte nicht. Er würde rasch zurückkehren. Sie schob ihre Füße in die Schuhe und öffnete die Tür so leise als möglich, um dann um den Türrahmen herum zu spähen, um zu sehen, wo er war. Der Mond war noch nicht ganz voll, aber hell genug, um die Umrisse erkennen zu lassen. Sobald sie seinen, ihr zugewandten Rücken entdeckte, rannte sie los und sauste durch die Landschaft, wobei sie ohne Rücksicht über Felsen sprang und durch das Dickicht pflügte, was die schlafenden Tiere aufgeschreckt davonlaufen und Vögel aufflattern ließ.

»Nein, du wirst mich nicht verlassen, meine Süße. Aber ich liebe eine gute Jagd.« Seine Stimme trug durch den Wald und löste eine Angst in ihr aus, wie seine Stimme dies stets vermochte. Dieses Mal nutzte sie diese Furcht, um noch schneller und kraftvoller voranzukommen. Er würde nicht sanft mit ihr sein, wenn er sie einholte.

Sie spähte über die Schulter, um zu sehen, wo er geblieben war, aber sie konnte ihn nicht gut sehen. Nichtsdestotrotz konnte sie am Geräusch der knackenden Zweige und raschelnden Blätter hören, dass er nicht so weit hinter ihr war, wie sie sich erhofft hatte.

Unter keinen Umständen würde sie anhalten.

Sie rannte, bis ihre Lungen beinahe explodierten, und selbst dann zwang sie ihre Beine, sich so schnell zu bewegen, wie sie konnte, wobei sie einen Arm vor ihre Augen hielt, um sich nicht von vereinzelten Zweigen und Ästen in die Augen treffen zu lassen. Sein Lachen trug zu ihr, doch sie ignorierte es.

Sie erreichte eine Lichtung und aus einem Instinkt heraus, drehte sie sich nach rechts, während ihre Brust jetzt von der Überanstrengung bebte. Ihr Verstand sprühte vor Angst und Furcht und sie hoffte ihm davonrennen zu können, und dass sie die richtige Richtung gewählt hatte.

Sein Gelächter hinter ihr wurde lauter. Er holte auf.

Sei erspähte einen Wildpfad zwischen den Bäumen und folgte ihm. Zumindest konnte sie sehen, wohin sie lief, und vielleicht würde sie einen richtigen Weg oder ein Versteck finden. Vielleicht gab es eine Höhle oder einen hohlen Baumstamm in der Nähe, wo sie sich verstecken konnte, bis er vorbeigerannt war.

Etwas.

Irgendetwas.

Aber es tauchte nichts auf. Sie rannte weiter und als ihre Tränen hervorbrachen, fluchte sie leise, denn das Erstickungsgefühl, das mit ihnen einherging, würde ihr das Atmen erschweren und das Rennen würde sie noch mehr anstrengen.

Selbst wenn sie ein Versteck fände, würde Donald sie leise wimmern hören, doch sie konnte die Angst nicht unterdrücken, die aus ihrem tiefsten Inneren aufstieg. Donald hatte eindeutig den Verstand verloren.

Seine Schritte waren jetzt ganz nah und das Krachen, als er einen Ast durchbrach, unter dem sie sich hindurch geduckt hatte, sagte ihr, dass er sie beinahe eingeholt hatte. Bald würde er auf ihrer Höhe sein.

Würde er sie küssen oder schlagen?

Sie wollte es nicht herausfinden. Und sie wusste nicht, was schlimmer wäre.

Eine fleischige Hand packte ihr Haar und riss sie rückwärts in seine Arme.

Donald lachte mit einem gutturalen Klang in

der Stimme, bei dem sie eine Gänsehaut bekam.
  Er lachte und lachte und lachte.

KAPITEL VIERZEHN

PADRAIG VERMUTETE, DASS drei Tage vergangen waren, seit man ihn in die Zelle gebracht hatte, und außer dem alten Mann, der einmal am Tag Porridge und Wasser brachte, passierte nichts.

Nichts von dem Sheriff, keine Informationen über seinen Ankläger, keine Neuigkeiten, wann er freigelassen oder sich vor irgendeiner Art von Gericht verantworten müsste.

Selbst die Hoffnung, die er auf seinen Clan setze, der zu seiner Rettung kommen würde, war im Schwinden begriffen.

»Sie haben wahrscheinlich keine Ahnung, wo sie dich finden können«, gab John zu bedenken. »Wer immer dich aus dem Weg haben will, hat diesen Ort absichtlich gewählt. Er ist gut versteckt und mit Ausnahme derer, die uns hergebracht haben, weiß niemand davon. Ich habe für einige Monate nicht weit von hier gelebt und ich wusste nichts von diesem Ort.«

Padraig kratzte sich unter dem schmutzigen Haar. Gleichwohl er sein Gesicht und die Hände hatte waschen können, hatte der Rest von ihm ein dringendes Bad im nächsten See nötig. »Das bezweifle ich nicht. Mein Vater hätte eine Armee von Grant Kriegern hier, wenn er Bescheid wüsste.« Er stellte sich auf die Zehenspitzen, um durch das kleine Fenster oben in der Zellenwand hinauszuspähen und sich in der Gegend umzublicken.

Heute war strahlender Sonnenschein, der die Gegend erleuchte, aber er sah nur Bäume.

Ein dichter Wald erstreckte sich über die Highlands, der einen Teil der Schönheit des Landes ausmachte – er war sicher, dass es der gleiche Wald war, der sein zuhause umgab. Doch die dicken Bäume waren der Beweis dafür, dass man sich wirklich in der Schönheit der Highlands verlieren konnte, um nie wieder nach Hause zurückzukehren.

Man konnte einfach zwischen den Bäumen, den Gnitzen und den Wölfen in Kreisen laufen.

Er würde die Hoffnung allerdings nicht aufgeben. Nie würde sein Vater aufgeben, nach ihm zu suchen. Sein Onkel wusste, was ihm zugestoßen war und sie würden bereits auf der Suche nach ihm sein. Dennoch könnte sein Clan Tage brauchen, bis sie ihn gefunden hatten.

Oder Monate.

Er trat vom Fenster weg und zwang sich zu Bewegung, um seine Muskeln locker und kräftig zu halten. Wenn nicht, würde er bald wie John de Bethune aussehen.

»Nun, Padraig Grant, wenn du nicht gerade ungerechterweise eingesperrt bist, was tust du dann?«, fragte John. »Wie ich gehört habe, besteht der Grant Clan aus vielen grimmigen Kriegern, gleichwohl du nicht dieser Typ zu sein scheinst.«

Padraig zog eine Augenbraue hoch, denn er war nicht sicher, wie er diese Bemerkung verstehen sollte. »Die meiste Zeit wandere ich umher. Ich wollte gern dem Beispiel meines Onkels und meiner Tante folgen, die im Namen der schottischen Krone reisen.«

»Als Spione?«

»Nein, sie reisen, um den König wissen zu lassen, wer seiner Hilfe am meisten bedarf«, antwortete Padraig. John hatte recht, aber es war ein Risiko, so etwas vor einem beinahe Fremden zuzugeben. »Das Wandern ist der Teil, der mich lockt. Ich habe mir immer gewünscht, so zu sein wie sie. Das Land zu bereisen und zu sehen, wie andere leben. Die Häfen zu sehen, das Ackerland und die Händler in Edinburgh. Die Welt ist voller unterschiedlicher Menschen.«

»Also, wie sorgst du für dich?«

»Für mich sorgen?«

»Wie verdienst du dein Geld? Oder wie bestreitest du deinen Lebensunterhalt, wenn du unterwegs bist? Tauschst du deine Fähigkeiten gegen Verpflegung?«

Padraig machte ein finsteres Gesicht. Nun, da er gedrängt wurde, wollte er nicht zugeben, dass er jedes Mal bei den Grants haltmachte, wenn ihm das Geld ausging. Er hatte sich die großzügige Natur seiner Eltern voll zunutze gemacht. Es war ihm nie in den Sinn gekommen, wie merkwürdig es war, dass er keine Beschäftigung hatte, gleichwohl er das Alter dafür mehr als erreicht hatte. Er räusperte sich und versuchte, mit einer Antwort aufzuwarten, aber nichts von dem, was ihm einfiel, stellte ihn zufrieden. Und er konnte stets auf die Gastfreundschaft des Clans zählen.

Früher einmal hatte er jemandem geholfen, einen Baum zu fällen oder einen Hirsch zu häuten, oder er hatte einem Fischer bei der Ausbesserung seines Boots geholfen. Er hatte einigen geholfen, ein Häuschen zu bauen und ein oder zwei Dächer gedeckt. Er hatte einem Priester geholfen Kirchenstufen instand zu setzen. Diese eine Beschäftigung hatte ihm zum Lohn einen guten Wein beschert.

»Ich habe kein eigenes Handwerk. Deshalb stecke ich auch in dieser Zwickmühle. Mein Vater wünschte sich immer, dass ich die Grant Männer für die Schlacht ausbilde, doch meine Tage als Krieger zu verleben hat nie zu mir gepasst. Das ist die Art der Grants, doch für mich selbst wünsche ich mir ein anderes Leben.«

»Wie alt bist du, Junge?«

»Vierundzwanzig Winter.«

John lächelte. »Also bist du kein Junge mehr. Gestatte mir, dir eine andere Frage zu stellen. Außer einem Stelldichein mit einem Mädchen im Heu, was war die letzte deiner Taten, die dich mit Befriedigung erfüllt hat? Was hast du getan, womit du mehr Zeit hättest verbringen wollen, abgesehen vom Umherwandern?«

Padraig zuckte die Schultern, denn ihm kam nichts Besonderes in den Sinn.

»Was ist mit etwas, wofür dich jemand gelobt hat? Etwas, das du so gut gemacht hast, dass jemand es bemerkt hat, oder etwas wofür dich jemand für deine Fähigkeiten oder die Art und Weise gelobt hat, wie du dich verhalten hast? Es muss etwas geben – du wirkst wie ein fähiger junger Mann. Ein Boot bauen? Ein gutes Schwert schmieden? Ein Wildschwein erlegen? Normalerweise machst du etwas gut, weil du es genießt.«

Padraig musste sich zwingen, alles gedanklich durchzugehen, was sich im letzten Jahr zugetragen hatte. Er dachte an seine Zeit auf Black Isle, an die Zeiten mit seinem Bruder oder dem ganzen Clan, Zeiten, als er ziellos umhergewandert war. Plötzlich kam ihm eine Erinnerung in den Sinn und er musste lächeln.

»Wie konnte ich das nur vergessen. Es ist erst einige Tage her.« Er erzählte, wie Steenie sich eingeklemmt hatte und niemand ihn befreien konnte.

»Und du warst imstande, ihn herauszuholen? Wie?«

»Ich habe ihn mit Schweinefett eingeschmiert, bis er durchgerutscht ist.« Padraig schmunzelte bei der Erinnerung an den schlüpfrigen Jungen und den Welpen, der ihm den Arm abgeleckt hatte, und dem Geruch, der überall in der Luft gehangen hatte.

»Natürlich hatte es sich gut angefühlt, ihn zu retten. Es war ein wunderbarer Einfall.«

»Aye, aber das habe ich nicht gemeint.« Die Fragen des Mannes hatten ihn etwas erkennen lassen, woran er nicht von selbst gedacht hatte. »Sicher. Ich bin froh, dass ich ihn habe retten können, aber ...« Aye, er hatte es für Steenie und für Alick gleichermaßen getan. »Es war die Art und Weise, wie ich zu ihm gesprochen habe. Ich war imstande gewesen, ihn zu beruhigen, sodass wir ihn einfetten konnten. Bevor wir ihm helfen konnten, musste ich ihn, ebenso wie Alick, erst überzeugen, uns dies zu gestatten.«

«Alick? Wer ist Alick und was ist mit ihm passiert?«

Also erzählte er die Geschichte ebenfalls. »Ich denke, meine Versicherung, dass er trotzdem eine schöne Narbe von der Wunde zurückbehalten würde, hat seine Meinung geändert. Dies ist für die Grant Männer ein Zeichen von Wert.«

»Ach, eine Narbe ist für die meisten Männer ein Zeichen der Ehre. Du hast die Gabe eines Heilers, Padraig. In beiden Fällen hast du jemandem geholfen. Dies ist genau, was einen Heiler beschreibt.«

»Aye, meine Mutter ist Heilerin und ich habe oft mit ihr gearbeitet, insbesondere wenn es kleine Kinder waren. Ich habe ihnen zugeredet, während sie ihre Heilkunst angewendet hat.« Er setze sich auf seine Pritsche und versuchte, all die Gedanken an seine jüngeren Jahre lebendig werden zu lassen. »Wie habe ich das vergessen können?« Er kratzte sich den Bart, der sein Gesicht bedeckte.

»Hat sie dich noch etwas anderes gelehrt? Wie du eine Wunde nähen musst oder eine Infektion verhüten kannst? Wie du Kopfschmerzen oder Bauchweh lindern kannst?«

»Aye, sie hatte für jedes Leiden Salben und

Trünke. Meine beiden Tanten sind ebenfalls gute Heilerinnen, wie auch meine Cousinen. Sie hat alles aufgeschrieben, zusammen mit den Rezepten, die sie von meinen Tanten, Brenna Ramsay und Jennie Cameron erhalten hat.«

»Du kannst lesen? Das ist sehr ungewöhnlich.«

»Aye, Tante Maddie hat darauf bestanden. Sie hat uns alle unterrichtet und nun lehren einige meiner Tanten meine Cousins und Cousinen das Lesen. Alle in der Familie meines Vaters mussten es lernen, weil sie Heiler sind. Meine Großmutter besaß ein riesiges Buch über das Heilen, in dem sie all ihre Erfahrungen und Rezepte für Salben aufgeschrieben hat. Sie bieten jedem Mitglied des Clans an, lesen zu lernen, aber die meisten halten es nicht für nötig. Wir hatten allerdings keine Wahl und mussten es lernen.«

»Du bist ein reicher Mann und da hast du es. Du stammst aus einer Familie von Heilern. Du solltest ein Heiler sein, wenn es dir Freude macht, mit den Kranken zu arbeiten. Dies ist gewiss eine Gabe.« John lehnte sich auf die Ellbogen zurück und schaute Padraig an. »Sehr wenige sind mit dieser Gabe gesegnet. Es liegt deiner Familie im Blut. Du solltest es ehren.«

Er dachte an die Male zurück, als er bei den verwundeten Männern auf dem Schlachtfeld mitgeholfen hatte. »Ich verabscheue es, mit den Verwundeten in der Schlacht zu arbeiten. Diesen Teil des Heilens empfinde ich als überaus deprimierend.«

John legte den Kopf schräg und dann nickte

er. »Ich kannte einen Mann in England, der sich entschieden hatte, nur mit Kindern zu arbeiten. Er nannte sich einen spezialisierten Arzt. Warum tust du nicht das Gleiche? Arbeite mit deiner Mutter, um mehr zu lernen und dann übst du dein Können in ganz Schottland aus. Nach all den Kindern, die ich habe krank werden und sterben sehen, könntest du viele finden, denen du auf deinen Reisen helfen kannst. Du könntest deine Gabe zum Heilen mit deinem mühelosen Umgang mit den Kindern und deinem Wunsch zu reisen verbinden.«

Padraig dachte einen Augenblick nach, doch ein lautes Klopfen unterbrach seine Gedanken. Beide traten sie an die Tür, um hinauszuspähen und zu sehen, was sich abspielte. Der alte Mann, der sie bewachte, ging zur Eingangstür und schaute durch das kleine Fenster darin, anstatt die Tür gleich zu öffnen.

»Was um alles in der Welt?«, murmelte er.

»Was ist?«, fragte John, gleichwohl Padraig bezweifelte, dass er eine Antwort von dem Wärter bekommen würde. Doch der Mann überraschte sie auf mehr als nur eine Weise.

»Es ist ein Pony, das gegen die Tür tritt.« Er riss die Tür auf und ein kastanienbraunes Pony mit weißer Mähne wurde sichtbar. Der Wärter schrie: »Verschwinde von meiner Tür.«

Das Pony wirbelte herum und trat mit den Hinterbeinen aus, worauf der Mann durch die Luft segelte. Er prallte gegen die gegenüberliegende Wand und schlug mit dem Kopf gegen den Stein, ehe er zu Boden sackte.

Paddy.

Padraig lachte vor freudiger Überraschung.

KAPITEL FÜNFZEHN

GISELA, DIE WIEDER am Bett festgebunden war, beobachtete, wie sich die Tür des Häuschens öffnete, und sie wusste genau, wer es sein würde – Donald. Seit zwei Tagen hatte sie ihn nicht mehr gesehen und sie wollte jetzt nicht mit ihm sprechen, aber er hatte Thebe hinausgeschickt, um Wasser zu holen und sein Frühstück zu bereiten. Dann näherte er sich ihr.

Er ragte in der Tür auf und warf ihr einen stechenden Blick zu. »Du hast Glück, dass ich wichtigere Aufgaben zu erledigen habe, bevor ich dir meine Zeit widmen und endlich unsere Heirat besiegeln kann.« Er löste ihre Fesseln und zeigte zum Tisch auf der anderen Seite des Raumes. »Setz dich und sei still. Ich weiß, dass du essen musst.«

Sie stieg aus dem Bett und entfernte sich einen Schritt von ihm, ehe sie die Arme verschränkte und das Gesicht abwandte. Sie wollte ihn nicht mehr anschauen. »Ich werde dich nie lieben, Donald. Ich hatte einst Gefühle für dich, doch nun nicht mehr. Ich liebe einen anderen. Warum willst du jemanden heiraten, der dich hasst?« Es bestand wahrscheinlich keine Chance, gegen den Mann zu argumentieren, doch sie musste es einfach versuchen.

»Ich weiß, dass du diesen nutzlosen Grant liebst, aber er ist nicht mehr hier, also gibt es niemanden, der dich von mir fernhält. Und wenn ich der Einzige bin, den du je zu sehen bekommst, wirst du anfangen, mich zu lieben. Ich weiß, wie ich dich dazu bringe, mich zu lieben. Du wirst sehen.«

Von seinen Worten erschrocken, drehte sie sich ihm wieder zu. Der Blick in seinen Augen ängstigte sie mehr als all die unterschiedlichen Wege, in denen er sie berührte oder mit ihr sprach. Er war kalt und berechnend, ein Blick, der sie um wen auch immer er heiraten würde, fürchten ließ, und sie hoffte, dass niemand das je tun würde.

Sie würde es ganz bestimmt nicht tun.

»Nur weil er nicht auf Black Isle ist, bedeutet das nicht, dass ich ihn nicht liebe. Ich kann ihn lieben, wenn er auf Grant Land oder bei den Mathesons ist. Es ist mir gleich. Er wird zurückkehren.« Sie hob das Kinn und forderte ihn heraus, sie in Frage zu stellen. Padraig würde zu ihr zurückkehren. Dessen war sie sicher.

Sie betete, dass er es tun würde. Wie oft hatte sie sich in den letzten fünf Tagen jeden Atemzug seines Heiratsantrags und ihrer Ablehnung in Erinnerung gerufen? Wie würde sie sich fühlen, wenn er sie zurückwies?

Dann dachte sie daran, wie sie auseinander gegangen waren. Er sagte, es sei nicht ihre Zeit und dass er eines Tages zurückkehren würde. Hatte er das nicht? Jeder Gedanke, jede Erinnerung verschwamm in ihren Gedanken.

»Er kann nicht zu dir zurückkehren, wenn er tot ist, nicht wahr?« Donalds Grinsen war ein Ausdruck reinen Selbstbewusstseins. »Oder schlimmer«, murmelte er.

Bei seinen Drohungen stieg glühende Wut in ihr auf, gleichwohl sie nicht wusste, was möglicherweise schlimmer sein konnte als der Tod.

Sie rannte auf ihn zu und ihre Nägel gruben sich in seine Wangen, bis das Blut daraus hervortrat. Sie schrie ihn an und kratzte ihn, bis er brüllte und zu einem Schlag ausholte, der sie zu Boden schickte, wo sie mit der Seite ihres Kopfes aufprallte.

Er bereute seine Tat sofort und beugte sich zu ihr, um seine Hand an ihre Wange zu legen und ihr sogar beim Aufstehen zu helfen.

»Du musst dich benehmen oder du bringst mich dazu, solche Dinge zu tun. Ich wollte dir nicht wehtun. Ich liebe dich, Gisela. Du bist die Einzige für mich. Aber du musst tun, was ich sage und mich nicht verärgern.«

Sie wartete, bis er in seiner Wachsamkeit nachließ, und dann trat sie ihm zwischen die Beine. Er fiel rückwärts und griff sich an seine Genitalien. Sie machte einen Satz zur Tür und rannte in die gleiche Richtung wie vorher. Als er sie neulich zurückgebracht hatte, hatte sie sich die Zeit genommen, um sich nach Orientierungspunkten oder anderen Anzeichen umzuschauen, wo sie war, und sie hatte gedacht, in der Ferne eine Höhle erspäht zu haben. Wenn ihre Lungen dieses Mal durchhalten würden, bis sie diese Stelle erreichte, würde sie eine Chance haben.

Wieder pflügte sie durch das Gebüsch und hielt die Arme hoch, damit sie nicht von den Büschen im Gesicht getroffen wurde. Sie rannte und rannte, und sie betete, ihm entfliehen zu können. Ihr wurde von dem Gedanken übel, dass Donald Padraig umgebracht haben könnte, und sie sagte im Geiste und im Takt ihrer trommelnden Füße Gebete auf – um fortzukommen, um Donald aufzuhalten und um Padraigs Leben zu retten.

Doch es sollte nicht sein. Ihre Beine waren bereits vom letzten Lauf müde und von der Zeit geschwächt, die sie ans Bett gefesselt war und sie versagten ihr den Dienst, indem sie sie zweimal in die Knie zwangen, ehe Donald sie endlich mit einem Brüllen einholte.

Er stieß sie vorwärts, bis sie zu Boden stürzte. Dann war er über ihr und zwang sie auf den Rücken, während die Wut in seinem Blick vollkommen neu war.

Er würde sie umbringen.

Er hielt ihre beiden Arme über ihren Kopf. »Benimm dich. Wenn du das nicht tun willst, um dein eigenes Leben zu beschützen, dann vielleicht, um das deiner Nichte zu bewahren. Möchtest du, dass ich Karas toten Körper zu dir bringe, oder willst du mir lieber zusehen, wenn ich es tue?«

Sie verlor jede Kontrolle. Tretend und spuckend,

sich windend und mit aller Macht kämpfend.

Das Letzte, woran sie sich erinnerte, war seine Faust, die auf ihr Gesicht zugeflogen kam.

Ihre Welt versank in gnädige Dunkelheit.

»Paddy«, rief Padraig erleichtert.

»Du kennst dieses Tier?«, fragte John mit einem wundersamen Ausdruck von Hoffnung auf seinem Gesicht. »Es gehört dem Jungen, den ich aus der Höhle gerettet habe. Derjenige, von dem ich dir erzählt habe. Dies ist sein geschätztes Lieblingstier.«

Paddy hob den Kopf und bleckte die Zähne – womit er wahrscheinlich seine Ansicht zum Ausdruck brachte, dass Steenie *sein* Lieblingswesen war und nicht umgekehrt – ehe er sich zur Wand umdrehte, an der die Schlüssel hingen. Das Pony packte sie mit den Zähnen und brachte sie zu Padraig hinüber.

»Bei Gott, er ist teilweise menschlich, nicht wahr?«, fragte John mit großen Augen. »Ein Segen, soviel ist sicher. Ich werde ihn überhaupt nicht in Frage stellen.«

Padraig griff durch das Fenster und bekam den Schlüsselring zu fassen. Dann fummelte er ein bisschen mit den Schlüsseln, ehe es es schaffte, den richtigen in das Schlüsselloch zu schieben und sie aus der Zelle freizulassen. Paddy gab ein lautes Wiehern von sich und wirbelte auf die Tür zu, und als sie ihm nach draußen folgten, war der Wärter immer noch nicht zu sich gekommen.

John beugte sich über ihn und fühlte seinen

Puls, ehe sie gingen. »Er ist am Leben. Wir müssen uns beeilen, ehe er aufwacht.«

Paddy warf keinen Blick zurück und führte sie stattdessen einen Pfad entlang, der durch das Dickicht führte, bis er auf einer Lichtung ankam, auf der zwei Pferde auf sie warteten, und auch ein kleiner Beutel mit Proviant. Ein Schwert und zwei Messer waren ordentlich auf den Boden gelegt worden. Als Padraig näherkam, war er geschockt zu sehen, dass es sein eigenes Pferd, Midnight Blue, war.

»Paddy, du bist ein Zauberer«, rief er und lief los, um sein geliebtes Pferd zu tätscheln, bis er bei dem sanften Schnauben des Tieres lächeln musste. »Ich bin froh, dich zu sehen, Blue.« Er schaute zu dem anderen Pferd hinüber und erkannte es an der Markierung am Sattel, die er erkannte, als ein Pferd, das zu Braden gehörte.

John lachte ungläubig über ihr großes Glück und griff sich einen Apfel, in den er mit einem genüsslichen Stöhnen hineinbiss. »Stelle ich mir das nur vor? Ich habe schließlich den Verstand verloren, nicht wahr? Vielleicht sind wir beide gestorben und zusammen im Himmel gelandet.«

»Nein«, entgegnete Padraig, der ihn zu Bradens Pferd schubste, nachdem er das Schwert an sich genommen und es an Blues Sattel festgebunden hatte. »Steig auf. Wir müssen schnell machen. Wir können später essen. Paddy ist dafür bekannt, dass er diese magischen Dinge früher schon getan hat. Akzeptiere es einfach und lass uns aufbrechen, ehe der Wärter die Verfolgung aufnimmt.«

Sie saßen auf und hielten auf die Bäume zu,

doch Paddy schnaubte ihnen zu und führte sie in die andere Richtung. Padraig wendete sein Pferd und folgte ihm, ohne ihn in Zweifel zu stellen.

»Vertraust du diesem Pony wahrhaftig?«, rief John, während er sein Pferd antrieb, um mitzuhalten.

»Er hat uns bis hierher gelotst, nicht wahr? Warum sollten wir jetzt aufhören? Der Stallmeister, der ihn betreut, ist der Ansicht, dass er eine alte Seele in sich trägt. Er glaubt an alles, was Paddy tut. Einmal hat er ein Mädchen gefunden, das in einer Schneewehe feststeckte. Frage nicht und folge einfach.«

Sie folgten dem Pony zu einem Hauptpfad, und John lachte, als er es sah. »Wirst du ihn fragen, wohin wir reiten?«

»Glaubst du, er wird antworten?«, fragte Padraig mit einem Grinsen. Paddy wieherte vor ihnen, als würde er selbst über ihre Unterhaltung lachen. »Anhand dessen, was ich sehe, führt er uns zum Gebiet der Grants. Dort werden wir sicherer sein als in Muir Castle, wo sie mich verhaftet haben. Der Sheriff wird nicht wagen, meinen Onkel Alex in Frage zu stellen. Sie alle kennen die Größe seiner Armee und dass er mit John Balliol, unserem neuen König, befreundet ist. Bete nur, dass wir dort ankommen, ehe der Sheriff uns einholt. Sobald ich einen guten Orientierungspunkt sehe, kenne ich den Rest des Weges.«

Nicht lang danach erkannte er einen Felsbrocken neben dem Weg, der ihm aufzeigte, wo genau sie waren, und zu seiner Erleichterung schafften sie es bis zum Gebiet der Grants, ohne einer Seele zu begegnen. In der Ferne konnte er ein Trio von drei Pferden erkennen, das auf sie zukam, und es war fast so, als hätten sie seine Anwesenheit gespürt. Einen Augenblick später ritten sein Vater, Onkel Brodie und Connor zu ihnen auf.

»Du bist entkommen?«, fragte Connor. »Wir haben tagelang Patrouillen nach dir ausgesandt!«

»Wer ist bei dir?«, fragte sein Vater.

»Und was hat Paddy damit zu tun?«, wollte Onkel Brodie wissen.

»Es war nicht so, dass wir entkommen sind, sondern dass Paddy uns befreit hat.« Padraig stellte John vor und erzählte rasch die Geschichte ihrer Flucht, während er weiterhin unruhig wegen etwaiger Verfolger war, die vielleicht hinter ihnen her waren. »Er hatte diese beiden Pferde für uns bereit.«

Onkel Brodie und sein Vater schauten einander einen Augenblick vielsagend an, und dann meinte sein Onkel: »Ich werde einen Boten zu Braden schicken. Sie suchen auch nach dir und Steenie wird sich wegen seines Lieblingstieres Sorgen machen. Und sie wundern sich wahrscheinlich wegen der verschwundenen Pferde.« Belustigt schüttelte er den Kopf.

Als sie in der Burg ankamen, saßen Padraig und John ab, sobald sie das Tor passiert hatten, während Paddy direkt auf die Stallungen zuhielt. Padraig stellte John jedem vor und erzählte seine Geschichte der falschen Verhaftung noch einmal.

»Vielen Dank für eure Gastfreundschaft«,

meinte John. »Ich denke, ich sollte besser dem Pony danken, das uns gerettet hat.« Er strebte auf die Stallungen zu und hielt einen Moment mit den Händen in die Hüften gestützt an, ehe er sich wieder zu ihnen umdrehte und dann sagte: »Ich kann immer noch nicht glauben, dass das Pony fertiggebracht hat, was es getan hat.«

Onkel Brodie lachte. »Zweifelt nie an Paddy. Dankt ihm einfach.«

Padraig ging John nach und vernahm Paddys Schnauben, das aus einem der letzten Boxen am entfernten Ende des Stalls erklang. Einer der Stalljungen rief um Hilfe. »Wem gehört dieses Pony?«

Padraig rannte den Stall entlang und blieb lachend stehen. Paddy stand neben einem kleineren Stutfohlen und er schien ihr etwas ins Ohr zu flüstern. »Lass sie in Ruhe, Paddy. Sie ist kaum mehr als ein Jährling.«

Paddy seufzte und marschierte zu dem Fass mit den Äpfeln.

»Ich danke dir, Paddy«, meinte John, als das Pony an ihm vorbeiging.

Paddy drehte sich um und schaute sie beide an. Padraig ging auf das ältere Pony zu und rieb ihm das Ohr. »Ich weiß alles zu schätzen, was du getan hast. Steenie wird sehr stolz auf dich sein.«

Paddy schmiegte sein Maul in Padraigs Hand und stieß auf der Suche nach weiteren Liebkosungen gegen ihn. Onkel Brodie und Padraigs Vater standen in der Stalltür und schauten beide mit amüsierten Lächeln zu. Onkel Brodie ging hinüber und strich dem Pony über die Nase.

»Du bist wundervoll, Paddy. Immer überraschst du mich.« Onkel Brodie nickte Padraig zu und meinte: »Geht hinein. Ich werde mich um Paddy kümmern und ihn mitnehmen, wenn ich gehe. Ihr beide seht aus, als könntet ihr etwas Ordentliches zu essen und eine Ruhepause vertragen. Vielleicht auch ein Bier oder zwei.«

Padraig trat in den Hof und überschaute die Gegend, wobei er die Burg, seine ganze Familie und den wunderschönen Himmel über ihnen zur Kenntnis nahm.

John stellte sich neben ihn. »Dies ist ein überaus beeindruckendes Castle.«

Padraig sah jetzt alles mit klaren Augen, und einem frischen Gefühl von Dankbarkeit für seinen Clan und die Freiheit. »Aye, es ist wirklich wunderschön.«

Sein Vater schaute zu ihm herüber und zog eine Augenbraue hoch, da er wahrscheinlich überrascht war, solch einen Kommentar von seinem verlorenen Sohn zu hören.

»Ich werde dir alles erklären, wenn wir zuerst etwas gegessen haben, Pa.«

»Natürlich. Ich dachte für einen Moment, dass meine Ohren mir einen Streich gespielt haben. Es hat sich angehört, als seist du froh, daheim zu sein«, bemerkte sein Vater mit einem Lächeln.

»Das bin ich. Mehr als du glaubst. Und ich verspreche, nie wieder allein zu reisen.«

KAPITEL SECHZEHN

GISELA HOB IHREN Kopf vom Bett. Für einen Moment war ihre Sicht verschwommen, doch dann klärte sie sich und Gisela konnte Thebe erkennen, die mit irgendetwas auf einem Tisch in der Nähe beschäftigt war. Ein zaghaftes Ziehen mit der Hand und einem Fuß sagte ihr, dass sie wieder festgebunden war.

»Thebe ist er immer noch hier?«

Die Dienstmagd wirbelte herum. »Nein, er ist gegangen.«

»Nicht wegen Kara. Bitte sag mir, dass er meiner Nichte nichts antun wird.« Beim Gedanken daran, dass dem kleinen Kind etwas zustoßen konnte, riss es ihr beinahe das Herz aus der Brust. »Selbst du musst erkennen, dass ein Kind durch dies nicht betroffen sein darf. Du hast Kara geliebt, nicht wahr?« Damit musste sie zumindest Thebe zu ihrer Verbündeten machen.

»Ich mag Kara sehr, aber er ist nicht wegen ihr unterwegs. Er wird dafür sorgen, dass du Padraig nie wiedersehen wirst. Er vergewissert sich, ob sein Plan funktioniert hat.«

»Welcher Plan?« Beinahe bedauerte sie ihre

Worte und sie fürchtete, es sei besser, wenn sie nicht wusste, wie der hinterhältige Donald imstande sein könnte, Padraig zuzusetzen. Gisela schloss die Augen und betete, dass jemand ihm helfen mochte, indem er ihn vor Donald beschützte. »Ich weiß nicht, was mit Donald passiert ist. Er ist brutal geworden, Thebe, und wahnsinnig. Du solltest hier verschwinden, solange du kannst. Er hat sich verändert. Etwas ist in seinem Kopf passiert. Hast du keine Furcht vor ihm?«

Thebe schaute sie mit dem hasserfülltesten Blick an, den sie je gesehen hatte. »Niemals. Ich liebe Donald. Das habe ich immer getan und ich werde seine Mätresse sein, nachdem er dich geheiratet hat. Mit der Zeit wird er anfangen, mich zu lieben, weil ich ihn richtig behandle. Sobald er dir ein Kind gemacht hat, wird er ganz mir gehören. Du wirst sehen.«

Thebe musste auch verrückt geworden sein.

Sie setzte ihr Gerede fort, während sie sich am Tisch zu schaffen machte. »Ich denke, du solltest dich ihm weiter verweigern, Gisela. Dann kommt er zu mir.«

»Das habe ich und ich werde ihn immer abweisen. Weißt du das nicht?« War Thebe so in den Mann verliebt, dass sie nicht erkennen konnte, was passierte? Konnte sie ihre eindeutigen Abweisungen nicht hören? »Warum, glaubst du, habe ich versucht, davonzulaufen?« Gisela musste Thebe überzeugen, dass sie eine viel bessere Chance hätte, wenn ihre Rivalin aus dem Weg wäre. Gleichwohl diese Aussage nicht ihre beste Wahl war. »Thebe, wenn du Donald wirklich liebst, dann solltest du nach Eddirdale Castle zurückkehren und meinen Brüdern sagen, was geschehen ist, damit sie kommen und mich holen. Dann wirst du Donald ganz für dich haben.«

Thebe starrte auf das Gemüse, das sie gerade zerkleinerte, um es in einen Topf zu geben, und sie hielt inne, ehe sie das Wort ergriff. »Nein, das kann ich nicht. Er wird so wütend auf mich sein. Ich werde ihn nicht verärgern. Das werde ich nicht.« Thebe hackte ihr Gemüse mit ein wenig mehr Vehemenz, ehe sie zu dem strohgedeckten Dach aufblickte und Tränen ihre Sicht verschwimmen ließen. »Er ist alles, was ich je gewollt habe und dennoch verstößt du ihn. Ich liebe ihn. Ich werde ihn nie verlassen.«

Bei den Tränen, die Gisela in ihren Augen sah, wusste sie, dass sie nie in der Lage sein würde, Thebe zu überzeugen, ihr zu helfen. Sie hatte so sicher wie auch Donald den Verstand verloren.

»Ich liebe Padraig, wie du Donald liebst. Das ist alles, was ich zu sagen habe. Wie lange dauert es, ehe er zurückkehrt?«

»Ich weiß es nicht. Normalerweise bleibt er einen Tag fort und manchmal zwei. Ich werde ihn in meinen Armen willkommen heißen, wann immer er zurückkehrt.« Ihr Gesicht hellte sich vor Aufregung auf. »Und wenn ich Glück habe, werde ich schon bald sein Kind in mir tragen. Vielleicht wird er dich dann von allein gehen lassen.«

Gisela war dankbar, dass er eine Frau hatte, um seine Bedürfnisse zu stillen. Wie sie betete, dass er weiter mit Thebe zufrieden sein würde und sie in Ruhe ließe.

»Der Priester sollte morgen hier sein«, meinte Thebe mit einem entrückten Klang in ihrer Stimme. »Vielleicht habe ich nicht so viel Zeit.« Sie schaute Gisela auf merkwürdige Weise an.

Gisela hatte ebenfalls nicht viel Zeit und sie hatte das plötzliche Gefühl, dass sie Thebe ebenso fürchten musste wie Donald.

Oder mehr.

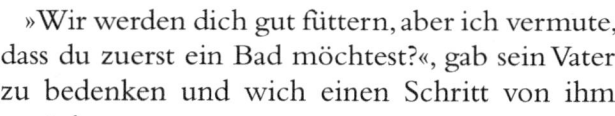

»Wir werden dich gut füttern, aber ich vermute, dass du zuerst ein Bad möchtest?«, gab sein Vater zu bedenken und wich einen Schritt von ihm zurück.

»Aye, ich weiß, wie wir aussehen. Sobald ich saubere Kleidung besorgt habe, werden wir Tante Maddies Badekammer aufsuchen.«

»Wenn ich Geld hätte, würde ich alles für eine Badewanne geben. Ich würde sogar fröhlich in den nächsten See springen, wenn mir jemand saubere Kleidung geben würde«, meinte John zu der Gruppe. »Die Umstände in unserer Zelle waren nicht die besten.«

»Niemand benutzt die Badekammer im Obergeschoss«, bestimmte seine Mutter. »Da Sommer ist, gibt es reichlich warmes Wasser in Eimern.«

John schaute Padraig an. »Eimer?«

»Ein Zugsystem, um das Wasser in den oberen Stock zu schaffen. Onkel Alex hat es im ersten Winter, den wir hier verbracht hatten, für Tante Maddie gebaut«, erklärte Padraig. »Es gibt mehrere Badewannen.«

»Es wäre sehr willkommen.«

Zu Padraigs Erleichterung brauchten sie nicht lange, um die Bäder vorzubereiten. Und eine Weile später saßen John und er gewaschen und rasiert vom Grant Clan umringt beim Essen, dass sie sich schmecken ließen.

»John, es wäre mir eine Ehre, wenn Ihr später mit mir über Eure Fähigkeiten sprechen würdet«, meinte Padraigs Mutter. »Wir können Dinge austauschen, die wir von unseren unterschiedlichen Erfahrungen gelernt haben. Ich habe schon immer mehr über meine Berufung erfahren wollen, und auf welche Weise ich den Menschen besser helfen kann.«

John schluckte einen Bissen, ehe er antwortete: »Aye, ich würde mich freuen, aber vielleicht am Morgen, nachdem ich einen guten Schlaf in einem bequemen Bett genossen habe.«

Sobald sie fertig waren, machte Padraigs Vater ihm ein Zeichen, in die Heilkammer zu kommen, während seine Mutter ihnen folgte und John nach oben in sein Bett ging.

»Wie lange ist John in dieser Zelle gefangen gehalten worden?«, fragte sein Vater. »Er sieht wie ein Skelett aus.«

»Er dachte, etwa zwei Wochen, ehe ich ankam und wir haben nur eine Schale Porridge am Tag bekommen. Nach einiger Zeit habe ich aufgehört, auf den Hunger zu achten, denn mein Bauch wusste, dass so bald nichts kommen würde.«

Seine Mutter stieß ein tiefes Seufzen aus. »Was hätten wir ohne Paddy getan? Nachdem Brodie uns erzählt hatte, was passiert war, haben wir Patrouillen ausgesandt, die nach demjenigen Ausschau gehalten haben, der dich verhaftet hat, aber wir hatten kein Glück. Wir hatten keine Ahnung, wo du warst. Alex hat eine Anfrage beim König eingereicht. Es war eine formelle Anfrage mit der Bitte um eine Untersuchung, aber ich verstehe immer noch nicht, wie du dort gelandet bist. Was ist passiert, Padraig?«

Sein Vater nahm seine Mutter an der Hand und führte sie zu einem Stuhl an einem Tisch, um Padraig dann ebenfalls zu ermuntern, sich zu setzen. »Immer mit der Ruhe, Caralyn. Gib unserem Jungen die Möglichkeit zu denken. Nach einer solchen Erfahrung ist es schwer, seine Gedanken zu ordnen.«

»Entschuldigung, Padraig. Wann immer du bereit bist.« Sie verschränkte die Hände im Schoß, doch ihr Blick blieb weiter auf ihm haften. Er verstand. Sie hatte Angst, er könnte verschwinden. So hatte er sich auch einmal bei Gisela gefühlt.

Padraig erzählte ihnen fast die ganze Geschichte von dem Moment an, als er Gisela zum ersten Mal gesehen hatte, bis zu Paddys gewagter Rettung.

Seine Mutter fuhr sich mit den Händen durchs Haar und nestelte mit den Strähnen, die von der gleichen Farbe wie die seinen waren, gleichwohl sich einige graue Haare darunter gemischt hatten. »Ich bin so froh, dass du jemanden gefunden hast, aber wenn du das Mädchen liebst, warum hast du ihr nicht einfach einen Heiratsantrag gemacht? Das wäre das Leichteste, um Donalds

Forderungen ein Ende zu machen.«

Padraig verschränkte die Arme vor sich. Er hatte diesen Teil ausgelassen, weil er beschämend war, doch in diesem Moment war kein Platz für Lügen oder Auslassungen. »Das habe ich. Sie hat mich abgewiesen. Ich habe sie gebeten, mit mir zu fortzugehen, und wir hätten das Land bereisen können, aber sie behauptete, dass sie den Matheson Clan nicht verlassen könnte. Sie hat das Gefühl, für ihre Nichte und ihren Neffen da sein zu müssen, um ihnen den Verlust ihrer Mutter und den Wechsel zu Brigid als ihre Stiefmutter leichter zu machen. Sie hat gezaudert, ihre Brüder zu verlassen. Das Mädchen hat einen ausgeprägten Sinn zur Treue gegenüber ihrem Clan. Und noch etwas.«

Er richtete den Blick zur Decke und dachte an den Schurken, der ihn gezwungen hatte, zu gehen.

»Ich denke, sie wird lernen, dich wertzuschätzen, während du fort bist. Vielleicht wird sie ihre Meinung in einer Weile ändern.«

Er schaute seiner Mutter direkt in die Augen. »Sie hatte Angst, er könnte sich an ihrer Nichte und ihrem Neffen vergreifen, wenn ich bliebe. Sie wird nicht einwilligen, Eddirdale zu verlassen, bis sie sicher ist, dass keine Gefahr droht.«

Seine Mutter keuchte auf. »Ist er denn so verdorben?«

»Das ist er. Man sagt, er hätte sich verändert. Jedes Mal, wenn ich ihn sehe, hält er sich die Hand an den Kopf, als würde er Schmerzen haben. Kennst du solch eine Krankheit? Und würde sie einen Menschen so verändern?«

»Ich kenne sie.« Alle drehten sich zu der Stimme um, die hinter ihnen erklang. John stand in der offenen Tür. »Verzeiht die Störung, Mistress, aber ich glaube, ich kann helfen. Ich konnte nicht schlafen und bin gekommen, um den Trost guter Gesellschaft zu suchen, nach so langer Zeit allein, und es scheint, als könnte ich in der Lage sein, etwas im Gegenzug anzubieten. Darf ich mich an der Unterhaltung beteiligen?« Er näherte sich der Gruppe, die sich um den Tisch versammelt hatte.

»Bitte setz dich. Ich würde mir gern deine Ansichten anhören«, entgegnete seine Mutter. »Und du musst mich Caralyn nennen.«

»Vielen Dank, Caralyn. Aye, Padraig, es gibt eine Krankheit, die ich ein oder zweimal vorher gesehen und mit anderen Ärzten besprochen habe. Sie kann einen Mann auf schreckliche Weise verändern. Eigentümliche Wucherungen können sich an vielen verschiedenen Organen wie den Lungen oder den Eingeweiden bilden – wie die Wucherung, die ich von dem Patienten zu entfernen versucht habe, dessen Bruder mich nun des Mordes beschuldigt. Einige dieser Wucherungen kommen im Gehirn oder unter der Schädeldecke vor. Abhängig davon, wo sie sitzen, können sie die Persönlichkeit eines Mannes vollkommen verwandeln.«

»Ich besinne mich auf etwas Ähnliches«, flüsterte seine Mutter traurig. Sie senkte den Blick und Padraig beobachtete, wie die Erinnerung in Phasen über ihr Gesicht huschte. Könnte er wirklich jemals alles verstehen, was sie durchgemacht hatte, alles, was sie als Heilerin gesehen hatte? »Ich hatte einen Patienten, einen jungen Vater und er war der liebevollste Mann. In kürzester Zeit verwandelte er sich und wurde hässlich und grausam. Sein gesamtes Wesen hatte sich verändert.«

»Warum? Hast du je den Grund dafür aufgedeckt?«, fragte Padraig.

Sie nickte und ein kurzer Anflug von Verlegenheit huschte über ihre Züge. »Tante Brenna war zu der Zeit hier. Sie dachte, es könnte eine Wucherung in seinem Kopf sein, wie John es beschrieben hat. Wir konnten nichts dagegen unternehmen. Keine unserer Medizin hatte irgendeine Wirkung und wir hatten nicht die Kenntnisse, die Schädeldecke zu öffnen, während er lebte. Innerhalb weniger Wochen starb er, und Brenna öffnete anschließend seinen Schädel, um nachzusehen. Sie fand eine Wucherung von der Größe einer Kastanie. Ihrer Ansicht nach hat ihm dies den Verstand geraubt.«

»Es gibt ein Anzeichen, das wir am häufigsten bei dieser Art von Patienten beobachten«, meinte John. »Kopfschmerzen. Ihr Kopf quält sie dermaßen, dass sie ihn mit den Händen festhalten und schreien. Viele Ärzte haben davon gesprochen, sie zu betäuben, bis sie sterben.«

»Gibt es eine Heilung für die Wucherung?«

John schüttelte den Kopf. »Es kann nichts getan werden. Eine Wucherung wie diese wird irgendwann tödlich sein, aber es ist schwer vorhersagbar, wie lange es dauert, bis der Tod eintritt.«

Wenn Donald also diese Art von Krankheit hätte, könnte er noch eine ganze Weile weitermachen. »Könnte es schlimmer werden?«

Seine Mutter nickte. »Aye, Tante Brenna sagt, dass die Wucherung weiter wächst und die Symptome sich mit der Zeit verschlimmern. Am Ende wirkt der Schmerz schwächend.«

Padraig ging unruhig im Raum umher, denn er fühlte sich zwischen Bedauern und Unsicherheit hin und hergerissen. »Als ich mich entschieden habe, Black Isle zu verlassen, war es, weil ich nicht wollte, dass noch irgendeine Frau wegen mir geschlagen würde. Und ich wusste, dass Gisela noch nicht für eine Heirat bereit war. Ich wollte nicht, dass unsere Heirat von Angst befleckt wäre. Lieber wollte ich warten, bis wir ohne Angst und dafür aber mit fröhlichem Lachen heiraten konnten. Ich stehe zu dieser Entscheidung, aber in einer Zelle eingesperrt zu sein, hat mein Denken auf vielerlei Art verändert. Ich hätte bleiben sollen. Wenn er mir den ganzen Weg bis hierher gefolgt ist, und dann nach Muir, was Gutes hat es dann bewirkt, zu gehen? Aber ich glaube auch, dass Gisela Zeit gebraucht hat, um auf ihr eigenes Herz zu hören.«

»Sie hatte in diesem vergangenen Jahr viel Tumult in ihrem Herzen«, meinte seine Mutter. »Es ist immer richtig, einem Mädchen nach so einer Zeit die Gelegenheit zu geben, wieder heil zu werden.«

»Das ist nur zu wahr. Ich denke, sie muss von Donalds Drohungen frei sein. Ich konnte die Anspannung sehen, die er ihr verursacht hatte.«

Sollte er zurückkehren? Nicht wegrennen, sondern zu ihr zurückkehren? Er brauchte Zeit, um über all das nachzudenken. Und zuerst musste er sich ausruhen. Sein eigenes Herz war alles andere als unbeschwert.

»Wenn du dieses Mädchen wirklich liebst, dann lebe dort, Padraig.« Sein Vater stand auf und fasste Padraig am Arm. »Wenn du mit deinen Cousinen dort bist, wirst du dich nicht wie ein Außenseiter fühlen. Black Isle liegt weniger als einen Zweitagesritt entfernt, also können wir dich mühelos besuchen, und mit der Zeit wird sie erkennen, dass eure Wege zusammenführen.«

Padraig starrte in den offenen Bereich des Raumes und dachte über seine Möglichkeiten nach. Es war ein vernünftiger Ratschlag, wenn er nur wüsste, wie er seinen Unterhalt verdienen sollte. Ein Krieger für den Matheson Clan zu werden, hatte keinen größeren Reiz für ihn als das Leben, das er als Grant Krieger führen würde. Er lachte beinahe bei der Vorstellung, es mit einem Bauernhof zu versuchen oder ein Handwerk zu erlernen.

»Was ist?« Seine Mutter beugte sich vor und ergriff seine Hand.

»Ich kann es erraten«, mischte sich sein Vater ein. »Du weißt immer noch nicht, was du im Leben tun willst. Möchtest du weiterhin reisen?«

»Wir haben uns darüber unterhalten, erinnerst du dich?«, fragte John und nickte ihm ermutigend zu.

»Mir steht noch immer der Sinn nach Reisen, aber nicht so ziellos. Und nicht länger allein. Ich habe meine Lektion darüber gelernt.« Er schaute auf seine Hände und dachte an all das, was sie besprochen hatten. »Und danke, John. Ich habe gelernt, dass meine Talente dort liegen, wozu ich mich am meisten hingezogen fühle.«

»Wunderbar.« Das Gesicht seiner Mutter hellte sich auf. »Und wozu fühlst du dich hingezogen?«

»Willst du immer noch wie dein Onkel sein?« Die Augen seines Vaters weiteten sich neugierig.

Padraig schüttelte mit dem Kopf. »Nein. Ich habe herausgefunden, dass ich gern mit Kindern und jungen Leuten arbeite. Wie mit Alick letzte Woche und Steenie in der Höhle.«

»Ja, du bist gut mit den Jüngeren. Deshalb habe ich dich mit den jungen Burschen auf dem Übungsplatz gewollt.«

»Und noch etwas ist mir klargeworden.« Er richtete seine Aufmerksamkeit auf seine Mutter und fasste ihre Hände über den Tisch hinweg. »Ich habe Freude am Heilen. Ich habe durch meine Arbeit mit dir so viel gelernt, Mama. Aber ich habe nie mit Kriegern arbeiten wollen. Es sind die Kinder, die mich erfüllen.«

Seiner Mutter stockte die Stimme. »O Padraig.«

»John sagt, es gäbe einen Arzt in London, der nur mit Kindern arbeitet. Er behandelt keine Erwachsenen. Ich denke, ich würde gern so etwas tun.«

Seine Mutter schlug die Hände zusammen und zu seiner Überraschung waren ihre Augen tränenverschleiert. »Du wärst wundervoll, insbesondere bei der Art, wie du scherzt und lachst. Dies ist in meinen Augen eine Gabe. Und von allem, was ich über Gisela gehört habe, liebt sie Kinder ebenfalls. Könnte sie nicht mit dir arbeiten?«

»Aye, du könntest reisen und Kinder heilen«, schlug John vor. »Manche Heiler reisen andauernd. Es gibt dort draußen viele Krankheiten. Der Mann, der nur Kinder behandelt, ist immer sehr beschäftigt. Dir wird es nie an Patienten mangeln.«

Padraig hatte solch eine Möglichkeit nie in Betracht gezogen, aber jetzt war er beinahe ekstatisch. Hatte er seine Lebensaufgabe gefunden? Er war so aufgeregt über die Möglichkeit, dass er *es einfach nicht abwarten konnte,* dies mit Gisela zu besprechen. Er hatte ein Gefühl, dass sie diese Idee ebenfalls lieben würde.

Allerdings mussten sie erst noch ihr augenblickliches Problem lösen: Donald.

Padraig war sicher, dass der Mann irgendwo zwischen dem Gebiet der Grants und Eddirdale Castle auf der Lauer lag. Er musste zu Gisela zurückkehren, was bedeutete, dass er allen weiteren Fallen ausweichen musste. Er würde nicht allein reisen, und er würde sich nicht so schnell geschlagen geben wie zuvor.

Keine Zellen mehr für ihn.

KAPITEL SIEBZEHN

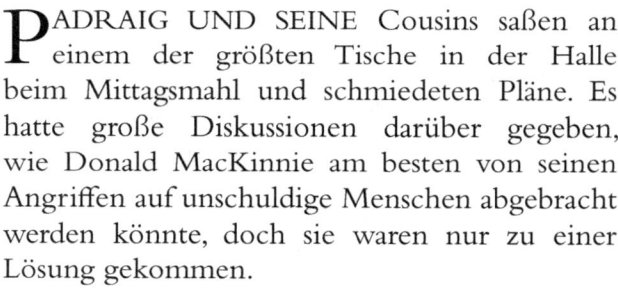

PADRAIG UND SEINE Cousins saßen an einem der größten Tische in der Halle beim Mittagsmahl und schmiedeten Pläne. Es hatte große Diskussionen darüber gegeben, wie Donald MacKinnie am besten von seinen Angriffen auf unschuldige Menschen abgebracht werden könnte, doch sie waren nur zu einer Lösung gekommen.

Sie mussten einen großen Trupp von Grant Kriegern mitnehmen und diese Sache ein für alle Mal klären. Und wenn sie Donald nicht aufspüren konnten, würden sie ihre Beschwerde an den Laird des MacKinnie Clans richten, selbst wenn Donald nicht dort wäre. Doch dieser Schritt erforderte Planung. Jake und Jamie hatten Connor und einige andere losgeschickt, um die Pferde vorzubereiten und das Zubehör zusammenzutragen, das erforderlich war, um in die Schlacht zu ziehen. Connor wäre für die Krieger verantwortlich, sodass es seine Aufgabe war, die Männer bereit zu machen. Sobald ihre Planungsphase abgeschlossen war, würden die anderen sich ihm anschließen. Und Padraig musste so rasch als möglich einen Boten zu Marcas schicken – der Mann musste über die Ankunft ihrer Streitmacht informiert werden.

Es stellte sich heraus, dass der Bote unnötig war. Ein paar Augenblicke nachdem Connor gegangen war, stürmte einer der Wachleute, die am Tor postiert waren, zur Tür herein. »Padraig, hier ist jemand, der dich sehen will. Ein Bote von Black Isle.«

Fast hätte Padraig seinen Stuhl umgeworfen, als er aufsprang.

Lieber Himmel, bitte lass es nicht noch ein Sheriff sein.

Dieser Gedanke ließ ihn zur Tür rennen und er war nicht überrascht – und nicht nur ein bisschen erleichtert – seinen Vater und Jake hinter ihm herlaufen zu sehen. Er war froh, ihre Schwerter im Rücken zu haben, selbst wenn es nicht die Aufgabe des Lairds war, über alles Bescheid zu wissen, was sich auf Grant Land zutrug.

Als sie den Hof überquerten, schlug sein Bauch Purzelbäume und die Angst wuchs immer mehr in ihm.

Hatte Donald Gisela gefunden?

Hatte der Schurke eine andere Frau angegriffen?

Hatte er sich eine andere falsche Anschuldigung einfallen lassen?

Als wäre sein Vater in der Lage, seine Gedanken zu lesen, erklärte er: »Niemand wird dich von Grant Land fortbringen, Padraig. Selbst wenn der König höchstpersönlich kommen würde, um dich zu holen.«

Er hoffte, sein Vater behielte recht.

Aber es war Torcall, der mit seinem erschöpften Pferd vor dem Tor wartete, und nicht der Sheriff.

»Lasst ihn ein«, sagte Padraig an die Grant Wachen gewandt, die dem Ankömmling den Weg versperrten. »Er ist ein Matheson Krieger und ein guter.«

Torcall ritt herein und nickte Padraig zu. »Marcas schickt mich. Gisela wird vermisst. Er glaubt, Donald hätte sie geraubt, und möglicherweise zur Heirat gezwungen. Genau das hoffen sie gerade. Dass er sie genommen hat, anstatt weitere unschuldige Mädchen zu schlagen. Marcas glaubt nicht, dass Donald Gisela wirklich wehtun würde.«

Seine Gedanken wanderten zu den Worten seiner Mutter und Johns am gestrigen Abend und der Möglichkeit, dass der Mann eine Wucherung im Kopf hatte. Wenn dies wahr wäre, dann könnte es mit Donald schlimmer werden – er könnte mit der Zeit wütender, grausamer und weniger vorhersehbar sein. Er könnte sich gegen Gisela wenden. Padraig musste bald dort ankommen.

»Hat er eine eindeutige Nachricht an Marcas gesandt oder andere Forderungen gestellt? Er ist ein Mann, dem es gefällt, wenn andere wissen, was er tut. Er scheint sich immer für andere in Szene zu setzen.«

»Nein, bislang ist kein Bote eingetroffen«, entgegnete Torcall. »Thebe ist auch fort. Sie hat Nonie erzählt, sie würde ihre Mutter zuhause besuchen, doch sie ist nie dort angekommen. Ihre Mutter kam zum Castle, um sie zu besuchen, und war sehr überrascht, Thebe nicht dort aufzufinden. Andererseits hätten wir nicht einmal gewusst, dass Thebe vermisst wird.«

»Komm herein und iss etwas. Du bist eingeladen, über Nacht zu bleiben, aber wenn du dich entscheidest, heute zurückzukehren, wirst du zumindest ein frisches Pferd haben«, entgegnet Jake. »Wir werden alles in unserer Macht Stehende tun, um zu helfen.«

Torcall nickte und antwortete: »Das wird sehr geschätzt, Chief.«

Wieder in der Halle, schickte Jake eine große Gruppe von Wachmännern aus dem Hauptturm zu den Übungsplätzen, da das Mittagsmahl gerade geendet hatte. Sie sollten noch ein bisschen praktizieren, und dann würden sie sich ebenfalls für den Ritt nach Black Isle vorbereiten.

Jake zeigte auf die Platten mit Essen, die noch immer auf dem Tisch standen. »Nimm dir, was immer du willst.« Er rief eine Dienstmagd herbei. »Bring ihm, was immer er trinken möchte.«

Sobald sie sich gesetzt hatten, fragte Padraig. »Haben Marcas und seine Brüder einen Plan?«

Torcall biss in eine Scheibe dunkles, krustiges Brot und kaute, wobei er mit dem Kopf schüttelte. Er murmelte zwischen den Bissen. »Sie haben Shaw und Ethan losgeschickt, um mit dem Laird der MacKinnies zu sprechen, aber Marcas war sicher, dass Donald nicht dort wäre. Donald würde nie wagen, Gisela zu rauben und sie zu seiner Burg zu bringen. Er muss sie versteckt haben. Patrouillen haben nach ihr gesucht, aber bislang kein Anzeichen von ihr entdecken können. Das war vor zwei Tagen. Er hofft, dass der Laird der MacKinnies ebenfalls seine eigenen Männer ausschicken wird, da sie das Land besser kennen. Wahrscheinlich weiß er genau, wo er nach seinem Sohn suchen muss.«

»Oder der Schurke weiß bereits, wo Gisela ist, und muss gar nicht suchen.« Padraig schaute seinen Vater und Jake an. »Ich werde mit Torcall zurückkehren. Ich muss helfen, Gisela zu finden.« Allerdings würde er nichts allein versuchen. Dieses Mal nicht. Seine Tage in dieser Gefängniszelle hatten ihn dies gelehrt. Er brauchte seinen Clan bei sich. Es stellte sich heraus, dass er sich keine Sorgen darum machen musste.

»Du wirst einen kleinen Trupp Grant Krieger mitnehmen«, gebot sein Vater.

Padraig schaute zu Jake und der Laird nickte zustimmend. »Aye, als Letztes habe ich gehört, dass Jamie und Connor beschlossen haben, einhundert Krieger mitzunehmen. Auf Grundlage dieser neuen Informationen, werden wir uns bald auf den Weg machen und vielleicht eine zweite Streitmacht losschicken.«

Padraig stand auf, als Jake sich erhob und seine Bewunderung für seinen Cousin war stärker als je zuvor. Er war Onkel Alex´ ältester Sohn und als Jamies Zwilling hatten die beiden die Führerschaft für den Clan gemeinsam übernommen, was sie ebenso gut meisterten wie ihr Vater zuvor. Die Macht, die ihr Clan besaß, war erstaunlich. Manchmal war er eifersüchtig gewesen, als Abkömmling des jüngeren Bruders, Robbie, geboren worden zu sein, anstatt von Alex, dem ältesten der fünf Grant Geschwister,

doch darüber war er schon lange hinweg. Jake
passte weit besser in die Rolle des Lairds als er
selbst.

»Ich weiß es sehr zu schätzen, was du alles tust,
Jake«, meinte Padraig, »aber insbesondere deine
Hilfe jetzt. Die Mathesons sind ein guter Clan.«

»Wir wissen das«, entgegnete Jake und fasste
Padraig auf dem Weg nach draußen an der
Schulter. »Und ich bin immer hier, um meine
Cousins zu unterstützen. Denke daran, Padraig,
wo auch immer du bist. Gleichwohl ich ganz
bestimmt Paddys Hilfe bei diesem besonderen
Vorkommnis zu schätzen weiß.« Er grinste und
ging, wobei er über die Schulter zurückrief: »Ich
werde dieses verrückte Pony nie verstehen.«

Padraig setzte sich und war nicht überrascht,
Torcall mit fragend hochgezogener Augenbraue
zu sehen. »Ein verrücktes Pony?«

»Wenn das Pony nicht gewesen wäre, würde
ich vielleicht immer noch im Gefängnis sitzen.«

»Im Gefängnis? Du?«

»Aye, wir vermuten, dass Donald mir eine
Geschichte angelastet hat, in der ich eines
Diebstahlversuches in Rosemarkie bezichtigt
wurde, und mir den Sheriff auf den Hals gehetzt
hat.«

Torcall nickte langsam. »Der Sheriff von
Cromarty ist gut Freund mit Fearchar MacKinnie.
Dieser Mann könnte überzeugt werden, alles
für ein paar Goldmünzen zu tun – was auch
deine Verhaftung für ein erlogenes Verbrechen
einschließt. Himmel, der Mann ist selbst ein
Verbrecher. Und du behauptest, ein Pony hätte

dir bei der Flucht geholfen?«

»Das ist schwer zu glauben, aber es stimmt. Ich werde es später erklären. Lass uns im Augenblick Pläne machen, wie wir am besten helfen können.«

»Setze uns als Allererstes über die wichtigsten Informationen ins Bild«, meinte sein Vater, Robbie. »Wie viele ernstzunehmende Krieger gehören dem Matheson Clan an? Und wie viele dem MacKinnie Clan? Und wie viele Verbündete werden zur Hilfe kommen, wenn die MacKinnies zum Kampf aufrufen?«

Torcall schaute Padraig an, ehe er antwortete: »Die Miltons werden sich ihnen anschließen. Zusammen wahrscheinlich dreihundert. Aber das ist nur eine Schätzung. Wir sind gut unter einhundert Mann. Ich denke, es waren bei der letzten Zählung etwa sechzig und nicht alle sind gut ausgebildete Schwertkämpfer.«

»Irgendwelche Bogenschützen?«

»Einige Jäger und wer immer von den Ramsays zu Besuch ist. Wir unterrichten einige, aber sie zählen auch zu den Schwertkämpfern.«

Padraig schaute zu seinem Vater. »Sollten wir mehr mitnehmen?«

»Jake kann einhundert bereit haben, die jetzt mit euch aufbrechen. Später kann er weitere einhundert oder zweihundert auf den Weg schicken, aber es dauert etwas, um so viele Männer reisebereit zu machen. Wir können nicht zulassen, dass ihr ungeschützt aufbrecht. Versprich mir, dass du bei der Gruppe bleibst, Padraig. Wenn deine Mutter erfährt, dass du wieder gefangen genommen wurdest, weiß ich nicht, ob sie das überleben wird. Sie hat es jedes Mal sehr schwer genommen, wenn eine Patrouille ohne Anzeichen von dir zurückgekehrt ist.«

»Ich habe meine Lektion jetzt gelernt. Ich werde nichts mehr riskieren. Den Männern, die bei Braden hinter mir her gewesen waren, war mein Name gleichgültig gewesen und sie hatten sich nicht wegen Alex Grant gesorgt. Das habe ich noch nie zuvor erlebt.«

»Zu dumm«, meinte sein Vater. »Sie werden eines Besseren belehrt werden. Die ganze Bande wird sich an unseren Namen erinnern, wenn wir mit ihnen fertig sind.«

»Ich bin so froh zu sehen, wie stark die Unterstützung unseres Clans sein kann, gleichwohl ich uns vielleicht mehr Ärger eingebrockt habe als erforderlich. Ich war töricht, Papa. Bitte verzeih mir für meine Art. Meine Tage des Alleinreisens sind vorüber. Jetzt erkenne ich die Weisheit darin.«

Sein Vater schlug ihm liebevoll auf den Rücken. »Gleichwohl deine Mutter sich Sorgen gemacht hat, hat der Rest von uns nichts gegen ein bisschen Ärger ab und zu. Das hält uns in Form.«

Padraig schaute seinen Vater verblüfft an.

Der selbstzufriedene Ausdruck auf dem Gesicht seines Vaters erklärte seine Gedanken ein bisschen. Sie würden die eine oder andere Geschichte über eine der vielen Schlachten zu hören bekommen, die der Grant Clan in der Vergangenheit ausgetragen hatte.

»Das erinnert mich an die alten Tage, als wir den Grant Clan gerade aufgebaut hatten. Einige

Narren waren der Annahme, dass wir ein kleiner Clan waren, der sich im Nu auslöschen ließe. Sie wurden eines Besseren belehrt, als wir mit unserer Streitmacht, von Highland Kriegern ins Flachland kamen. Das waren gute Zeiten.«

Torcall schaute den alten Krieger ehrfürchtig an. »Ich wünschte, ich könnte hierbleiben, um noch weitere Geschichten zu hören.«

»Ein anderes Mal, Junge. Ich werde die Krieger mit Jake koordinieren. Wenn ihr bereit seid, werden sie bereit sein.« Sein Lächeln wurde noch breiter, wenn das überhaupt möglich war. »Sie mögen die Bogenschützen der Ramsays gesehen haben, aber die Grant Krieger haben sie bislang nicht getroffen.«

Torcall lachte.

Donald stürmte durch die Tür und schmiss sie hinter sich zu.

Thebe wirbelte herum und eilte an seine Seite. »Ich bin so froh, dass du zurück bist.«

Sie streckte die Hand nach ihm aus, doch er hob seinen Arm und stieß sie kräftig beiseite.

»Ich habe keine Zeit. Ich muss den Priester holen, damit er uns schnell traut. Binde sie los.«

»Uns? Dich und mich?« Thebes hoffnungsvoller Ausdruck ließ in Gisela ein Gefühl aufsteigen, das an Mitleid grenzte. Bis sie Gisela angrinste, während sie sich an den Knoten ihrer Fesseln zu schaffen machte.

»Nein, nicht du, du Närrin«, grollte Donald. Sobald Gisela losgebunden war, packte er sie am

Arm und zog sie hoch. »Wir werden uns auf dem Land der MacKinnies mit dem Priester treffen und heute Abend heiraten.«

»Aber Donald, warum die Eile?«, fragte Thebe, während die Tränen in ihren Augenwinkeln glitzerten.

»Grant Krieger sind auf dem Weg hierher. Einer der Wachmänner der Mathesons ist zu ihnen geritten und hat sie um Hilfe ersucht. Wenn wir verheiratet sind, können sie nichts unternehmen. Kleide dich an, Gisela. Mach dich präsentabel. Ich werde in einer Weile zurück sein.«

Er trat nach draußen, doch nach seiner brüllenden Stimme zu urteilen, als er mit einem anderen Mann stritt, ging er nicht weit.

»Wer ist dort, Thebe?« Gisela ging hinüber und spähte über Thebes Schulter zur Tür hinaus.

»Der Sheriff von Cromarty.«

Donalds Stimme drang klar zu ihnen. »Ich werde jetzt den Priester holen. Wir werden bei Einbruch der Nacht verheiratet sein.«

Der Sheriff antwortete, wenngleich Gisela Schwierigkeiten hatte, seine Worte zu verstehen. »Das solltest du auch besser tun. Ich kann dir nicht mehr helfen. Ich will das Geld, das du mir versprochen hast.«

Donald kam wieder hereingestürmt, was die beiden Frauen von der Tür wegspringen ließ, ehe er einen kleinen Beutel ergriff, den er in einem Schrank versteckt hatte. Dann kehrte er zum Sheriff zurück. »Mehr als deine Hilfe wert war. Verschwinde.«

»Bist du sicher, dass dies hier alles ist? Ich muss

gehen, ehe sie ankommen. Ich kann nicht mit dir gesehen werden.«

»Das ist alles, was du bekommst. Geh mir jetzt aus den Augen.«

Der andere schritt auf Donald zu, bis sein Gesicht weniger als eine Handbreit von seinem entfernt war. »Ich werde dir nicht mehr helfen. Du kannst dich nicht mehr beherrschen, MacKinnie.«

Dann saß der Sheriff auf und ritt davon. Donald schwang sich auf sein eigenes Pferd und folgte ihm einen Augenblick später.

Gisela wusste, dass dies ihre letzte Chance war. »Thebe, lass mich bitte gehen.«

»Nein, das werde ich nicht.« Sie schnappte einen Hammer vom Tisch und hielt ihn sich über den Kopf. »Ich werde dir den Schädel spalten und ihm erzählen, dass du gefallen bist. Er wird mich umbringen, wenn du bei seiner Rückkehr nicht hier bist.«

Gisela musste das Risiko eingehen. Sie war jünger und kräftiger als die Dienstmagd, und wäre der Hammer nicht gewesen, hätte sie nicht gezögert. Sie sprang Thebe an und zusammen fielen sie zu Boden, um ein, sich windendes Knäuel aus Wut und Verzweiflung zu bilden. Gisela kämpfte um den Hammer und rang ihn Thebe aus den Händen.

Dann rannte sie und Thebe jagte ihr mit einem verzweifelten Schrei nach. Im Wald angekommen, lief sie weiter und trug den Hammer mit sich.

Sie riskierte einen Blick über die Schulter und ein Kloß bildete sich in ihrem Hals. Thebe hatte ein kleines Schwert ergriffen und sauste direkt auf sie zu. Ihre Augen waren hasserfüllt und zeigten einen Wahnsinn, den Gisela nie zuvor erlebt hatte. Sie duckte sich hinter einer Baumgruppe und versuchte verzweifelt, ihren Atem zu beruhigen, denn ihr Keuchen würde sie verraten, während sie darauf wartete, dass Thebe sie einholte. Als das Gesicht der Frau auftauchte, sprang Gisela sie von der Seite an und warf den Hammer in ihre Richtung, um sie niederzustrecken. Der Hammer flog direkt an seinem Ziel vorbei und prallte ins Unterholz, während sie in den Blättern und Stöcken des Waldbodens ausgestreckt dalagen.

Thebe lag bewegungslos neben ihr, und nach dem Whuff, das ihr entfuhr, als sie zu Boden ging, gab sie nicht einmal mehr ein Geräusch von sich. Gisela rückte von der Frau ab und versuchte zu verstehen, was passiert war. Dunkelrotes Blut breitete sich über das Kleid der Frau aus. Sie rollte Thebe auf den Rücken und schnappte nach Luft. Das Schwert ragte ihr aus dem Bauch.

Thebe schaute sie schockiert an und ihr Mund formte Worte, doch es kam nur rosa Schaum über ihre Lippen, der merkwürdig gurgelte. Der glasige Blick aus Thebes Augen sagte Gisela, dass diese Frau die Welt verließ. Gisela wimmerte, als sie beobachtete, wie das Lebenslicht erlosch.

Thebe war tot.

Vor Angst keuchend rappelte sich Gisela auf. Sie hatte gerade eine Frau getötet, die im Dienst ihres Clans gestanden hatte. Wegen ihr war jemand gestorben. Die Erinnerung daran, dass sie sich hatte verteidigen müssen, linderte ihre Schuld nicht. Sie drehte den Stoff ihres schmutzigen Kleides zwischen den Händen, und zog fest daran, bis sie einen kleinen Schrei ausstieß.

Fieberhaft drehte sie sich im Kreis und hielt Ausschau nach Donald oder seinem Komplizen, aber sie sah niemanden. Sie kämpfte das Schluchzen tief in sich zurück, damit es nicht ausbrach, und zwang sich, aufzuhören und zu Denken. Sie musste schnell vorwärtskommen. Ein Pferd.

Sie kehrte zu dem Häuschen zurück und rief sich in Erinnerung, dass sie Donald nur kurz zuvor hatte fortreiten sehen. In einem Schuppen hinter dem Haus fand sie ein kleineres Reittier, das vermutlich Thebes war.

Sie brauchte eine Waffe, aber sie würde nicht – denn sie brachte es nicht über sich – zu Thebes Körper zurückkehren und das Schwert herausziehen. Stattdessen durchsuchte sie das Häuschen und fand einen kleinen Dolch in einer Scheide, den sie an ihrem Gürtel befestigen konnte.

Rasch saß sie auf und folgte dem Pfad, den Donald und der Sheriff genommen hatten, in der Hoffnung, dass er sie in Richtung Küste führen würde. Sie musste sich orientieren, ehe Donald zurückkehrte. Trotz des höheren Risikos wäre sie auf dem offenen Pfad zu Pferd schneller, als wenn sie den Weg durch die Wälder wählte. Die Entfernung war nun ihre höchste Priorität.

Nach geraumer Zeit traf sie endlich auf die Küste und der Geruch des Fjords sagte ihr, wo sie sich befand. Sie hielt am Waldrand an und

ignorierte die Gnitzen, die sie plagten, während
sie zu entscheiden versuchte, wie weit sie die
Küste hinunter war, und wie weit genau sie
reiten musste, um das Gebiet der Mathesons zu
erreichen.

Sie war noch nicht weit gekommen, als sie
Pferdegetrappel hinter sich hörte, also lenkte sie
ihr Reittier tiefer unter die Bäume und betete,
dass sie von wem auch immer es war, nicht
gesehen würde. Sie hielt den Atem an, und
hätte beinahe aufgekeucht, als das Pferd an ihr
vorbeiritt. Donald.

Aber er hielt nicht an und sie stieß den
angehaltenen Atem in einem Schwall aus.

Ihr Pferd schien ihre Erleichterung zu teilen,
oder vielleicht freute es sich auch einfach nur,
seinen Stallgefährten zu sehen. Es stieß ein
Wiehern aus und Gisela quiekte überrascht.
Donald blieb stehen. Ihr Herz hämmerte gegen
ihre Rippen, als sie zusah, wie er die Gegend
absuchte und sich die Zeit nahm alles im Wald
zu begutachten, während er der Küste des Fjords,
die nur ein kurzes Stück entfernt lag, wenig
Aufmerksamkeit schenkte.

Sie hätte hineinspringen und zu ihren Brüdern
schwimmen sollen. Dann hätte er sie nie
eingeholt.

Nach einer scheinbar unendlichen Zeitspanne
drehte er sich endlich wieder nach vorn um, und
ergriff die Zügel seines Pferdes.

Doch ihr Pferd betrog sie mit einem weiteren
Schnauben.

Er riss den Kopf herum und dann drehte er

schließlich ganz um, bis er seinen Weg zu ihr zurückfand. Mit seinem Blick suchte er den Boden ab und dann sah er wieder zu den Bäumen, und sie fluchte, weil ihr bebender Körper sie verraten würde.

Er zeigte ein breites Lächeln. »Da bist du meine Liebste.«

Er hatte sie gefunden.

KAPITEL ACHTZEHN

PADRAIG UND TORCALL brachen am Morgen mit über einhundert Kriegern auf, die sich stetig auf Black Isle zubewegten. Auf ihrem Ritt hatte er reichlich Zeit, über sein Leben nachzudenken.

Er dachte an John de Bethune, den er nie vergessen würde und den er wiederzusehen hoffte. Gleichwohl er traurig gewesen war, ihn ziehen zu sehen, hatte der Arzt ihm versichert, dass er noch viele Dinge zu erledigen habe, und er wolle nach London zurückkehren, um mehr über das Heilen zu lernen – eine Entscheidung, die er getroffen hatte, um eine erneute Verhaftung in den Highlands zu verhüten.

Plötzlich hatte Padraig den Wunsch, es ihm gleichzutun – und mit seinem Leben weiterzumachen. Er wollte Gisela finden, ihr einen Antrag machen und sie heiraten. Er wollte einen Weg finden, wie sie beide als Heiler zusammenarbeiten konnten. Er wollte eigene Kinder haben. Die Möglichkeiten waren endlos. Für den Fall, dass sie zustimmte, war er allerdings unter diesen Umständen noch nicht bereit, das

Land zu bereisen.

Eine Gruppe von hundert Männern und Pferden bewegte sich langsamer als ein einzelner Mann, und als die Nacht hereinbrach, machten sie Rast. Inverness lag nur wenige Meilen entfernt, und somit wussten sie, dass Black Isle nicht weit war.

Padraig wandte sich an Torcall, der als Wegweiser neben ihm ritt. »Was sagst du von hier aus?«

»Da es schon fast dämmert, würde ich vorschlagen, wir reiten mit einer kleinen Gruppe nach Inverness und finden heraus, was mit den Clans auf Black Isle los ist. Das wird in jedem Gasthaus oder jeder Taverne bekannt sein. Donald und seine Missetaten haben sich herumgesprochen. Vor allem, seit er seinen Vater verlassen hat. Alle wissen, dass der Laird der MacKinnies nach ihm sucht. Und sie haben alle von Dagga und Gisela gehört. In der Stadt wird viel getratscht.«

Padraig und Torcall überquerten das Lager zu seinem Cousin Connor. »Torcall und ich machen uns auf den Weg nach Inverness, um so viele Informationen wie möglich über den aktuellen Stand der Dinge auf Black Isle zu sammeln.«

»Sobald wir Gewissheit über die Verbündeten und deren Bewegungen haben, können wir unsere Pläne wirkungsvoller gestalten«, meinte Torcall.

Connor nickte zustimmend. »Heute Nacht scheint der Mond sehr hell, und somit könnte es also die beste Zeit für einen Angriff sein. Ich bin gerne bereit, unsere hundert Mann gegen

MacKinnies zweihundert oder sogar dreihundert mit seinen Verbündeten einzusetzen. Männer, die nicht für ihren eigenen Clan kämpfen, sind leichter zu besiegen. Jeder unserer Männer kann drei der ihren ausschalten«, versicherte er mit einem Lächeln, und die allgegenwärtige Zuversicht der Grants flackerte in seinen Gesichtszügen auf.

Padraig fühlte einen plötzlichen Stolz, als Torcall ihn mit fragend gerunzelter Stirn ansah. »Wahrhaftig?«

Connor gluckste. »Wahrhaftig. Finde heraus wie viele und wo sie sich befinden. Ich werde unsere Männer gern in die Schlacht führen.«

»Wir können von den Mathesons sechzig Mann dazugewinnen.«

»Der MacKinnie Clan liegt nördlicher als Eddirdale?«

»Ja, er liegt weiter oben auf der Insel, und der Ritt dauert um einiges länger.«

»Wie lange braucht es nach Inverness und zurück?«

»Nicht lang für den Ritt hin- und zurück, plus die Zeit, die wir uns dort aufhalten, um die neuesten Nachrichten zu sammeln.«

»Perfekt. Wir werden einen kurzen Schlaf halten und gegen Mitternacht kampfbereit sein.«

»Ich werde euch bei unserer Rückkehr wecken«, entgegnete Padraig.

»Nicht nötig. Ich werde dich hören«, witzelte Connor lachend. Er rief einer Traube von Männern etwas zu, worauf sich eine Gruppe von zehn Mann löste, saß wieder auf und ritt hinüber. »Für den Fall, dass es Ärger gibt«, meinte er zwinkernd zu seinem Cousin.

Belustigt schüttelte Padraig den Kopf und lenkte sein Pferd schmunzelnd in Richtung Inverness. Hinter ihm bellte Connor den im Lager verbliebenen Männern Anweisungen zu.

Sie ritten schweigend nach Inverness, und sobald sie in der Stadt ankamen, führte Torcall sie zu einem belebten Gasthaus. Padraig sandte sechs Männer ins Stadtzentrum, um mit den männlichen Stadtbewohnern zu sprechen, die noch auf den Beinen waren und im nächsten Bordell Wein oder Gesellschaft suchten, während er Torcall in die Gaststube folgte und die anderen vier Krieger draußen warten ließ.

»Torcall!«, rief jemand, sobald sie eintraten. Der Matheson Krieger marschierte unverzüglich zu dem Mann und seinen Begleitern hinüber. Padraig kannte ihn nicht, doch ihre Begrüßung war sehr herzlich. »Was um alles in der Welt machst du hier? Ich habe gehört, der Matheson Clan soll angegriffen werden. Könnte etwas Wahres daran sein?«

»Wie bitte? Vor zwei Tagen erst bin ich von dort weggegangen. Was sind das jetzt für Neuigkeiten?«

»Es heißt, MacKinnie hält Marcas' Schwester gefangen, aber Matheson hat den Priester in seiner Gewalt. Der Laird der MacKinnies hat jedem einen großzügigen Lohn angeboten, der auf seiner Seite kämpft. Wie ich auch gehört habe, hat er den Milton Clan um Unterstützung ersucht.«

Torcall fluchte leise vor sich hin. »Danke, MacHeth. Wirst du mit uns kämpfen? Wir können nicht erlauben, dass Gisela durch die Hand eines Verrückten zu Schaden kommt.«

»Darum bin ich hier. Ich bringe mehr Männer zur Unterstützung. Morgen sind wir dort.«

»Weißt du, auf wie viele Männer MacKinnie zählen kann?«

»Es wird geredet, dass es fünfzig mehr sein könnten als die zweihundert, die er bereits zur Verfügung hat. Ihr werdet Hilfe nötig haben, nachdem der Fluch eure Reihen so stark dezimiert hat.« Die anderen Männer am Tisch hörten genau zu und nahmen alles auf, was gesagt wurde.

Padraig ergriff das Wort. »Wir haben Unterstützung mitgebracht, wenn auch nicht annähernd zweihundert. Wir haben einhundert Grant Krieger, und bald werden noch mehr kommen. Wir sind dankbar, dass ihr auf unserer Seite steht. Wo halten sie Gisela gefangen?«

»Als Letztes haben wir gehört, dass Donald sie versteckt hält, aber vorhat, sie für die Vermählung nach MacKinnie Castle zu bringen.«

»Vermählung!«, rief Torcall fluchend. »Es wird keine Vermählung geben.«

»Sie könnte inzwischen bereits verheiratet sein, wenn es ihnen gelungen ist, den Priester vom Matheson Land zu holen.«

Padraig nickte den Männern zu. »Vielen Dank euch allen, aber wie ich sehe, haben wir keine Zeit zu verlieren.«

Torcall dankte den Männern am Tisch und folgte Padraig nach draußen. Die ausgeschickten Späher versammelten sich, und Padraig fragte:

»Habt ihr etwas gehört?«

Alle hatten die gleichen Nachrichten gehört, die auch Padraig und Torcall gesammelt hatten. Ein Mann fügte hinzu: »Die meisten vermuten, dass Eddirdale morgen von MacKinnie angegriffen werden wird. Donald will den Priester holen, und er wird tun, was er muss.«

Padraig nickte mit zusammengepressten Lippen. Bilder von Gisela schossen ihm durch den Kopf, wie sie gefesselt von Donalds Armen gehalten wurde. Der schlimmste Gedanke jedoch – und er konnte nicht verhindern, dass er in seinem Verstand immer heller wie das Licht einer weißen Rose im Sommermond aufblühte – war: Er könnte zu spät kommen.

Sie konnte bereits Donalds Frau sein.

Donald packte die Zügel von Giselas Pferd mit einem Ausruf. »Du bist ein stures Weib, nicht wahr, Mädchen? Und ich werde dich nie wieder loslassen. Ich weiß nicht, wie du es geschafft hast, Thebe zu entkommen. Sie würde mit dem Teufel kämpfen, nur um mir zu gefallen, aber ich brauche sie nicht, wenn ich den Liebesakt mit dir vollziehe.« Er sah sie an und wackelte dabei mit den Augenbrauen. »Vielleicht behalte ich sie, wenn wir verheiratet sind. Es wird von Vorteil sein, ein willfähriges Weib in meinem Bett zu haben.« Er verlangsamte sein Pferd und beugte sich vor, um sie auf sein eigenes Pferd zu heben. Sie tat ihr Bestes, um ihn wegzustoßen, doch er hielt es für ein Spiel, und nach allem, was sie hinter sich hatte, schwanden ihr die Kräfte.

Gisela blieb still. Sie beabsichtigte keineswegs, ihm zu erzählen, was in Wirklichkeit mit Thebe geschehen war.

Donald bedachte sie mit einem eigentümlichen Blick, ehe er sein Pferd antrieb und in die Richtung lenkte, aus der sie gerade gekommen war. Sie verlegte sich auf fortwährendes Beten und ignorierte alles, was Donald redete, wobei sie ihren Rücken so gerade wie möglich hielt, um den Schurken nicht zu berühren.

Er plauderte jedoch unaufhörlich, und seine Stimme bohrte sich in ihr Bewusstsein, ob sie es nun wollte oder nicht.

»Du wirst glücklich werden. Du wirst sehen, Gisela. Ich werde gut für dich sorgen. Für mich bist du die Einzige. Das ist Schicksal. Mein Vater hat das vor langer Zeit gesagt. Als ich dich kennenlernte, wusste ich, dass wir unser Leben gemeinsam verbringen werden. Wir werden ein Dutzend prachtvoller Söhne bekommen. Ach, ich nehme an, du wirst ein oder zwei Mädchen wollen, also werden wir vielleicht vierzehn Kinder haben, wenn wir fertig sind. Ich werde einen Flügel an die Burg anbauen lassen. Einen neuen Turm. Genau das werden wir brauchen. Sobald wir verheiratet sind, werde ich mit dem Bau anfangen.«

Gisela schloss die Augen und betete um Gleichmut und für Padraig. Warum hatte sie ihren gut aussehenden Grant abgewiesen? Sie liebte Padraig von ganzem Herzen. Nach allem, was sie inzwischen hinter sich hatte, wusste

sie, dass sie Padraig folgen würde, wohin auch
immer er gehen mochte. Vielleicht könnten
sie übereinkommen, ihre Zeit aufzuteilen. Ein
halbes Jahr auf Reisen und ein halbes Jahr bei
den Mathesons.

So sehr sie ihre kleine Nichte und ihren Neffen
auch liebte, war ihr dennoch bewusst, dass sie
ohne Padraig in ihrem Leben nie glücklich sein
würde. Und Kara und Tiernay hatten Brigid eher
ins Herz geschlossen und Zutrauen zu ihr gefasst,
als sie erwartet hatte. Zuerst hatte es ihr wehgetan,
als die Kinder sich der Neuen zuwandten und
nicht ihr selbst, doch jetzt war ihr klar, dass es
für die beiden das Beste war. Marcas liebte
Brigid, und ihre Familie würde gemeinsam ein
tiefes Glück finden, das Marcas mit Freda nicht
beschieden gewesen wäre. Marcas und Brigid
hatten ihr aufgezeigt, wie Liebe aussah, und dies
strebte sie auch mit Padraig an. Nur mit Padraig.

»Donald, bitte. Du liebst mich nicht, und ich
liebe dich nicht. Bitte lass mich gehen. Wir haben
uns auseinandergelebt, und ich möchte meinen
Bruder niemals verlassen.«

»Unsinn. Du bist mein Eigentum und du wirst
lernen, mich zu lieben.« Er löste eine Hand von
den Zügeln des Pferdes, und Gisela drehte sich
zu ihm, um zu sehen, was er tat. Würde er sie
schlagen? Doch nein. Er fuhr sich mit der Hand
an den Kopf und hielt ihn fest. Er verkniff das
Gesicht, als ob er Schmerzen hätte.

»Was ist los, Donald?«

»Nichts. Manchmal tut mein Kopf weh. Vor
allem, wenn du davon sprichst, mich zu verlassen.«

Er rieb sich den Schädel mit den Fingerknöcheln. Heftig. Als ob er sich züchtigen wollte, damit seine Probleme verschwänden.

»Donald, ich liebe einen anderen. Das wusste ich vorher nicht, aber jetzt bin ich mir dessen gewiss.«

»Wie kannst du einen anderen lieben, wenn ich für dich hier bin? Ich bin der Beste für dich. Das sagt das Schicksal.« Er schloss die Augen und lenkte sein Pferd beinahe gegen einen Baum, worauf ihr Pferd gezwungen war, ihm zu folgen. Das führende Pferd wich im letzten Moment aus, aber ihr Pferd konnte nicht ausweichen.

»Hab acht!«, rief Gisela aus. Sie bedeckte das Gesicht mit den Händen und neigte sich zur Seite, damit sie nicht gegen den Baum schrammten, als sie zu nah an ihm vorbeiritten.

Donald riss das Pferd herum und lenkte es auf den richtigen Weg, und es schnaubte aus Protest gegen die grobe Behandlung.

»Donald, falls du mich wirklich liebst, wirst du mich glücklich sehen wollen. Mein Herz verzehrt sich nach ihm. Er hat das schönste Lächeln, und er bringt mich zum Lachen.«

»Ich kann dich zum Lachen bringen, und wenn wir verheiratet sind, werde ich öfter lächeln.«

Er nickte ihr nachdrücklich zu, dann wimmerte er ein leises »Au«. Er ließ seine Fingerknöchel wieder an die Seite seines Kopfes zurückkehren.

Sie sehnte sich nach Padraig. Niemand sonst besaß eine derart unbeschwerte Sichtweise wie er, eine so lebenslustige Einstellung, und eine Art, ihr in den seltsamsten Momenten ein schallendes

Lachen zu entlocken. Konnte sie Donald dazu bringen, die Unterschiede zwischen ihnen zu erkennen? »Aber wirst du mich zum Kichern bringen, wenn du versuchst, mich in den Fjord zu werfen? Oder vor meinem Fenster stehen und mir ein Lied singen – ein albernes Lied mit dummen Worten? Oder wirst du mir den Rücken reiben, bis ich alle meine Sorgen vergesse und einschlafe?« Sie dachte an all die Gründe, warum sie Padraig liebte, an sein Lächeln und seine liebevolle Art, daran, wie er sie mit den Geschichten von seinen Reisen zum Lachen brachte.

Daran, dass sie die Gefühle, die er für sie hegte, auf seinem Gesicht erkennen konnte, wann immer sie ihn anschaute.

Padraig liebte sie. Sie brauchte seinen Humor, und ganz gewiss seine Leichtigkeit nach den düsteren Tagen des Fluches. In diesem Moment jedoch brauchte sie seine starken Arme und seine unerschütterliche Loyalität.

»Du wirst ihn vergessen, wenn er fort ist.«

»Aber er wird nicht fort sein, sage ich dir.«

»Das wird er. Dafür werde ich sorgen.« Der grimmige Ausdruck auf seinem Gesicht zeigte ihr, dass er es ernst meinte.

Sie holte mit dem Arm aus und erwischte ihn ein bisschen an der Schulter. »Warum? Warum musst du einem Unschuldigen etwas antun?«

Er ergriff ihre Hand und antwortete: »Hör auf! Ich habe ihm nicht wehgetan. Ich habe nur gesagt, dass du ihn nie wiedersehen wirst, sobald wir verheiratet sind.«

»Was meinst du? Wie könntest du das tun?« Sie

hatte keine Ahnung, was hinter seinen Rätsel und Sticheleien steckte.

»Ich werde dafür sorgen, dass er im Gefängnis sitzt und nie wieder herauskommt. Er wird nie gefunden werden, nicht bevor es zu spät ist, wenn er zur dir kommt.«

Gisela übergab sich fast über den Widerrist des Pferdes. Hoffnungslos. Diese ganze Situation war hoffnungslos. Sie gab ihren Versuch auf, Donald davon zu überzeugen, von ihr abzulassen. Auf jeden ihrer Einwände hatte er eine Antwort, auch wenn sie nur in seinem eigenen Kopf einen Sinn ergaben. Doch sie würde ihn niemals heiraten – selbst wenn Padraig für sie verloren wäre.

Als Donald und Gisela beim MacKinnie Castle ankamen, öffneten die Wachen das Tor und schlossen es wieder, sobald sie hindurch waren. Einer der Männer verneigte sich kurz und verkündete: »Euer Vater wünscht, Euch in seiner Kabinettstube zu sprechen. Ihr sollt die Frau mitbringen.«

Donald half Gisela vom Pferd und führte sie dann mit einer Hand um ihr Handgelenk und die andere noch immer seinen Kopf reibend in den Hauptturm. Sobald sie in die große Halle traten, verstummten alle Gespräche, die durch den Raum hallten, und sämtliche Augenpaare richteten sich auf sie, als sie die Treppe zur Kabinettstube hinaufgingen.

Bei ihrem Eintritt stand der Laird der MacKinnies mit wild fuchtelnden Armen da. »Was in Gottes Namen tust du da, Donald? Du wirst den Ruin unseres Clans auf dem Gewissen haben. Du wirst unser Erbe und alles zerstören, was wir aufgebaut haben. Du machst dir so viele Feinde, dass ich nicht genug Krieger finden kann, um unsere Gebiete zu verteidigen. Wir haben Glück, dass einige der Miltons bereit sind, unser Bündnis zu ehren. Du kannst einen Priester nicht rauben!«

»Ich beabsichtige nicht, ihn zu rauben. Wenn wir die Hälfte der Mathesons töten können, werden sie ihn bestimmt ausliefern. Sobald die Hochzeit vollzogen ist, wird alles wieder in Ordnung sein. Warum bist du besorgt, Papa? Du bist der Mächtigste von allen. Du und ich. Das waren wir schon immer.«

»Warum bin ich besorgt? Weil die Mathesons starke Verbündete haben. Sie haben die Ramsay Bogenschützen auf ihrer Seite, die dir zwischen die Augen schießen können. Und auch die Grants, die ihre Schwerter wie Dämonen schwingen. Hast du nie die Geschichten über ihre Schlachten gehört? Wenn einer der beiden Clans den Mathesons zu Hilfe kommt, wird das unser Ende sein. Nur dein Bruder wird überleben, und das auch nur, weil er sich versteckt hält.«

»Nun, die Ramsays kommen nicht.«

Sein Vater ließ sich mit einem tiefen Seufzer auf seinen Stuhl sinken. »Dem Herr im Himmel sei Dank.«

»Die Grants sind im Anmarsch.«

Abermals fuhr sein Vater von seinem Stuhl auf. »Die Grants? Bei Gott, Donald. Nein! Das ist schlimmer als die Ramsays. Übergib mir die Frau. Ich werde sie sicher in meiner Kabinettstube verwahren. Wenn ihr etwas zustößt, bedeutet dies das Ende unseres Clans.«

Donald schob Gisela hinter seinen Rücken. »Niemand außer mir rührt sie an, Papa. Ich werde sie irgendwo festbinden, und niemand außer mir wird wissen, wo. Wenn sie den Priester nicht bringen, werde ich ihr einen Pfahl durchs Herz treiben.«

KAPITEL NEUNZEHN

KURZ NACH MITTERNACHT kamen die Grant Krieger bei Eddirdale Castle an. Padraig winkte Ethan von der Mauer aus zu und rief: »Öffne das Tor, Ethan. Ich muss mit Marcas sprechen.«

Klirrend tat sich das Tor für Padraig auf, und Connor gönnte seinen Männern eine kurze Verschnaufpause außerhalb der Mauer. »Haltet euch bereit, sofort wieder aufzusitzen«, gebot er, ehe er neben Padraig trat.

Padraig, Connor und Torcall begrüßten die Matheson Brüder und Alvery, wobei sie jedem von ihnen abwechselnd die Arme umklammerten.

»Wie ist die aktuelle Lage? Wir haben alle Arten von Geschichten gehört«, meinte Padraig, der die Hände zu Fäusten ballte, um seine Ungeduld zu zügeln. Er musste Pläne mit seinen Verbündeten schmieden, anstatt den Feldzug allein zu bestreiten.

»Donald hat Gisela in seiner Gewalt, aber wir wissen nicht, wo«, verkündete Shaw. »Wir haben Thebe mit einem Schwert in ihrem Bauch tot aufgefunden. Es war nicht weit von einer Hütte entfernt. Scheinbar war jemand an das Bett in der Hütte gefesselt gewesen, wahrscheinlich Gisela, aber wir wissen nicht, wo Donald oder sie sich jetzt befinden.«

»Sind irgendwelche Hinweise auf einen Sheriff aus Cromarty aufgetaucht?«, fragte Padraig und erzählte kurz die Geschichte seiner falschen Verhaftung.

»Aye«, antwortete Marcas. »Einer meiner Männer hat ihn heute Nachmittag gesehen, wie er ritt, als wären alle Dämonen der Hölle hinter ihm her. Er ist bekannt dafür, dass er sich bezahlen lässt, um einen Unschuldigen einzusperren und ihn für ein paar Monate zu vergessen. Du kannst von Glück reden, dass du nur einige Tage dort ausgeharrt hast.«

Padraig schätzte sich in der Tat glücklich. Doch er schob die Erinnerung und seine Wut auf den Sheriff beiseite. »Wir kümmern uns später um ihn. Jetzt müssen wir uns auf Gisela konzentrieren. Wo ist der Priester? Bitte sagt mir, dass er in Sicherheit ist.« Padraig fuhr sich ungeduldig mit der Hand durchs Haar, weil er unbedingt aktiv werden wollte, sich aber noch gedulden musste. Erst würde er genau herausfinden, wie die Dinge lagen.

Blindlings loszustürmen, würde ihm keinen Nutzen einbringen.

»Wir haben den Priester in unserer Halle, und er hat eingewilligt, hierzubleiben«, antwortete Shaw. »Er will keinen Anteil daran haben, dass MacKinnie Gisela eine Heirat aufzwingt, und er weigert sich, aufzubrechen, ehe die Sache bereinigt ist. Er fürchtet sich vor Donald und auch dessen Vater.« Shaw verschränkte die Arme und zuckte mit den Schultern. »Das kann ich dem armen Mann nicht verdenken. Er ist so nervös wie ein Verbrecher bei seiner eigenen Hinrichtung.«

»Dann lasst uns einen Plan aushecken. Ich bin zum Aufbruch bereit und draußen haben wir Männer, die kämpfen wollen. Was ist mit euch? Wie viele Mathesons werden sich uns anschließen?«

»Shaw und ich werden mit euch gehen«, entgegnete Marcas. »Ethan wird bleiben, um die Burg zu beschützen. Wir nehmen zwei Trupps Männer mit und lassen einen Trupp hier bei Ethan und den Frauen zurück. Wir gehen davon aus, dass MacKinnie zweihundert eigene Leute dabei hat, plus ein paar von Milton, und vielleicht noch einige weitere, die sich für den extra Lohn verpflichtet haben, den er angeboten hat. Kannst du es mit dieser Anzahl aufnehmen, Connor?« Marcas stand kraftstrotzend da, doch Padraig bemerkte, dass Brigid, Jennet und Tara auf den Stufen des Hauptturms zusammenstanden und aufmerksam zuhörten, während die Männer Pläne für die Schlacht schmiedeten.

»Aye, wir Grants werden durch sie hindurchpflügen wie durch die Norweger in Largs und sie in die Flucht schlagen«, gab Connor zurück. »Bist du bereit, Padraig? Es ist an der Zeit, einen Schlusspunkt unter diese Sache zu setzen und dein Mädchen zurückzuerobern. Ethan, falls dies eine Finte von den MacKinnies ist, um uns

herauszulocken, damit sie die Burg angreifen
können, gibst du uns Bescheid, und wir kehren
so schnell es geht zurück. Allerdings denke ich
nicht, dass sie so töricht sein werden, hierher zu
kommen und ihre eigene Burg den angreifenden
Grants unverteidigt zu überlassen.« Er war gerade
im Begriff zu gehen, doch dann drehte er sich
noch einmal um und meinte: »Wie konnte ich
das vergessen? Mein Bruder schickt mindestens
weitere hundert Krieger, die einen halben Tag
nach uns eintreffen. Sie werden euch ebenfalls
unterstützen.«

»Wunderbar, ich danke euch allen«, entgegnete
Marcas. »Wir werden gleich bei euch sein.«
Ethan und er trennten sich von der Gruppe, um
mit Brigid und Jennet zu sprechen, wobei jeder
Mann zu seiner Frau ging. Shaw folgte Connor
durch das Tor, vor dem die Grant Krieger ihre
Ausrüstung überprüften, und ihre stampfenden
Pferde versorgten.

Padraig, der Marcas und Ethan gefolgt war,
betrachtete nun die drei Gesichter von Brigid und
seinen beiden geliebten Cousinen. Gleichwohl
sie stark waren, so zeichnete sich dennoch Sorge
in ihren Mienen ab. »Wir holen Gisela zurück.
Das verspreche ich. Wir haben eine Menge Grant
Krieger, und bald kommen noch mehr.«

Marcas küsste Brigid auf die Wange und zog sie
zu einer langen Umarmung an sich.

»Bitte bring Gisela sicher nach Hause«, bat
Brigid. »Wir haben Angst um sie und vermissen
sie verzweifelt. Gott sei mit euch allen.«

Ethan drückte Jennet kurz an sich. »Ich werde

euch alle beschützen. Wir werden die Burg
halten, sollte MacKinnie irgendetwas versuchen.«

Padraig und Marcas überquerten zusammen
den Hof und gesellten sich zu Connor und Shaw.
Die Zeit war reif.

Er würde nicht ohne Gisela heimkehren.

Und falls der Priester noch hier war, würde er
sie heiraten.

Gisela schaute zu den Toren hinaus, die in der
Ringmauer der MacKinnies eingelassen waren.
Sie war gefesselt und befand sich innerhalb der
Burgmauern des MacKinnie Castles in einem
Verschlag, und um sie herum lagerten Säcke mit
Getreide und anderen Vorräten. Donald hatte ihr
einen ekelhaften, stinkenden alten Lappen in den
Mund gesteckt, um sie am Schreien zu hindern,
und sie dann lächelnd auf die Wange geküsst. »Ich
bin bald wieder zurück, Liebste.«

Er hatte sie genau dort zurückgelassen, wo
niemand auf die Idee käme, nachzuschauen.
Geiseln und Gefangene von edlem Geblüt wurden
normalerweise im Verlies des Hauptturms oder
hinter einer verschlossenen Tür im Obergeschoss
versteckt, und nicht draußen bei den Mäusen.
Sollte es zu einer Schlacht kommen, befand
sie sich am denkbar ungünstigsten Ort – zu
nah am Kampfgetümmel, aber nicht imstande,
das Geschehen zu verfolgen. Das einzige Licht
wurde ihr von einer Fackel gespendet, die an der
Ringmauer loderte, und es gab nur ein Fenster
im oberen Teil des Verschlags. Selbst ungefesselt

könnte sie nicht hinausschauen, weil sie nicht groß genug war.

Doch die Fackel spendete ihr einen kleinen Lichtschimmer in der Dunkelheit.

Anfangs war sie der Annahme gewesen, dass Donald allein handelte, doch sie hatte genau beobachtet, was um sie herum geschah, und bemerkt, dass er auf mehr Unterstützung zählen konnte, als sie vermutet hatte. Sein Vater hatte gelobt, ihm zu helfen, diese Eheschließung zu vollziehen. Sie hatte die Krieger gezählt, die sie beim MacKinnie Castle – sowohl innerhalb des Burghofs als auch außerhalb der Ringmauer – gesehen hatte. Es hatte sich eine große Anzahl von Männern eingefunden, um MacKinnie zu helfen, die weder ein Plaid noch ein anderes Erkennungszeichen trugen. Sie wusste genau, was das bedeutete – sie waren wegen des Versprechens auf Geld gekommen, und Giselas Schicksal kümmerte sie nicht im Geringsten, oder wer recht hatte. Und sie wusste, wie viele oder besser wie wenige – was auf den Fluch zurückzuführen war – Krieger der Matheson Clan hatte. Sie würden deutlich in der Unterzahl sein.

Sie betete um Hilfe für ihren Clan.

Waren die Grants wirklich auf ihrem Weg hierher? Sie betete, dass dem so war. Sie wünschte, für immer von Donald fortzukommen, aber mehr als das, wollte sie Sicherheit für ihre Brüder und ihren Clan. Beinahe hätte sie zu weinen angefangen, doch da ihre Nase laufen würde und sie sie nicht wischen konnte, hielt sie es für besser, ihre Tränen zurückzuhalten.

Für Padraig musste sie stark bleiben. Die Grants waren im Anmarsch.

Das Einzige, was sie tun konnte, war Beten.

KAPITEL ZWANZIG

DIE TRUPPEN DER Mathesons und Grants kamen in weit weniger als einem halben Nachtritt vor MacKinnie Castle an, wobei das Licht des Mondes ihr rasches Vorankommen begünstigte. Die Brüstung des Ringwalls war von Bogenschützen und Männern mit Schwertern gesäumt. Ganz offensichtlich hatte man sie bereits erwartet. Padraig war über die große Anzahl von Bogenschützen überrascht – ihm war nicht bekannt, dass die MacKinnies viel Zeit mit Bogenschießen verbrachten.

Er kam nicht umhin, sich zu fragen, wie versiert sie in dieser Disziplin waren.

Marcas rief den Männern an den Toren zu. »Ich komme, um meine Schwester zu holen.«

»Sie ist nicht hier«, brüllte einer der Wachmänner zurück.

»Von wegen, ihr lügende Bande von Schurken. Wenn wir eure Mauern Stein für Stein niederreißen müssen, um sie zu finden, dann werden wir das tun.«

Ein neues Gesicht tauchte oben auf der Mauer neben den Toren auf.

Donald.

Connor flüsterte zu Marcas. »Lass ihn weiterreden. Ich habe ein paar Männer, die von hinten über die Mauer klettern können. Sie werden sich schnell und leise bewegen, ausschalten, wen sie müssen, um zu verhindern, dass jemand Alarm schlägt, und dann die Tore aufmachen, damit wir eindringen können. All dies werden wir geschwind geregelt haben.«

Marcas antwortete Connor mit einem kurzen Nicken und verbarg damit auch sein Grinsen vor Donald. Der Kommandant der Grant Krieger machte eine subtile Handbewegung, und eine kleine Gruppe von Männern am Ende des Feldes ritt leise davon.

Für die MacKinnies würde es den Anschein erwecken, als würden sie sich aus dem Staub machen.

Donald schwang die Faust über dem Kopf in die Luft. »Ich will den Priester. Holt ihn her, damit die Angelegenheit abgeschlossen werden kann. Ohne mich werdet ihr Gisela nie finden. Ihr habt keine andere Wahl, als euch zurückzuziehen und den Priester zu holen.«

»Niemals!«, gellte Marcas. »Meine Schwester wird niemals dir gehören.«

»Ich an deiner Stelle würde nicht kämpfen, Matheson. Die Hälfte Eurer Männer hat sich für die Flucht entschieden.« Donald nickte in Richtung des hinteren Abschnitts der Gruppe, doch weder Connor noch Marcas gaben mit einem Hinweis preis, dass sie ihn gehört hatten. »Nur ein Blick auf unsere Bogenschützen hat gereicht, um ihre wahre Feigheit zum Vorschein zu bringen.«

Er konnte nicht wissen, dass Alex Grant und seine Brüder viel Zeit aufgewendet hatten, manche Krieger mit einem blitzgescheiten Verstand für Heimlichkeit, Strategie und Orientierung zu schulen – sogar sich in Festungsanlagen zurechtzufinden, die sie noch nie gesehen hatten. Sie erklommen Bäume, benutzten Seile oder kletterten einfach, wenn die Mauer genügend Hand- und Fußangeln bot, um den Ringwall einer Burg zu überwinden. Sobald sie eingedrungen waren, bestand ihr Ziel im Erreichen des Torhauses. Mit Messern an den Kehlen waren die Wachen am Tor mehr als willig, zu tun, was von ihnen verlangt wurde – sich ruhig zu verhalten, während die Grant Männer sich an die Arbeit machten.

Dann würde das Tor aufschwingen, noch ehe die Wachmänner der Burg den Grund dafür begriffen. Die Ablenkung und das Überraschungsmoment war bei einem Angriff fast genauso vorteilhaft wie das eigentliche Öffnen des Tores.

»Wir werden alle deine Männer töten, wenn es sein muss, MacKinnie!«, brüllte Shaw. »Bist du sicher, dass dies im Sinne deines Vater ist?«

»Mein Vater hat fünfzig Mann angeheuert, die für uns kämpfen. Damit haben wir mehr als zweihundert. Du und deine mickrige Mannschaft werden in wenigen Augenblicken tot sein. Dann marschieren wir los und nehmen deine Burg ein. Das hätten wir bereits mitten während des Fluches tun sollen.«

Connor spornte sein Schlachtross an, und das Kettenhemd seines Pferdes klirrte, als könne es die bevorstehende Schlacht kaum erwarten. Connor selbst war vollständig ausstaffiert und er trug eine Brustplatte für zusätzlichen Schutz.

»Ergib dich jetzt, MacKinnie. Ich habe hundert Grant Krieger, die deine Truppen zertrampeln werden, ehe sie einen einzigen Treffer erzielen. Ihr habt sicher schon von den Fähigkeiten der Grants in der Schlacht gehört. Keiner kann gegen uns bestehen.«

Padraig gab sich alle Mühe, um sein Lächeln zu verbergen. Die Grants liebten es, mit ihren Fähigkeiten zu prahlen, doch nie hatte er Connor etwas sagen hören, das nicht der absoluten Wahrheit entsprach.

»Wir werden sehen«, gab Donald zurück. »Ich gebe euch eine Frist, während ich mein Frühstück einnehme, um den Priester herzubringen, und dann fangen unsere Bogenschützen zu schießen an.«

Marcas zuckte mit den Schultern. »Selbst wenn wir uns bereit erklären, den Priester herzuschaffen, Donald, musst du uns mehr Zeit gewähren«, entgegnete er und ließ Donald damit glauben, Marcas würde sich seinen Forderungen beugen. »Du weißt, dass wir in so kurzer Zeit nicht zu den Mathesons und wieder zurück kehren können. Einen halben Vormittag und nicht weniger.«

Padraig nahm ein Aufblitzen aus einem der schmalen, geschlitzten Fenster an der Spitze des Torhauses wahr und erkannte es als das Signal

eines der heimlichen Krieger, die in das Innere
der Burg eingedrungen waren. Im nächsten
Moment hob sich die Hand seines Vetters, und er
stieß seinen Grant Schlachtruf aus, während sich
das Tor hob und von innen aufschwang.

Sie griffen an.

Padraig holte mit seinem Schwert gegen den
ersten Gegner aus, der ihm in die Quere kam, und
erwischte den Mann am Arm, was den Verletzten
vom Pferd riss. Aus den Augenwinkeln erkannte
er, wie zwei Bogenschützen von der Mauer
stürzten, die entweder von ihren Männern im
Inneren oder von den Bogenschützen der Grants
tödlich getroffen worden waren.

Er kämpfte sich durch die MacKinnie Truppen
und dann durch das Tor. Die Männer wichen
vor dem Angriff der Grant Truppen zurück wie
Herbstblätter in einem Sturm – sie wirbelten
umher, flogen auf und taumelten schließlich zu
Boden. Er wusste nicht mehr, wie viele Schläge
er ausgeteilt hatte und wie viele Männer unter
den Hufen seines Pferdes fielen. Endlich hielt er
in einer Lücke des Kampfgeschehens inne, um
Luft zu holen, und als er aufblickte, entdeckte
er Donald oben auf der Mauer, weit weg vom
Getümmel. Und der Mann hatte von Feigheit
gesprochen.

Connor schien ihn zur gleichen Zeit entdeckt
zu haben, und die beiden Grants tauschten einen
Blick aus. Wer von ihnen würde es mit Donald
aufnehmen? Padraig nickte. Er wollte ihn. Donald
gehörte ihm, weil er es gewagt hatte, Gisela zu
berühren, und auch, weil er in seinem Bestreben,

Padraig zu bestrafen, Unschuldigen Schaden zugefügt hatte. Aber er musste Acht geben, denn es konnte möglich sein, dass nur Donald wusste, wo Gisela sich befand.

Connor salutierte kurz und ging wieder in die Offensive. Sein Schlachtross, das ebenso schwarz wie die Mitternacht war, bäumte sich auf den Hinterbeinen auf und schaltete damit drei Männer in einem einzigen Streich aus, wobei es ein weiteres halbes Dutzend in die Flucht schlug, während die Schreie der Verwundeten über das Land hallten.

Connor grinste wie verrückt, während er sein blutiges Werk verrichtete.

Padraig konnte nicht anders, als seinen Cousin in all seiner Herrlichkeit zu beobachten. Connor kämpfte, als wäre sein Schwert ein Körperteil von ihm, und so tödlich wie es war, besaß es dennoch eine hypnotisierende Anmut. Gelegentlich schien er mit seinen Widersachern zu spielen, indem er Männer von ihren Pferden stieß und sie dann am Leben ließ.

Aber wenn sie töricht genug waren, kehrt zu machen und zu versuchen, ihre Waffen in seinem Fleisch zu versenken, kannte Connor keine Gnade.

Dann nahm die Schlacht um Padraig wieder an Fahrt auf, und er stürzte sich auf ein Neues ins Getümmel. Als er das nächste Mal aufblickte, stellte er fest, dass sie die meisten der berittenen Männer entweder ausgeschaltet oder zurückgeschlagen hatten. Reiterlose Pferde wieherten verängstigt und versuchten, dem Tumult auf dem Hof zu entfliehen. Noch immer stand Donald auf der Mauer und brüllte seine Männer an. Padraigs Zeit zum Handeln war gekommen. Er dirigierte sein Pferd in Richtung der Treppe zur Mauer und bahnte sich einen Weg über den Hof, wobei er jeden zurückschlug, der sich ihm in den Weg stellte. Als er nicht mehr weiterreiten konnte, ließ er sich zu Boden gleiten und lief die letzten drei Schritte zur Treppe. Fünf Männer bewachten den Aufgang nach oben.

Connor tauchte an seiner Seite auf. »Ich werde dich begleiten. Verwehre mir das Vergnügen nicht.«

Padraig antwortete mit einem Nicken und einem grimmigen Lächeln, denn er war insgeheim froh über die Unterstützung seines Cousins. Rasch waren zwei Männer unter ihren Schwerthieben gefallen. Die übrigen drei sausten die Treppe hinauf, aber nicht etwa in Donalds Richtung, um ihn zu schützen, sondern sie nahmen den entgegengesetzten Weg. Er musste schmunzeln. Connor warf ihm ein Grinsen und einen Gruß zu, ehe er sich wieder der Schlacht im Hof zuwandte.

Padraig stieg langsam hinauf, und zwei Grant Krieger nahmen ihren Platz am Fuß der Treppe ein, um ihm den Rücken zu decken.

Jetzt waren es nur noch Padraig und Donald.

Donald brüllte wortlos, als er Padraigs ansichtig wurde, und wich einen Schritt zurück. »Grant, du solltest in der Hölle schmoren! Ich habe gutes Geld bezahlt, um dich loszuwerden.« Dann griff er sich mit beiden Händen an den Kopf. Er

beugte sich in der Taille und brüllte erneut, doch
dieses Mal geschah es offenbar mehr aus Schmerz
als aus Wut.

»Bewaffne dich, Donald«, rief Padraig aus,
ohne auf die Haltung des Mannes zu achten.
Ob seine Schmerzen echt waren oder nicht, war
ihm einerlei. Er musste Gisela finden. »Du wirst
Gisela nie bekommen. Sie ist mein.«

Endlich zog Donald sein Schwert. Es war
eine kleine Waffe, die er wild mit einer Hand
schwang, während er sich mit der anderen seitlich
am Kopf rieb. Irgendetwas war mit dem Mann
eindeutig nicht in Ordnung. Entweder war es die
Wucherung, wie John vermutet hatte, oder etwas
anderes. Urplötzlich schien Donald wie besessen
zu sein und ruderte wild in keine bestimmte
Richtung. Es war nicht auszuschließen, dass
Donald vor seinen Augen sterben könnte, ohne
dass Padraig je einen Schlag gegen ihn ausgeteilt
hätte. Er musste Giselas Aufenthaltsort in
Erfahrung bringen, ehe Donalds Leben erlosch,
entweder durch seine Hand oder was auch immer
sein Gehirn zerstörte.

Donald richtete sich auf und hörte auf, wie
wild um sich zu schlagen. »Du wirst sie nie
bekommen, weil du sie nie finden wirst, Grant.
Ich bin der Einzige, der das kann.«

Padraig hatte ihn in die Enge getrieben.
Donald drückte sich mit dem Rücken gegen die
Brüstung, und mit einem einzigen Schritt könnte
Padraig sein Schwert tief in die Eingeweide des
Mannes stoßen oder ihm mit einem Hieb den
Hals durchtrennen. Doch er vermochte es nicht.

Noch nicht. Dann entdeckte er Marcas mitten auf dem Hof. »Matheson, hast du deine Schwester schon gefunden?«, brüllte er.

Ein Wort von Marcas – das richtige Wort, und er hätte freie Bahn, diesen Schurken zu töten, der vor ihm stand.

»Nein, sie ist nicht in der Burg. Wir haben alles abgesucht.«

Donald begann leise zu lachen. Er ließ die Hand sinken, die er an seinen Kopf gehalten hatte, und sein Lachen brach in einer Kaskade von Irrsinn aus seinem Mund, wie Padraig es noch nie erlebt hatte.

Töte ihn, töte ihn.

Aber Donalds Waffe hing an seiner Seite, und er machte keine Anstalten, Padraig anzugreifen. Und noch immer tappte er vollkommen im Dunkeln, wo Gisela sein könnte.

Donald hatte ihn fest am Haken und das wusste er, denn sein Gesicht strahlte vor Freude und Triumph, als hätte Gott selbst ihm gerade eine Krone aufs Haupt gesetzt. »Ich bin der Einzige, der sie bekommen wird!« Donald brach in ein schallendes Gelächter aus, das weit über die Landschaft von Black Isle zu hören war.

Er war eine wahre Geißel für das Land.

Und Padraig konnte ihn nicht töten.

KAPITEL EINUNDZWANZIG

GISELA TAT IHR Bestes, sich aus ihren Fesseln zu befreien, doch Donald hatte sie zu fest geknotet, und ihre zarte Haut riss unter dem groben Strick. Sie wusste genau, wann die Matheson Krieger gekommen waren, denn sie konnte das Geschrei an den Toren hören, ohne allerdings die Worte verstehen zu können.

Den Schlachtruf verstand sie aber. Und es war weder der Schlachtruf der Mathesons noch der MacKinnies, der zuerst erscholl, also vermutete und betete sie, dass die Grants gekommen waren und sie deren Schlachtruf hörte.

Padraig war hier, das sagte ihr eine kleine Saite in ihrem Herzen, und er hatte Hilfe gebracht. Sie musste annehmen, dass Padraig, egal welchen arglistigen Plan Donald für ihn ausgeheckt hatte, intelligent genug gewesen war, sich aus seiner Lage zu befreien, insbesondere mit all der Unterstützung, die er hatte mobilisieren können.

Natürlich lag der Beweis dafür in der logischen Schlussfolgerung. Wenn eine Gruppe von Grant Kriegern hier erschienen war, hatte Padraig sie mitgebracht. Das konnte nur eines bedeuten.

Donald war wieder daheim, da er Angst hatte. Er hatte sie in seiner Burg eingesperrt, weil er sich fürchtete. Sonst wäre sie immer noch am Bett im Häuschen festgebunden. Ob mit Thebe oder ohne.

Sie schwor, dass sie Padraigs Stimme in dem Wirrwarr aus Rufen und Schreien herausgehört hatte. Tränen verschleierten ihr den Blick, doch sie zwang sie zurück, indem sie zur Decke hinaufstarrte und auf dem ekelhaften Knebel kaute, den Donald ihr in den Mund gestopft hatte. Aber was hatte es Gutes, ihren Knebel loszuwerden, wenn sie ihre Hände oder Füße nicht freibekam?

Irgendjemand könnte sie selbst durch die Kampfgeräusche schreien hören. Obwohl sie in einem Gebäude versteckt war. Irgendwann würde der Kampf enden, und wenn die Mathesons oder die Grants als Sieger hervorgingen, würden sie nach ihr suchen. Sie musste vorbereitet sein.

Gisela stellte sich eine Rettungsmannschaft aus Kriegern vor, welche die Burg einnahmen und wie ihre Brüder und Padraig überall nach ihr suchten, da sie erwarten würden, sie in einer Schlafkammer oder der großen Halle vorzufinden, nur um dann enttäuscht zu werden.

Donald hatte gut achtgegeben, dass niemand beobachten konnte, wohin er sie gebracht hatte – in dieses, in einem Winkel verborgene Lagergebäude. Sie verwünschte die Käfer, die überall um sie herum krabbelten, den kalten, harten Boden, auf dem sie saß, und die im Raum herrschende Düsternis.

Während sie an dem ekelerregenden Lappen kaute, der um ihren Kopf gebunden war, weinte sie beinahe. Er war zwei oder drei Schichten dick, weshalb es unmöglich war, ihn durchzubeißen. Vor lauter Frustration, die in ihr tobte, wollte sie brüllen und wenn sie kratzen, treten oder schreien könnte, würde sie alle drei Dinge gleichzeitig tun, weil sie wusste, dass es sich wunderbar anfühlen würde. Wenn der Schurke vor ihr stehen würde und sie ungefesselt wäre, bekäme er den gesamten Zorn ihres Wesens zu spüren.

Donald hatte jedoch Sorge dafür getragen, dass sie vollkommen hilflos war. Sie war seiner Gnade ausgeliefert.

Dann geschah das Schlimmste. Ihr Blick erfasste etwas, das sich bewegte, eine langsame, schlängelnde Bewegung.

Ihre größte Angst.

Es war das Einzige, was sie gleichzeitig zum Schreien, Weinen und Schluchzen bringen konnte.

Sie kämpfte gegen ihren Knebel an und zog und zerrte mit ihrem Kinn und ihrer Zunge. Sie machte die absonderlichsten Verrenkungen mit ihrem Mund in einem wilden Versuch, den Knebel auf eine Dicke zu reduzieren, die sie durchbeißen konnte, nur weil der Anblick ihres Feindes mehr war, als sie ertragen konnte. Von Giselas Anwesenheit unbeeindruckt, setzte die Kreatur ihre Wanderung durch das Gebäude fort.

Die gefürchtete Kreuzotter.

Die Schlange schlängelte sich von ihrer Mahlzeit hinter dem Getreide fort, wo sie sich wahrscheinlich an einem Nagetier gelabt hatte, das von dem Getreide angelockt worden war. Sie war grau und ihr Rücken wies ein Zickzack Muster auf. Und es war die Bewegung des Musters auf dem Boden, das ihr selbst im Dunkel der Nacht ins Auge fiel. Als das Tier an eine Stelle gelangte, an der das Fackellicht von seinem Rücken reflektiert wurde, mobilisierte dies Giselas Kräfte, von denen sie nicht wusste, dass sie sie besaß, und die in ihr herrschende Panik erreichte ein Maß, das ihr gesamtes Inneres zum Bersten bringen würde, wenn sie sich nicht bald befreite.

Sie kämpfte mit ihren Fesseln, biss auf den Lappen in ihrem Mund und besann sich auf die Worte ihres Vaters, der ihr immer wieder versichert hatte, dass das Gift einer Schlange nicht stark genug sei, um einen Menschen zu töten, und die Kreatur mehr Angst vor Gisela habe als Gisela vor ihr.

Sie tat sich schwer, das zu glauben. Tatsächlich war sie kurz davor, sich in die Hose zu machen.

Wenn sie die Schlange in Ruhe ließe, würde das Tier sie nicht belästigen.

Wie sie sich wünschte, der Mann würde jetzt vor ihr stehen, damit sie ihm ihre Meinung über das Übel der Schlangen äußern könnte, egal wie scheu sie waren. Und dann könnte er sie retten. Doch sie war allein, und außer ihr selbst konnte niemand sie retten. Sie gedachte nicht, die Aufmerksamkeit der Kreatur zu erregen, die über den Steinboden des Kornspeichers kroch und ihre Anwesenheit nicht wahrnahm. Hätte die Kreatur sie bemerkt, wäre sie sicher in die andere Richtung gekrochen.

Sie kam näher …

und näher …

Ein Schrei brach aus ihrem Inneren hervor, einer, der jedem die Zehen krümmen würde und jeden, der bei klarem Verstand war, in die andere Richtung rennen lassen würde. Und als sie einmal angefangen hatte, konnte sie nicht mehr aufhören. Nicht wegen der Schlange. Sondern wegen allem – wegen Donald und Thebe und Padraig und weil sie erst an ein Bett gefesselt gewesen war und nun in einem Speicher. Weil sie ihren Vater und ihre Mutter vermisste und weil die Schlachtgeräusche und das Klagen der sterbenden Männer in ihren Ohren klangen.

Sie schrie und schrie und schrie.

Padraig erstarrte und hob seinen Kopf in der warmen Abendbrise. Er hörte etwas. Ein Geräusch, das derart angsterfüllt war, dass es seiner Vermutung nach nur eine Person sein konnte.

Gisela.

Der Schrei drang so deutlich und kraftvoll zu ihnen durch, dass er angenommen hätte, Donald würde ihr die Fingernägel einzeln herausziehen. wenn er nicht direkt vor ihm gestanden hätte, mit diesem seltsamen Gesichtsausdruck, von dem Padraig sicher war, dass er den seinen widerspiegelte.

Donald drehte sich mit einem Brüllen zu ihm um und hob seine Waffe, aber Padraig wich aus, ehe er zuschlagen konnte. Er rammte sein Schwert in Donalds Oberschenkel – er brauchte ihn lebendig – und riss es ebenso schnell wieder heraus. Donald ließ sein Schwert fallen und hielt sich die blutende Wunde, während er Padraig ungläubig anstarrte. So blitzartig, wie seine Hände zu seinem Bein geschnellt waren, kehrten sie mit einem Brüllen zu seinem Kopf zurück, und ein Blick des blanken Schmerzes legte sich über seine Züge. Padraig, der nicht wusste, was als Nächstes passieren würde, trat einen Schritt zurück und hielt sein Schwert in einer tiefen Stellung auf den Bauch des Mannes gerichtet. Donalds Blick legte sich auf ihn, und er war im Begriff, Padraig an die Gurgel zu gehen, ohne auf das Schwert zwischen ihnen zu achten. Padraig hielt es fest, und Donald stürzte sich auf das Schwert. Es bohrte sich in seinen Bauch, ehe der Schurke seine Mission beenden konnte. Selbst dann schien Donald nichts zu bemerken. Wieder kratzte er sich am Kopf, und auf seinem Gesicht breitete sich ein Ausdruck der Ruhe aus. Dann kippte er um, rutschte von Padraigs Schwert ab und stürzte von der Mauer auf die Erde außerhalb der Burg in den sicheren Tod.

Padraig hielt seine Waffe fest und sprang die Treppe hinab, als ein weiterer Schrei zu ihm drang, während er rannte, der diesmal von außerhalb der Burgmauer und nicht wie beim ersten Mal von innen zu kommen schien. Rasch säuberte er sein Schwert im Gras und schob es wieder in die Scheide, um sich dann im gleichen Zug auf sein Pferd zu schwingen und auf die Quelle des

Schreis zuzureiten.

Er überholte Marcas und Shaw, die beide so schnell sie konnten in die gleiche Richtung ritten, aber Padraigs riesiges Schlachtross war in dieser Nacht besonders schnell, da es die Dringlichkeit spürte, die seinen Reiter trieb.

»Wenn du sie findest, bring sie zurück nach Matheson Land«, rief Marcas hinter ihm her.

»Schaff sie verdammt noch mal hier raus, Grant!«, gellte Shaw.

Padraig hob eine Hand, um die beiden Brüder wissen zu lassen, dass er sie gehört hatte, und dann ritt er weiter, wobei er sich wünschte, dass Gisela noch einmal schreien würde. Er wurde von Schreckensvisionen befallen, mit Wildkatzen und Wölfen, und jeder beliebigen Kreatur, die mitten in der Nacht über sein süßes Mädchen herfielen. Eine wilde Bestie, die sie zwischen den Bäumen jagte.

Das Geräusch ihres Schluchzens drang zu ihm, und er folgte ihm, wobei er sein Pferd wie einen Hirsch auf der Flucht vor einem Jagdhund durch den Wald preschen ließ. Als er auf einen Weg stieß, zügelte er das Tier und lauschte. Es würde ihm nichts nützen, ziellos umherzureiten.

Und es war auch gut so, dass er das tat. Die Schreie trafen ihn von rechts, vom MacKinnie Gebiet wegführend. Er war dicht davor. Er trieb Midnight Blue zu einem langen Trab – der schnell genug war, um sie einzuholen, aber auch langsam genug, um nicht vorbeizurasen.

Ganz in der Nähe erscholl ein Donnern und übertönte ihr Schluchzen, doch er erkannte, wie sie sich rennend von ihm entfernte. »Gisela! Dreh dich um!«

Gisela, immer noch heulend, drehte sie sich mit angstverzerrtem Gesicht um.

»Heb die Arme, Mädchen! Steh still!«

Sie wirbelte herum und wich an den Wegesrand, um ihn einen Moment lang anzustarren, bevor sie in ein breites Lächeln ausbrach. Sie hob die Arme zu ihm hoch. Er bremste sein Pferd ab und beugte sich hinunter. Dann fasste er sie um die Taille und warf sie vor seinen Schoß. Dies war ein Manöver, das alle männlichen Jugendlichen der Grants geübt hatten, nachdem ihr Onkel Brodie Tante Celestina auf die gleiche Weise gerettet hatte.

Sie ließ sich gegen ihn sinken, und legte ihre Arme fest um seine Taille. Ihr Griff um ihn verriet ihm, wie ängstlich sie war. Er gab ihr einen Kuss auf die Stirn und dann kicherte er. »Vorsichtig, Mädchen. Du wirst mich noch vom Pferd werfen. Oder ist das deine Absicht? Deine Brüder sind nicht weit hinter mir, also sollten wir uns vielleicht noch nicht lieben. Dass sie dies gutheißen würden, glaube ich nicht.« Er hoffte, sie mit seinem Scherz zu besänftigen.

Sie lockerte die Arme ein wenig und drückte ihr Gesicht an seine Brust, wobei sie Worte murmelte, die er nicht verstehen konnte. Er verlangsamte sein Pferd, schob sie ein wenig zurück und hob ihr Kinn an, um ihr einen Kuss auf die Lippen zu geben. »Ich liebe dich, Gisela. Sorge dich nicht. Donald wird dich nie wieder belästigen.«

»Schlange.«

Er gluckste. »Was?«

»Ich liebe dich auch, Padraig. Schlange. Die verfluchte Schlange wollte mich umbringen.«

»Eine Kreuzotter? Hat sie dich gebissen?«

»Nein«, murmelte sie und stieß einen weiteren Schluchzer aus.

»Wie hat sie dann versucht, dich zu töten?»

»Sie hat mich fast zu Tode erschreckt ...«

Er lachte. »Und du bist das tapferste Mädchen, das ich kenne. Gisela, willst du mich heiraten?«

»Aye, bitte. Ich hätte dich nie zurückweisen dürfen. Für mich bist du der Einzige.« Dann hielt sie einen Moment inne und hielt den Atem an, wobei sie auf die Geräusche um sie herum lauschte. »Gewitter. Ein Gewittersturm. Genau das haben wir heute Nacht gebraucht. Bitte bring mich fort von hier, irgendwo hin, weit weg, ehe ich wirr werde.«

»Dieses wunderschöne Geräusch ist kein Donner.« Padraig hörte es jetzt deutlicher und erkannte es. »Es ist die Grant Kavallerie, die uns zu Hilfe eilt. Sie werden deinem Bruder helfen, die letzte Verteidigung der MacKinnies zu brechen.«

Sie erreichten den Hauptweg, der zum MacKinnie Castle führte, und er hielt Midnight Blue an der Kreuzung an, als die Grant Krieger an ihnen vorbeidonnerten. Es war ein Anblick, der ihn immer beeindruckte, ganz gleich wie oft er ihn sah. Ein Reiter scherte aus und ritt in einem Bogen zu ihnen zurück.

»Padraig! Bist du gesund? Ist das Gisela? Hast du sie gefunden?«

Er war von ganzem Herzen erleichtert, seinen Vater zu sehen. »Aye, es geht uns gut. Connor und Marcas könnten ein wenig Hilfe beim Aufräumen gebrauchen, doch ich bringe Gisela zu den Mathesons. Das ist ein Befehl ihrer Brüder. Gisela, das ist mein Vater, Robbie Grant.«

Sie verschob sich auf seinem Schoß und neigte den Kopf. »Es ist mir ein Vergnügen, Mylord. Bitte verzeiht mein Aussehen.«

»Schön, dich endlich kennenzulernen, Mädchen«, entgegnete sein Vater lachend. Dann blickte er seinen Sohn an. »Bring sie in Sicherheit. Ich werde ihren Brüdern ausrichten, dass du sie gefunden hast. Wir sehen uns in einer Weile wieder.«

Padraig wartete, bis die Reiter vorbeigezogen waren, ehe er seinen Weg fortsetzte, und viele seiner Kameraden sandten Rufe, Johlen und Jubel in seine Richtung, als sie Gisela fest an ihn gedrückt sahen.

Er wusste, er sollte sie in die Festung der Mathesons bringen, aber stattdessen flüsterte er ihr zu: »Gisela, willst du dich mit mir durch Handschlag verbinden?«

»Aye, bitte«, antwortete sie, und ließ die Augen suchend über sein Gesicht wandern. »Ich möchte unser Häuschen hinter dem Dorf aufsuchen, nur wir beide. Ich kann nicht heiraten, ehe Marcas und Shaw zurück sind. Aber bitte bring mich jetzt fort, irgendwohin, wo wir unter uns sein können.«

»Geduld, Liebste.« Padraig sah, dass sein Vater noch immer darauf wartete, sich der

Gruppe anzuschließen, und rief ihm zu. »Papa! Würdest du uns die Ehre erweisen, unserem Heiratsversprechen beizuwohnen?«

Sein Vater lächelte, wendete sein Pferd, um sich ihnen zuzuwenden, und kam neben ihnen zum Stehen. »Es wäre mir eine Ehre.« Er griff in seine Satteltasche und holte ein weiteres Grant Plaid hervor. »Das sind besondere Umstände. Da braucht es nicht viel.« Er hielt ihnen den Streifen des Plaid hin und wartete.

Padraig ergriff Giselas Hand und verschränkte die ihre mit seiner, ehe er nach dem Plaid griff und es um ihre Hände schlang.

»Wollt ihr euch die Treue schwören, sobald ein Priester gefunden ist? Gisela?«, fragte sein Vater.

Gisela schaute Padraig mit so viel Liebe in ihrem Blick an, dass er sich ganz klein vorkam. »Aye.«

»Padraig. Willst du vor Gisela dein Treuegelübde ablegen?«

»Aye.« Nie hatte ihm etwas so viel bedeutet wie dieses eine Wort, das er gerade ausgesprochen hatte.

»Betrachtet euch durch euer Heiratsversprechen vereint. Bring sie jetzt in Sicherheit«, gebot er, wobei er das Plaid wieder zurückzog und es zusammenrollte. »Willkommen im Grant Clan, Mädchen.« Dann lächelte er und gliederte sich in die Reihe der Pferde ein, die auf das Gebiet der MacKinnies zusteuerten.

»Ich war noch nie so glücklich, Ehemann. Bring mich fort.«

Padraig küsste sie kurz, ehe er an den Zügeln

zupfte und in Richtung der Mathesons losritt.

Als sie Eddirdale Castle erreichten, ritten sie direkt daran vorbei und durchquerten das Dorf, bis sie das Häuschen fanden, das sie nach Jennets Rettung vor dem Hexengericht geteilt hatten. Er schwang sich vom Pferd, schloss sie in die Arme und trug sie ins Innere, ehe er die Tür mit einem Tritt hinter sich schloss. Im silbrigen Mondlicht, das durch ein Fenster fiel, stellte er sie auf ihre eigenen Füße und machte sich daran, seine Kleider abzustreifen.

Gisela schaute ihm mit großen Augen zu. »Ich liebe dich, Padraig. Ich habe dich so sehr vermisst, und ich brauche dich mehr als alles andere. Bitte.«

Padraig stöhnte auf, und dann bedeckt er ihre Lippen mit seinen und verschlang sie.

KAPITEL ZWEIUNDZWANZIG

GISELA SEUFZTE, ALS Padraig sie küsste, und sie zerrte – mit seiner Hilfe –an den Bändern ihres Kleids, bis es zu Boden fiel, und sie es mit einem Schaudern von sich schob.

»Padraig, ich habe auf dich gewartet.« Sie riss die Lippen von seinen los und murmelte: »So lange. Liebe mich, Padraig.«

»Es wird mir ein Vergnügen sein, Mylady.« Lachend wich er einen Schritt zurück und verneigte sich vor ihr. »Darf ich Euch aus Euren Schuhen helfen, meine Königin?«

Unter gemeinsamem Gelächter zogen die beiden ihr die Schuhe und die Wollstrümpfe aus, und als alles am Boden verstreut lag, ließ sie sich in ihrem Unterhemd auf das Bett sinken. Deshalb liebte sie ihn so sehr. Stets konnte er sie zum Lachen bringen und sie all die schweren Seiten ihres Lebens vergessen lassen.

Er hatte sein Plaid bereits abgelegt, also kniete sie sich auf das Bett und streckte die Hände nach seiner Tunika aus, die sie ihm bis zu den Schultern hochschob, so hoch, wie sie reichen konnte. Er brachte die Aufgabe für sie zu Ende, indem er sich das Kleidungsstück über den Kopf zog, bevor sie mit ihren Lippen auf seine Brustwarzen stieß, und ihn auf gleiche Weise neckte, wie er es mit ihr getan hatte, und ihre Zähne nacheinander über jede einzelne strichen, bis er mit Worten reagierte: »Genug der Folter, Mylady.«

Er hob sie so schnell hoch, dass sie kreischte, doch dann legte er sie vorsichtig aufs Bett und half ihr, sich ihres Unterhemds zu entledigen, ehe er sich neben sie bettete. Er streichelte ihr über die Wange, und seine Miene ernüchterte.

»Genug des Lachens. Ich habe schon zu lange auf dies hier gewartet, Gisela. Der Gedanke an dich lässt mich morgens aufstehen, und ist mir ein Grund zum Atmen. Ich liebe dich, und es tut mir so leid, unsere Zukunft nicht früher so klar gesehen zu haben.«

»Küss mich einfach, Padraig. Wir können uns später unterhalten.«

Er senkte die Lippen auf ihre und fiel darüber her, indem er seinen Mund schräg hielt, um den Kuss zu vertiefen, was in ihr ein schäumendes Bedürfnis nach ihm auslöste, und plötzlich keuchte sie so schnell, dass es sie erstaunte. Er zog mit seinem Mund eine Spur von Küssen bis zu ihrem Ohr und dann an ihrem Hals hinunter, ehe er tiefer sank, und seine Küsse die Mulde ihrer Brüste streiften, ehe sie sich auf eine festlegte, um an ihrer Brustwarze zu saugen, bis sie ihren Höhepunkt erreichte. Sie stöhnte vor Lust auf, und die Wärme seines Körpers an ihrem war das selbstverständlichste und wunderbarste Gefühl überhaupt.

Er ließ sich zwischen ihren Beinen nieder und reizte ihre empfindsame Knospe mit der Spitze seines erigierten Schafts, bis ihre Not, ihn in sich zu haben, fast unerträglich war.

»Padraig, bitte.« Doch er ließ nicht locker und neckte sie weiter, wobei er sich vorwagte und wieder zurückzog, während er ihre andere Brust kostete. Sie ließ ihre Hände zu seinem Rücken wandern, und die Finger gruben sich in seine verkrampften Muskeln, um dann zu den Rundungen seiner Pobacken weiter zu wandern. Endlich drang er in sie ein und hörte schlagartig auf, sie zu füllen. Ihr lustvolles Seufzen war so laut, dass sie sich schämen könnte, doch das tat sie nicht.

Er hielt in seinen Bewegung inne und flüsterte: »Willst du mich mit deinen süßen Klängen necken? Das tust du mit jedem Seufzer und Stöhnen wie keine andere, Mylady«, murmelte Padraig, während sein Mund weiter mit ihrer Brust beschäftigt war. »Ich brauche dich wie keine andere. Wir gehören zusammen. Stimmst du mir zu, Gisela? Ich denke, wir sollten morgen heiraten.«

»Aye, bitte, Padraig. Ich werde dich heiraten, wann immer du willst, aber bringe dies hier zu einem Ende. Ich brauche dich ganz tief und vollständig in mir. Hör auf, mich zu necken, ich flehe dich an! Ich kann es kaum noch aushalten.« Mit jedem einzelnen ihrer Pulsschläge drang er weiter in sie ein, wobei ihre Schlüpfrigkeit ihn willkommen hieß und ermutigte.

Doch dann hielt er inne und zwang sie, sich

erneut aufs Betteln zu verlegen. »Bitte, Padraig«, heftiger.«

»Gisela, du bist die Richtige für mich. Ich weiß es. Gemeinsam werden wir wunderbare Dinge vollbringen.«

»Padraig!«, sie kniff ihn in den Arm. »Jetzt!«

Mit einem Grinsen zog er seinen Schaft ganz heraus, ehe er abermals ganz in sie eindrang, wobei sich sein Rhythmus steigerte, aber nicht genügend, um sie zu befriedigen. Sie stieß zurück, rieb sich an ihm, bis er sie genau dort heftig traf, wo sie es am meisten brauchte, und dann half sie ihm, ihren Rhythmus zu finden. Offenbar befriedigte es ihn ebenso sehr wie sie, denn er gab ein leises lustvolles Grollen von sich. Er überließ ihr die Wahl des Tempos, und sie war erstaunt, wie gut sie harmonierten. Ihr Verlangen erreichte einen Höhepunkt, den sie nicht überschreiten konnte, und als wüsste er genau, was sie brauchte, schob er seine Hand zwischen sie und streichelte sie an der perfekten Stelle. Mit einem Schrei seines Namens stürzte sie über die Klippe und umklammerte seine Schultern, als sie zum Höhepunkt kam.

Ihr Orgasmus trieb ihn an, bis er seinen eigenen Höhepunkt herausbrüllte. Als ihr Stöhnen allmählich abebbte, seufzte sie glücklich.

Sie hatte nicht gewusst, dass der Liebesakt so gut sein konnte.

Still lagen sie einander in den Armen und Gisela schmiegte sich an ihn, während Padraig einen

Finger über die Rundung ihres Arms gleiten ließ.

»Ich will diesen Mann nie wiedersehen.«

»Das wirst du nicht müssen. Er ist tot.«

»Tatsächlich? Im Kampf? Wer hat ihn umgebracht?« Ihre Fragen brachen in einem Schwall aus ihr hervor, doch er entschied, dass einige Dinge besser ungesagt blieben, und diese kostbare Zeit war ihm zu heilig, um sie durch solch eine Unterhaltung vergiften zu lassen.

Er legte seinen Finger an ihre Lippen. »Still, Mädchen. Er ist tot. Was immer in seinem Kopf geschehen ist, hat ihn wahrscheinlich schneller getötet als das Schwert irgendeines Mannes. Sollen wir ihn nie wieder erwähnen?«

Sie entspannte sich an ihm und hielt für einen Augenblick inne. »Aye, bitte. Ich will seinen Namen nie wieder hören.«

»Aber es fehlt immer noch ein Stück. Ich muss dich fragen, wie du ihm entkommen bist. Du weißt nicht, wie froh ich war, als ich dich frei habe laufen sehen, anstatt irgendwo gefesselt. Wo warst du?«

Sie seufzte und spielte mit den dunklen Haaren auf seinem Arm. »Zuerst hatte er mich in einem Häuschen irgendwo im Wald gefesselt. Dort war ich tagelang. Aber meiner Vermutung nach war es die Nachricht, dass die Grant Krieger im Anmarsch waren, die ihm Angst gemacht hatte. Dann hat er mich zu seiner Burg zurückgebracht. Sein Vater wollte mich im Hauptturm behalten und sie haben gestritten. Er hat mich gefesselt und geknebelt in der Kornkammer zurückgelassen.« Sie schauderte. »Es war gruselig. Dort war dann die Kreuzotter. Sie ist unter den Kornsäcken hervorgekrochen.«

»Ach, Mädchen, du bist wirklich stark. Einige Mädchen wären in Ohnmacht gefallen. Wie hast du dich aus den Fesseln befreit?«

»Als die Kreuzotter immer näher kam, gelang es mir, in dem Lagerraum umherzukriechen, und mich so weit von der schlängelnden Bestie fernzuhalten, wie ich konnte.« Sie schloss die Augen und erschauderte abermals.

»Hier gibt es keine Schlangen«, versicherte er ihr und drückte ihr einen Kuss auf die Stirn. »Und falls eine auftaucht, töte ich sie, ehe du sie überhaupt zu Gesicht bekommst.«

»Ich weiß.« Sie lächelte zu ihm auf und hielt dann ein Handgelenk in das fahle Mondlicht, um ihm zu zeigen, wo sie durchgeschnitten hatte. »Ich hatte Glück und entdeckte ein kleines Messer bei einem der Säcke, mit dem man sie vermutlich aufschneidet. Es gelang mir die Fesseln zu zerschneiden – und dabei habe ich mir auch ein bisschen die Haut aufgeschürft, so sehr habe ich gezittert.« Sie schüttelte den Kopf und starrte auf die Türöffnung. »Ich bin über die Kraft verblüfft, die ich beim Anblick dieser Kreuzotter in mir gefunden hatte. Sobald ich frei war, schlich ich mich aus dem Gebäude und geriet dabei beinahe in das Kampfgetümmel. Ich schlüpfte durch die Hinterpforte in der Ringmauer – aus irgendeinem Grund stand sie weit offen. Dann rannte ich einfach los, um meinen Weg um das Castle herum nach Hause zu suchen. Und dann hast du mich gefunden.«

Zart küsste er die Wunde an ihrem Handgelenk. »Gut gemacht. Und jetzt die wichtige Frage. Werden deine Brüder dir gestatten, mich zu heiraten? Wir sind durch Handschlag miteinander verbunden, also werden wir heiraten, doch mir liegt viel daran, die Unterstützung deiner Brüder dafür zu haben.«

»Ich glaube schon. Dies war für uns alle schwierig gewesen, und ich möchte nicht warten. Padraig, ich habe lange darüber nachgedacht, was ich mir für mein Leben wünsche, und obwohl ich meine Nichte und meinen Neffen liebe, haben sie eine neue Mutter, die sie anbeten. Marcas arbeitet an der Vergrößerung des Clans und ich denke, dass wir dank der Hilfe der Grants und Ramsays erfolgreich sein werden. Und nun, da dieser Mann keine Bedrohung mehr ist ...«

»Was willst du damit sagen, Mädchen?«

»Ich will damit sagen, dass ich mit Freuden dort leben könnte, wo du es willst, Padraig. Ich werde dir folgen, wohin auch immer du gehst. Und wenn du möchtest, dass wir bei den Grants leben, wäre ich dazu bereit, solange wir versprechen, regelmäßig zu Besuch auf Black Isle zu kommen.«

Er liebkoste die weiche Haut auf ihrem Handrücken. »Ich hatte einen Einfall, was wir machen könnten. Während ich in der Zelle eingesperrt war ...«

»Eingesperrt?« Beinahe hätte sie sich aufgesetzt, doch er legte ihr die Hand auf die Brust und ermunterte sie, sich wieder dorthin zurücksinken zu lassen, wo sie gewesen war.

»Ja. Später werde ich dir meine Geschichte

erzählen. Jetzt zählt nur, dass ich dort entkommen konnte und hier bei dir bin. In der Zelle war ein Arzt aus England mit mir eingesperrt. Er berichtete mir von einem Arzt in London, der ausschließlich mit Kindern arbeitet. Hast du jemals von so etwas gehört?«

»Nein, aber du wärst wunderbar darin. Das solltest du machen.« Sie blickte zu ihm auf, und er konnte die Liebe und freudige Aufregung über ihr schönes Gesicht tanzen sehen.

»Glaubst du das?«

»Hast du mir nicht erzählt, du hättest mit deiner Mutter gearbeitet?«

»Ja, bei vielen Gelegenheiten. Gracie hat auch immer geholfen, aber sie war nicht immer verfügbar. Warum bist du der Ansicht, ich sei gut darin? Meine Mutter glaubt das auch, aber ich möchte deine Meinung hören.« Manchmal dachte er, es würde funktionieren, aber bei diesem Unterfangen brauchte er ihre Unterstützung.

»Weil du so wundervoll mit Kindern umgehen kannst. Und ich liebe diesen Einfall.« Ihre Begeisterung kannte keine Grenzen, als sie ihm von ihrem Abenteuer mit Tara und den kranken Kindern erzählte, und er kam nicht umhin, sich zu fragen, ob es von Anfang an Schicksal gewesen war, dass sie sich auf Black Isle kennengelernt hatten.

»Was denkst du gerade? Ich kann das Funkeln in deinen Augen sehen«, meinte Padraig mit einem Lächeln.

»Wir können uns zusammentun. Du könntest Arzt werden, und ich helfe dir. Aber wir behandeln nur Kinder. Was hältst du davon?«

Padraig hielt inne und dachte über ihre Worte nach. Dann beugte er sich herab und küsste sie. »Das ist eine brillante Idee. Ich kann mir niemanden vorstellen, mit dem ich lieber zusammenarbeiten würde. Mit der Zeit werden wir sehen, wie wir vorankommen. Wir haben viele Heilerinnen in der Nähe meines Clans, von denen wir lernen können, und sogar Brigid, Jennet und Tara.«

Nie war Padraig glücklicher gewesen. Sein Leben hatte eine Richtung, und das war etwas, das ihn wahrhaftig begeisterte. Er hatte eine wundervolle Frau und ein selbstgewählter Weg, mit Kindern zu arbeiten, lag vor ihm.

Es war perfekt.

KAPITEL DREIUNDZWANZIG

NOCH NIE WAR Gisela glücklicher gewesen. Sie hatte gedacht, in Padraigs Armen zu liegen, nachdem sie sich geliebt hatten, wäre ihr glücklichster Moment gewesen, doch nun als sie im Begriff war, den Mann zu heiraten, den sie anbetete, erkannte sie ihren Irrtum. Sie dachte, sie würde innerlich vor Freude bersten. Nur einen Tag hatte Gisela ihrer Familie für die Hochzeitsvorbereitungen gewährt, denn sie würde nicht länger warten, diesen wundervollen Mann zu heiraten.

Und endlich war dieser Tag gekommen.

Kara kam zu ihr und fragte: »Sehe ich hübsch aus, Tante Ela?« Gisela lächelte beim Anblick des kleinen Mädchens, das ein hellblaues Kleid mit dunkelblauen, von silbrigen Fäden durchwirkten Bändern am Mieder trug, die im Licht schimmerten. »Es funkelt, siehst du?« Kichernd wackelte die Kleine mit der Brust hin und her.

»Aye, meine Süße. Du siehst wunderschön in deinem Kleid aus. Brigid hat genau das richtige Blau für dich ausgesucht, nicht wahr?«

»Du bist auch hübsch. Ich mag Glün.«

Gisela küsste ihre Nichte, und hob sie zu einem kleinen Wirbel hoch, als Marcas in ihre Kammer trat.

»Mädchen, du bist wunderschön. Ich wünschte, Mama und Papa wären hier, um dich zu sehen und mit uns zu feiern.«

Kara rannte zu ihrem Vater und er hob sie in seine Arme.

»Sie sind hier bei uns, Marcas«, antwortete Gisela, unfähig, den Tränenschleier aufzuhalten.

»Es stimmt, das weiß ich. Danke, für deine Zustimmung zu der schnellen Hochzeit. Ich liebe Padraig von ganzem Herzen. Er ist so ein guter Mann.«

»Ich stimme dir zu«, antwortete er, und lehnte sich dabei vor, um sie auf die Wange zu küssen. »Du hast gut gewählt und ihr habt einen guten Zweck für euer gemeinsames Leben gewählt. Ich freue mich schon darauf, die Geschichten von euerer Arbeit und den Reisen zu hören.«

»Hoffentlich bist du nicht über unser Vorhaben verärgert, eine kurze Weile von hier fortzugehen.«

»Überhaupt nicht. Nach allem, was du durchgemacht hast, verdienst du alles Glück der Welt.« Er setzte Kara ab und strich ihr den Rock des hellblauen Kleids glatt. »Bist du bereit? Es ist Zeit, anzufangen.«

Gisela nickte begeistert darüber, dass ihr Hochzeitstag gekommen war. Sie glättete ihren hellgrünen Rock und strich die goldenen Bänder auf dem dunkelgrünen Mieder gerade, ehe sie glücklich seufzte und den dargebotenen Arm ihres Bruders ergriff.

Er führte sie die Treppe hinunter bis sie auf den Eingangsstufen des Hauptturms angelangt waren. Während sie zusahen, ritt eine Formation aus Pferden und Reitern auf sie zu, die alle bis auf einen Mann auf halbem Weg stehen blieben. Padraig, der ein breiteres Lächeln trug, als sie es je bei ihm gesehen hatte, trieb sein schwarzes Pferd unmittelbar auf sie zu.

Ihr bezauberndes weißes Pferd, dessen Mähne mit rosa Bändern geflochten war folgte hinter ihm her. Anschließend kam Marcas' Pferd. Als Laird des Clans würde er vor dem Paar reiten, und Kara hatte ihn überredet, sie mit ihm reiten zu lassen.

Als Padraig bei der Treppe ankam, wendete er sein Pferd seitlich und verbeugte sich vom Pferd aus vor ihr. »Mylady«, flüsterte er zwinkernd.

Marcas meinte, »Warum bist du hier, Grant? Du solltet doch am Fjord auf uns warten. Du willst die Dinge wohl überstürzen, wie?« Er bestieg sein Pferd und wartete darauf, dass Alvery ihm seine Tochter hochreichte. Vor Aufregung klatschte sie in die Hände und kicherte, ehe sie sich vor ihrem Vater niederließ.

»Mylord«, ergriff Padraig das Wort, wobei sein Grinsen verschwand, »ich habe ihr einen Heiratsantrag zu Pferd gemacht, also möchte ich mit ihr zu Pferd zum Fjord reiten, wenn es Euch nichts ausmacht.«

Gisela konnte ihr Kichern nicht unterdrücken, also lenkte Marcas mit den folgenden Worten ein: »Gut. Wir treffen uns dann am Fjord.«

Padraig sprang vom Pferd, um Gisela

hochzuheben und sie im Damensitz auf ihre
Stute zu setzen, wobei er ihr Zeit ließ, ihre
Röcke zu ordnen. Sobald sie sicher saß, bestieg er
sein eigenes Pferd und machte kehrt, um dann zu
warten, bis ihr Pferd neben das seine trat. Dann
ritten sie zwischen dem Spalier aus Angehörigen
des Grant als auch Matheson Clans unter deren
anfeuernden Rufen über den Hof. Er wies
Midnight Blue an, sich zu verbeugen, als er an
Jake, seinem Laird, vorbeiritt, und eine rasche
Pirouette vor seiner Mutter und seinem Vater zu
drehen, während sein Bruder neben ihnen stand.
Der Clan brüllte vor Begeisterung.

»Bist du glücklich, Mädchen?«, fragte Padraig,
als sie beim Tor ankamen, das zur Feier des Tages
weit offen war.

»Ich bin so glücklich, Padraig.«

Sie schlugen den Weg zu der Stelle ein, den
sie für ihre Hochzeit am Fjord gewählt hatten.
Gisela war überrascht, als sie den Platz so schön
geschmückt sah, und sie war sich sicher, dass sie
Padraigs Cousinen für die viele Arbeit zu danken
hatte. Der Himmel war ungewöhnlich blau, und
die Sonne ließ jede einzelne der aberdutzenden –
es waren hunderte – von Blumen um sie herum
erstrahlen. Langsam saß sie ab und nahm sich die
Zeit, alle Einzelheiten in Augenschein zu nehmen.
Vorn, dicht beim Fjord, lag ein Baumstamm,
der mit einem zauberhaften Arrangement aus
verschlungenen Ranken und Wildblumen
bedeckt war. Ein herrliches Farbenspiel war in
Töpfen um die kleine Lichtung herum arrangiert
worden, und die weißen, gelben und rosafarbenen

Nuancen zeugten von der Schönheit des Sommers. Brigid überreichte sowohl Kara als auch Gisela Sträuße aus Blauglöckchen, und Gisela umarmte ihre Schwägerin – besser gesagt neue Schwester –, um sich für all die Leistungen zu bedanken, die sie für ihre perfekte Hochzeit erbracht hatten. Tränen standen ihr in den Augen, und sie befürchtete, auf ihrer eigenen Hochzeit weinen zu müssen.

»Hör auf, meine liebe Schwester«, meinte Brigid und gab Gisela einen Kuss auf die Wange. »Nun geh schon. Es ist an der Zeit.«

Aber sie hätte wissen müssen, dass Padraig ihr nicht erlauben würde, lange zu weinen.

Padraigs Laird Jamie bereitete das Podium für die Zeremonie vor.

Als alle ihre Plätze eingenommen hatten, schritt Jamie hinüber und überreichte Padraig einen großen Strauß Disteln, deren violette Spitzen wunderschön waren. Alle wussten, was es mit der atemberaubenden Farbe auf sich hatte. Gisela starrte Padraig an, um zu sehen, wie er reagieren würde. Er nahm ihn nicht sofort, weil er wusste, dass die stacheligen Stängel der Pflanze ihre Spuren hinterlassen würde, doch Jamie sagte: »Nimm ihn. Es ist eine der vielen Traditionen des Grant Clans, die ich an dich weiterreiche.« Sein Cousin konnte sein Grinsen über diese Handlung ebenfalls nicht zurückhalten.

Die Grants, die es geschafft hatten, rechtzeitig anzukommen, um mit ihnen allen zu feiern, brachen in Beifall aus, und Padraig tat, was er am besten konnte. Er nahm den Strauß in die Hand und veranstaltete ein großes Theater mit den Disteln, als ob sie ihn verletzten.

Er fing mit einem Schmerzensschrei an, warf den Strauß von einer Hand in die andere, wobei er heulte und herumsprang und allen Kindern in der Gruppe etwas vorspielte. Einmal stolperte er sogar und fiel hin, wobei der Strauß in seinem Schoß landete. Kara und Tiernay brüllten vor Vergnügen, während Alasdair, Els und Alick lachend im Kreis herumliefen, als sie Padraig beobachteten. Dyna verfolgte das ganze Spektakel kopfschüttelnd.

Doch Giselas Tränen waren nun durch Lachen ersetzt worden, als er ihr zuzwinkerte. Er wand einen geliehenen Schal um die Stiele, um seine Hand zu schützen, und dann stellte er sich neben sie. »Bist du bereit, Liebste?«

Sie nickte und wischte sich eine Lachträne aus dem Augenwinkel.

Er flüsterte so laut, dass alle es hören konnten: »Warum hältst du nicht diesen Strauß, Gisela? Er ist sehr schön.«

Kara brüllte ein schnelles »Nein. Tante!«

Zur Antwort schüttelte sie den Kopf und brach erneut in Gelächter aus, während die Kinder kicherten und schrien, und hielt ihm ihren Strauß aus blauen Glockenblumen entgegen.

»Tauschen?«, fragte er mit einem breiten Grinsen im Gesicht.

Diesmal schüttelte sie den Kopf langsamer, und er blickte zum Priester.

Pater MacKintyre trat näher heran, um mit der

Zeremonie zu beginnen, aber Gisela hörte nur wenig.

Sie legte ihren Kopf auf Padraigs Schulter und kicherte während der gesamten Trauung, wobei einige Mitglieder der Hochzeitsgesellschaft mitlachten.

Ihre Hochzeit war perfekt.

EPILOG

Zwei Monate später …

PADRAIG SCHOB SEINEN Stuhl vom Tisch zurück. Sein Bauch war von dem Abendmahl gesättigt. Er blickte sich in der großen Halle der Camerons um, die zu seinen Lieblingsorten zählte, weil er hier viel Zeit beim Üben mit Onkel Aedans Bruder Ruari verbracht hatte. Gisela und er waren am Vortag angekommen und hatten bereits viel Zeit mit seiner Mutter auf Grant Castle und Tante Brenna auf Ramsay Castle verbracht, wo sie gemeinsam ihm bereits bekannte Dinge aufgefrischt und neue Fähigkeiten erlernt hatten, die sie als Heiler brauchten.

Er bemerkte, dass Gisela das Gleiche tat, und der Anblick der Halle am Abend mit all den Kerzen fesselte ihre Aufmerksamkeit ebenso wie die seine.

»Tante Jennie, deine zusätzlichen Dekorationen sind zauberhaft. Die Wandbehänge überall in der Burg sind so gut gelungen. Früher habe ich mir nie Zeit genommen, sie eingehend zu betrachten«, bemerkte Padraig.

»Damals warst du viel zu beschäftigt mit deinen Possen«, entgegnete Onkel Aedan langgezogen. »Du hattest immer versucht, bei allen Mädchen Eindruck zu schinden.«

Gisela sah ihn mit hochgezogener Augenbraue an, doch sie entgegnete nichts. Verlegen zuckte er mit den Schultern. »Vermutlich war ich damals ein bisschen wüst, aber nur, weil du nicht hier warst, Ehefrau.«

Bei seinem versteckten Kompliment lachte sie.

»Danke, Padraig«, entgegnete Tante Jennie. »Wir haben viele Monde lang hart an ihnen gearbeitet, und sie sind recht beliebt.«

Padraig schaute auf die Gruppierung an der größten Wand und war unfähig, den Blick loszureißen. Seine Tante und Cousinen hatten gute Arbeit geleistet, das Wesen einer jeden Burg einzufangen. Das Grant Castle lag hoch auf seinem Hügel, wohingegen die Schönheit des Ramsay Castles von einem nahegelegenen See reflektiert wurde. Ein kleines Bild der Lochluin Abbey war im Hintergrund des Cameron Castles platziert, was wahrscheinlich daran lag, dass es so ein großer Teil ihres Lebens war.

»Ich erkenne Cameron, Grant und Ramsay, aber die vierte Burg kenne ich nicht«, stellte Gisela fest.

Sie schaute fragend zu ihrem Ehemann. »Sind wir schon dort gewesen?«

»Nein, es gibt dort keine Heiler. Es ist Castle Curanta meines Cousins Loki.«

»Vermutlich wirst du es nicht zu sehen bekommen, bis ihr aus London zurückkehrt«, meinte Tante Jennie. »Ich hoffe, ihr werdet alles mit uns teilen, was ihr dort lernt. Liebend gern würde ich erfahren, was die Ärzte in England über die Kinderbehandlung sagen. Ich weiß nicht, ob jemand daran gedacht hat, sie anders zu behandeln, außer ihnen kleinere Mengen unserer Medizin zu verabreichen. Zusammen werdet ihr beiden Wunder bewirken.«

Riley, Taras Schwester, stürmte mit großen Augen in die Halle und gesellte sich auf dem Podium zu ihnen. »Ihr seid hoffentlich für eine wundervolle Vorführung bereit. Ich bin von jeder Einzelheit in ihrem Plan sehr beeindruckt.«

»Wessen Plan?«, fragte Gisela flüsternd an ihren Ehemann gewandt. »Was für eine Vorführung?«

Padraig hatte sich recht faul in seinem Stuhl zurückgelehnt, doch bei Rileys Worten straffte er sich. Das Funkeln in den Augen seiner Tante machte ihn wachsam.

Jemand führte etwas im Schilde.

Tante Jennie konnte ihr Grinsen nicht zurückhalten. »Gisela, ich bin nicht sicher, ob Padraig es dir erzählt hat, aber er war in seiner Jugend hier aufgenommen worden und hat die meiste Zeit mit Ruari, Aedans Bruder, verbracht. Lange Zeit waren die beiden unzertrennlich.«

»Und Padraig war ein rechter Gauner«, fügte Riley hinzu, die hinter ihrer Mutter stand. »Seine liebste Beschäftigung bestand in der Nachahmung anderer, insbesondere der Mädchen.«

Gisela schaute ihren Ehemann an und brach in Gelächter aus. »Padraig du wirst in Verlegenheit geraten, vermute ich. Was meinst du? Haben sie einen guten Grund, dich zu necken?«

Zum Teufel, das hatten sie ganz sicher, und er konnte es nicht einmal leugnen.

Ruaris Frau, Juliana, trat als Erste ein. Sie schritt einen Kreis um die Halle ab und erhob ihre Stimme, sodass alle sie hören konnten. »Für alle, die sich nicht mehr erinnern: Padraig hat am liebsten so getan, als wäre er ein Mädchen. Immer ahmte er mich und meine Art zu gehen nach, wenn ich mich Ruari näherte, und er behauptete, dieser Gang sei die Hauptsache, die Ruari fasziniert hatte.«

Sie trat auf das Podium und verkündete: »Und jetzt haben wir einige, die Padraig nachahmen werden.«

Die kleine Menge brach in Kichern aus und vereinzelt wurde geklatscht, doch dann verstummten sie allerdings, als sie hörten, wie sich die Tür öffnete.

Ruari war der Erste, in einem lila Kleid mit rosa Frauenschuhen, und er tänzelte mit Padraigs Worten durch den Saal. »Manchmal denke ich, dass du nur an Mädchen denkst, Ruari. Kannst du nicht aufhören, Juliana anzustarren?«

Brin, Aedans Sohn, kam als Nächster herein und trug ein blaues Ramsay Plaid über die Schulter gehängt. »Arghh, was zur Hölle denkst du, was du da machst? Bist du ein wandelnder Idiot?«

»Wen imitiert er?«, flüsterte Gisela Padraig zu.

Padraig verdrehte die Augen und meinte: »Logan Ramsay.« Dann rief er laut: »Er war so leicht nachzuahmen!«

Andere kamen herein, immer einer nach dem

anderen, und Gisela wischte sich die Lachtränen aus den Augen. »Padraig, du warst ein echter Schurke. Wie viele andere hast du auf den Arm genommen?«

Die ganze Halle rief ihr zu. »Alle! Er hat jeden geneckt.«

Nach dem Applaus für die Darsteller, trat Ruari vor und überreichte Gisela einen großen Blumenstrauß. »Ich überreiche dir diesen Strauß als Beileidsbezeugung, Mädchen. Uns tut es leid, was du bei deinem Zusammenleben mit Padraig ertragen musst. Es wird manchmal sehr anstrengend werden, und du wirst etwas brauchen, das deine Stimmung aufhellt.«

Die Gruppe applaudierte erneut und jubelte, als Padraig schließlich aufstand und seine Frau zu sich heranzog. Er legte den Arm um sie und verkündete: »Ich danke euch allen. Ich nehme diese Scherze als den Segen, der sie sind. Denke nur an eines, Ruari Cameron, ich vergesse diese Dinge nie. Und ich werde nur wegen dir wiederkommen.«

Die Gruppe brüllte ihre Zustimmung.

Gisela kicherte und lachte und dann beugte sie sich vor, um zu gestehen: »Ich liebe dich so sehr, Padraig. Sogar als Spaßmacher.«

»Ich bin dir dankbar«, entgegnete er. »Ich hatte schon gefürchtet, du würdest nach dieser Vorstellung davonlaufen.«

»Niemals«, widersprach sie und ergriff seine Hand. »Ich werde immer an deiner Seite sein.«

»Und ich freue mich auf jeden Augenblick mit dir.«

Außerhalb der Ringmauer des Cameron Castles lauschten zwei Reiter dem Jubel, der innerhalb der Mauern erscholl.

»Was willst du jetzt tun? Sie sind verheiratet und glücklich. Ich glaube nicht, dass du sie auseinanderbringen wirst.«

»Wahrscheinlich nicht. Es gefällt mir nicht, wie all diese Clans sich in unsere Angelegenheiten auf Black Isle einmischen. Die beiden werden auf Reisen sein, also stellen sie keine Bedrohung dar, aber bei den anderen bin ich mir nicht so sicher. Ich möchte nie wieder einen Grant oder Ramsay auf der Black Isle sehen.«

»Wovon redest du?«

Der eine Mann sah den anderen mit einem boshaften Grinsen an. »Wir haben noch eine Verwandte der Grants auf Black Isle, Tara Cameron. Marcas wird sein Auge niemals von seiner Braut nehmen, und ich traue Ethans Frau nicht. Aber das dritte Mädchen ist frei.«

»Was hast du im Sinn?«

»Du wirst schon sehen. Wir kehren nach Black Isle zurück. Wir haben eine letzte Chance, die Mathesons für immer zu vernichten. Ihr Schicksal ruht in meinen Händen. Ich weiß nicht genau, was ich unternehmen werde, aber das ich dieses Mal nicht versagen werde, kann ich dir versichern.«

ENDE

www.keiramontclair.net

LIEBE LESERINNEN UND Leser,
danke, dass Sie Giselas und Padraigs Geschichte gelesen haben! Wenn Sie mehr über Ruaris und Julianas Geschichte erfahren möchten, ist sie in Die Verbannung des Highlanders zu finden. Da Ruari weder ein Grant noch ein Ramsay war, habe ich sie als eigenständigen Roman veröffentlicht. Wenn Sie ihn verpasst haben, können Sie ihn hier beibestellen.

Es gibt noch eine weitere Geschichte in dieser Serie über Tara und Shaw, aber das haben Sie gewiss bereits erraten.

Ich habe über den ersten offiziellen Arzt in Schottland Nachforschungen angestellt und bin dabei auf den Namen der Beatons gestoßen. In der Frühgeschichte gab es viele unter den Clanmitgliedern der Meic-Bethads (das ist Gälisch, und ein gutes Beispiel dafür, warum ich die offiziellen gälischen Namen nicht verwende) oder des MacBeth Clans. Sie begannen im frühen vierzehnten Jahrhundert mit dem Praktizieren der Medizin, so dass ich es nicht für abwegig hielt, dass ein Abkömmling ihres Clans namens de Bethune im späten dreizehnten Jahrhundert in den Highlands umherwanderte.

Noch einmal: Alles, was ich schreibe, ist Fiktion, also ist auch der Name John de Bethune frei erfunden, ebenso wie mein Verweis auf Kinderärzte und Gehirntumore. Viel Freude beim Lesen!

Keira Montclair

WEITERE BÜCHER VON KEIRA MONTCLAIR

JAKE aus den Highlands– Buch Vier
ASHLYN aus den Highlands– Buch Fünf
MOLLY aus den Highlands– Buch Sechs
JAMIE UND GRACIE aus den Highlands –
Buch Sieben
SORCHA aus den Highlands – Buch Acht
KYLA aus den Highlands – Buch Neun
BETHIA aus den Highlands – Buch Zehn
LOKIS WINTERREISE – Buch Elf
ELIZABETH aus den Highlands

Die Bande der Cousins
1-Highland Rache
2-Highland Entführung
3-Highland Vergeltung
4-Highland Lügen
5.-Highland Stärke
6. Highland Verehrung
7.-Highland Treue
8.- Highland Kraft

HIGHLAND HEILERINNEN

Der Fluch von Black Isle
Die Hexe von Black Isle
Die Geißel von Black Isle
Die Geister von Black Isle

HIGHLANDSCHWERTER
DER VERRAT DER SCHOTTIN
DIE SCHOTTISCHE SPIONIN
DIE JAGD DES SCHOTTEN

DIE PRÜFUNG DES SCHOTTEN
DIE TÄUSCHUNG DES SCHOTTEN
DER ENGEL DER SCHOTTEN

WEITERE BÜCHER
DIE VERBANNUNG DES HIGHLANDERS

TRILOGIE SHAWS UND MACROBS

Buch 1 Highland Fehde – Emma Prince

Buch 2 Highland Verführung – Cecelia Mecca

Buch 3 Highland Geheimnisse –Keira Montclair

ÜBER DIE AUTORIN

Keira Montclair ist das Pseudonym einer Autorin, die mit ihrem Ehemann in South Carolina lebt. Sie schreibt aufregende historische Romane, oft mit Kindern als Nebenfiguren.

Wenn sie nicht schreibt, verbringt sie gern Zeit mit ihren Enkelkindern. Sie hat als Highschool-Mathematiklehrerin, als Krankenschwester und als Büroleiterin gearbeitet. Sie liebt Ballett, Mathematik und Rätsel, lernt gern neue Dinge und hat Spaß am Erschaffen neuer Figuren, in die sich ihre Leser verlieben können.

Sie ist erst mit ihrem Werk zufrieden, wenn ihre Leser Tränen über ihre Geschichten vergießen, aber zum Schluss gibt es immer ein Happy End!

Ihre Bestseller-Reihe ist eine Familiensaga, die das Leben zweier mittelalterlicher schottischer Clans über drei Generationen hinweg verfolgt und mittlerweile über dreißig Bücher umfasst.

Kontaktieren Sie sie über ihre Website:
www.keiramontclair.net.